BOLEROS EN LA HABANA

ROBERTO AMPUERO

BOLEROS EN LA HABANA

novela negra

verticales de bolsillo

Barcelona, Bogotá, Buenos Aires, Caracas, Guatemala, Lima, México,
Panamá, Quito, San José, San Juan, San Salvador, Santiago de Chile, Santo Domingo

verticales de bolsillo es un sello editorial
del Grupo Editorial Norma para América Latina
y sus filiales Belacqva y Granica para España.

© Roberto Ampuero
c/o Guillermo Schavelzon & Asoc., Agencia Literaria
© 2009, de la presente edición en castellano para todo el mundo
Editorial Norma
Avenida El Dorado # 90-10, Bogotá, Colombia para
verticales de bolsillo
www.librerianorma.com

Primera edición: septiembre 2009

Diseño de la colección: Compañía
Imagen de cubierta: Shutterstock/Roxana Gonzalez
Armada electrónica: Blanca Villalba P.

CC: 26000935
ISBN: 978-958-45-2245-0

Impreso por Cargraphics S.A.
Impreso en Colombia — *Printed in Colombia*
Agosto de 2009

Este libro se compuso en caracteres Adobe ITC Garamond Light

Contenido

A mis padres y mi hermana

Soy el cantante del amor

Con los años que me quedan
yo viviré para darte amor
borrando cada dolor
con besos llenos de pasión
como te amé por vez primera.

Con los años que me quedan
te haré olvidar cualquier error
no quise herirte, mi amor,
sabes que eres mi adoración
y lo serás mi vida entera.

De *Con los años que me quedan*
(Gloria y Emilio Estefan
Canta: Plácido del Rosal)

—¿A quién diablos le habrá dado por estorbar a esta hora en un día de lluvia? —se preguntó tras el timbrazo en la estrecha cocina de puntal alto, donde leía el diario de la mañana mientras disfrutaba su acostumbrada tacita de café dulce y cargado.

Sobre el escurridero se apilaban pailas y cacerolas pringosas y, en el mesón, entre una abollada cafeterita de aluminio y un paquete de azúcar, esperando desde hacía días por la plancha, camisas de rayón, un pantalón de poliéster, varias calcetas zurcidas y dos calzoncillos de pierna larga.

Con el primer Lucky Strike de la jornada pendiendo de una comisura y los ojos sumergidos en las profundidades de sus dioptrías, se irguió, extrañado de que lo importunaran temprano en un día tan frío. Redujo el volumen de la radio, por la que una voz solemne elogiaba los precios que ofrecía un cementerio para la incineración de afiliados, y se arrimó a la ventana a espiar entre los visillos.

—¡Parece un monje franciscano en penitencia! —masculló.

Bajo la lluvia, una silueta de impermeable y capuchón oteaba hacia la casa delante de la reja del jardincito. Un cobrador, pensó desalentado, pero luego hizo memoria y tuvo la certeza de que si bien su mora en el pago de tiendas y servicios era dramática, no era terminal. El monje se mantenía allí inmutable como una estatua, ajeno a la lluvia, presintiendo a alguien en casa.

No, se repitió, no esperaba a nadie aquella invernal mañana de Valparaíso que más invitaba a guardar cama acompañado de un guatero caliente y una buena novela policial —cuando no de una mulata sandunguera—, que a salir a enfrentar el mal tiempo. No, a nadie, ni siquiera a Bernardo Suzuki, su fiel auxiliar, atareado seguramente a esa hora con las goteras de la oficina que alquilaban en el entretecho de un vetusto edificio céntrico. El timbre, esta vez prolongado e insistente, volvió a exasperarlo.

Caminó por el pasadizo de madera, que crujió bajo su cuerpo entrado en carnes, y se dirigió a la mampara. Llevaba una bufanda, quizás demasiado larga y colorida, enrollada cual serpiente al cuello, y una chaleca lila en la que faltaban dos botones. Abrió y se asomó al portalito, donde el viento salobre abofeteó su mofletudo rostro cincuentón y su calva incipiente.

—Buenos días, caballero —gritó el encapuchado desenfundando unos papeles del impermeable. Abajo, a su espalda, se extendían la ciudad y el Pacífico, grises y silenciosos como los barcos de guerra—. ¡Vengo de TNT y traigo carta para don Cayetano Brulé!

—Ese soy yo —barruntó el detective y, recordando con simpatía al alemán pelucón y jovial que dirigía aquella agencia de envíos en la ciudad, atravesó el jardincito esquivando pozas.

Un viento macabro le escarchó los huesos antillanos y el negro bigote a lo Pancho Villa antes de alcanzar la reja. Soltó una imprecación inaudible, mientras el cigarrillo se apagaba en el hueco de su mano. Después de veinte años en Chile, aún nadie acertaba a explicarle en forma convincente la razón por la cual los conquistadores españoles, conociendo el clima cálido y la pródiga vegetación de las Antillas, se habían asentado en esta tierra tan fría y agreste del último confín del mundo. ¡Tienen que haber sido unos pobres diablos como yo!, pensó al tiempo que destrababa el pestillo de la reja, que cedió con un chirrido.

—Su autógrafo, por favor —dijo el mensajero pasándole una lista y un lápiz, al tiempo que lo escrutaba con ojitos incisivos, que bailaban en un rostro aguzado, recordándole a un hipnotizador de circo pobre de su infancia habanera.

Aunque el documento era ilegible por efecto del agua, estampó su firma junto a un garabato, en el lugar preciso que le indicó el dedo del encapuchado, y recibió a cambio un sobre verde y húmedo como una hoja de otoño. Su nombre estaba escrito en letra de imprenta, pero sin trazas del remitente.

—Mientras no sea otra cuenta —comentó Cayetano, abrumado por la ausencia de casos que afrontaba desde hacía meses, y arrojó la colilla por entre los barrotes hacia el pasaje Gervasoni.

—¡Ojalá que no! —repuso el mensajero y, aprovechando el embate del viento que hacía arreciar la lluvia, desapareció a buen tranco en dirección a la puerta del funicular.

Cayetano regresó a casa y sorbió de pie el café frío. Ya en la salita de estar, se repanchingó en su sillón de tapiz floreado, bajo el cual dormitaba *Esperanza,* una perrita blanca sin raza que había recogido de la calle años después de que su esposa lo abandonara, y rasgó el sobre.

De su interior extrajo un pasaje aéreo y una hoja de papel que desdobló atenazado por la curiosidad.

¿Quién podía enviarle un pasaje? Se acarició con parsimonia una punta del bigote y recorrió las líneas escritas con letra clara y tinta azul:

«Embárquese en el vuelo a Cuba que indica el pasaje adjunto. Hallará cuarto reservado a su nombre en el hotel Habana Libre de La Habana. Asumo todos los gastos y le garantizo honorarios generosos. Es un asunto de vida o muerte. Confío en su discreción. Plácido».

2

Cayetano Brulé se atavió con su mejor tenida —traje de poliéster brilloso por el paso del tiempo, camisa amarilla de cuello largo y corbata lila salpicada de guanaquitos—, se arrebujó en la gabardina de siempre y salió al pasaje Gervasoni premunido de un paraguas. Iba a confirmar su vuelo a Cuba. Eran las diez de la mañana. Llovía a cántaros.

Mientras el funicular descendía a sacudidas entre el cerro y los edificios, experimentó que una dicha insólita, embarullada con la incontenible curiosidad por conocer a Plácido, lo embriagaba con sólo imaginar que pronto volvería a su patria.

Había abandonado la isla en la década del cincuenta, seis años antes de que Fidel Castro y sus guerrilleros verde olivo asumieran el poder entre el aplauso de la población, harta ya de la tiranía de Fulgencio Batista. En aquel tiempo la crisis económica era de tal magnitud que su padre, trompetista de una de las numerosas orquestas cubanas de mambo, se había marchado con la familia a probar suerte en Nueva York.

Pero el contrato que llevaba don Gastón Brulé en el bolsillo para integrarse a la farándula no fue reconocido por un agente de espectáculos de Estados Unidos, lo que lo condenó a tocar los fines de semana en una orquestica de dudosa calidad del Bronx. Como si fuera poco, el frío y los alquileres altos, amén de la competencia desleal de grupos musicales mediocres amparados por gánsteres, llevaron al trompetista en enero de 1959, justo cuando triunfaba la revolución y Cayetano cumplía los quince años, a trasladarse a Key West, donde se empleó como torcedor de tabaco en la empresa de Hidalgo-Gato, a pocos metros del puerto. Allí el joven fue testigo del arribo de los miles de compatriotas que huían de los barbudos.

Vivió hasta 1971 en los cayos de la Florida, año en que se enamoró de Ángela Undurraga, una chilena burguesa revolucionaria que estudiaba en Miami, y una tarde de primavera lo introdujo, aún no sabía bien por medio de qué artificios de la dialéctica materialista, en una nave de Panam con destino a Chile.

—Allá tendrás la oportunidad de comprometerte con los profundos cambios sociales que necesita nuestro continente, cosa que no hiciste en Cuba por culpa de don Gastón —le dijo Ángela poco antes de que él abandonara su insignificante trabajo como auxiliar de mecánico de motores fuera de borda, en Key West, y viajara al Chile de la Unidad Popular.

Mas, para hacer honor a la verdad, debía admitir que la decisión de entonces se había debido en parte a su sed de aventura, a que estaba hastiado de contemplar desde la orilla cómo otros se alejaban mar adentro mientras él permanecía solitario y triste, escuchando el cristalino diálogo de las olas con los pilares del muelle.

Fue un error, lo reconocía ahora. Entonces el mundo parecía algo maleable y la vida irremediablemente eterna, se dijo Cayetano mientras una mujer de delantal raído desentrababa la puerta del funicular y se perdía en la penumbra, seguida por él y los demás pasajeros, para situarse junto al molinete.

Del Chile de entonces aún persistían en su retina los enfrentamientos callejeros, el desabastecimiento galopante y la sensación de que cualquiera de ambos bandos podía terminar controlando un país que se hundía en el caos. Recordaba con claridad el golpe militar, los tiroteos y los muertos en la calle, los desaparecidos, el inicio del exilio de tantos.

Dos años después de que Augusto Pinochet se adueñara del poder, Ángela abandonó a Cayetano para marcharse a Francia con el charanguista de un conjunto folclórico de Valparaíso. El matrimonio entre la revolucionaria burguesa y el ingenuo de entonces había derivado en un fracaso entre batallas campales, paros, toques de queda y asesinatos.

—¡Me voy porque los caribeños sólo sirven en el Caribe, en el Cono Sur se pasman! —le espetó Ángela en el aeropuerto de Pudahuel, adonde había acudido para rogarle que permaneciera a su lado, poco antes de su despegue hacia París.

Fue, menos mal, su último reproche. Sólo años más tarde tomó conciencia de que ella se había casado con él para contribuir a la unidad continental antiimperialista y a la fusión entre la intelectualidad revolucionaria y el pujante proletariado. Cayetano, ajeno al cálculo ideológico, había incurrido en el error de casarse sólo por amor.

La etapa de la dictadura le resultó particularmente sombría. Para los militares era sospechoso por ser cubano de La Habana, para los izquierdistas por ser cubano de Miami. Entonces, en medio de una pasmosa soledad, sólo paliada por el afable Bernardo Suzuki, dueño del Kamikaze, un timbiriche de fritangas en la zona del puerto, había intentado subsistir con un modesto taller mecánico, que terminó reducido a escombros y cenizas durante uno de los voraces incendios que asuelan regularmente a Valparaíso.

Sólo en ese momento cayó en la cuenta de que disponía de un diploma de detective de un instituto de estudios a la distancia de la Florida. Colgó, pues, el cartón en una pieza del entretecho del edificio Turri, que convirtió en una oficinita de investigación privada, y apostó por el éxito, a sabiendas de que los chilenos dan por sentada la calidad de todo cuanto viene de Estados Unidos y Europa. Y las cosas comenzaron a marchar.

Si bien arribaban clientes cuyos asuntos eran de poca monta y escasos honorarios, ellos le permitían pechar y confiar en que sus perspectivas mejorarían. Luego conocería a Margarita de las Flores, su amante voluminosa, la dueña de la agencia de colocación de empleadas domésticas La Mujer Elegante, sin cuya cooperación jamás habría esclarecido numerosos enigmas.

Dejó atrás el funicular y salió a Prat estimulado por la esperanza de regresar a su tierra, que no visitaba desde hacía dos años, cuando acudió a investigar el asesinato de un joven empresario viñamarino de apellido Kustermann. Cruzó la calle, donde lo envolvieron el esmog, los gritos de los vendedores ambulantes y el estrépito de taxis y buses, e ingresó al edificio Turri.

—¿Qué volá, acere? ¿Aún gotea esta empresa? —preguntó al abrir la portezuela de la salita en el entretecho del edificio. Se despojó del impermeable y lo colgó en el clavo detrás de la puerta, donde pendía la parka de su ayudante—. ¡Cuidado con caerte, que después te tengo que indemnizar como blanco!

Suzuki, hijo de un japonés y una chilena, de la cual sólo había heredado la nacionalidad y la lengua, pues todos sus rasgos correspondían a los de un asiático de tomo y lomo, se equilibraba a duras penas en el borde del escritorio para clavar una tabla en el techo, por donde se filtraban goterones.

—Vino a cobrar el dueño de este tugurio, jefecito —anunció sin cesar de martillar—. Dijo que si no quería que lo lanzara, que pague los cinco meses atrasados.

Cayetano palpó la cafetera que descansaba sobre el anafe, aún estaba tibia, y escanció café en su tacita.

—Te pido que te bajes de mi escritorio —dijo—, en primer lugar, porque estás pisando los únicos casos que tenemos, y en segundo, para que te anudes la corbata que guardo en el cajón y parezcas caballero, aspecto clave en este mundo cuando de cumplir trámites se trata.

—Si usted piensa que ella me ennoblece, al pescuezo me la pongo —replicó el japonés, y diciendo esto saltó del escritorio con proverbial agilidad y extrajo del cajón central la prenda, en la que unos minúsculos guanacos pastaban sobre un fondo de color lila tan encendido que hería los ojos—. Ahora, si esto sirve a sus propósitos, ya es harina de otro costal.

—Mal no nos vemos —opinó deleitado el detective y se miró de reojo la corbata, después de anudar la de Suzuki. Las había comprado en el mercado de las pulgas, en una promoción de dos por el precio de una—. Pensarán que somos promotores de alguna compañía boliviana, cosa nada desdeñable en una época en que están en boga las ideas integracionistas. Pero acompáñame, que por el camino te relataré con pelos y señales una historia increíble.

Media hora más tarde, y después de que Cayetano narrara a su asistente lo acaecido en la mañana, ingresaron a una agencia de viajes que olía a parafina.

La encargada de reservaciones inspeccionó el pasaje y consultó una pantalla. El detective aguardaba tenso, desconfiando aún de que se tratase de un pasaje auténtico.

—¿Y usted desea confirmar la fecha del viaje para este jueves? —preguntó ella escrutando los abultados bigotazos del cliente.

3

Las veintidós plantas del hotel Habana Libre se levantan en lo que fue el exclusivo barrio residencial de El Vedado de la capital cubana. Antes de la revolución lo frecuentaban turistas norteamericanos, tahúres de bigote fino, discretas damiselas color café con leche o caoba, y mañosos de sombrero de ala caída, los que entre las palmeras, los cocoteros y los gigantescos helechos del lobby, solían mordisquear, displicentes, puros del mejor tabaco del mundo. En 1959, Fidel Castro estableció allí su cuartel general. Al tiempo fue nacionalizado, con lo que comenzó su deterioro. Hoy se halla nuevamente en manos privadas, esta vez españolas.

Con su traje de poliéster, una camisa violeta de cuello largo y su corbata lila de guanaquitos verdes, combinación, por cierto, inadecuada para las calurosas tardes habaneras de junio y escandalosamente contrastante con la vestimenta clara, holgada y vaporosa de los huéspedes extranjeros, Cayetano Brulé cruzó el pasillo alfombrado que conducía a su habitación, seguido de un botones negro y parlanchín que cargaba su valija de madera.

—¿Y cómo lo lograste, mi hermano? —preguntó el botones tras cerciorarse de que estaban solos. A pesar de sus sesenta años, desconocía aún el trato que se dispensa al pasajero de un hotel de primera.

—¿Cómo logré qué cosa? —preguntó Cayetano, sorprendido por el tuteo, acostumbrado como estaba al usted frío y distante que se emplea en Chile entre los desconocidos.

—Marcharte, mi hermano, marcharte. Que tú no me engañas. Eres más cubano que el mamey, aunque andes rumbeando en el área dólar.

—Es una historia muy larga —replicó el detective, observando cómo el negro introducía la llave en la cerradura de la puerta—. Una historia que se remonta a la década del cincuenta.

—¿Y tú no tienes alguna chiquita o una medio tiempo extranjera que quiera casarse conmigo, aunque esté rematada de fea, y me saque del socialismo? ¿Tú vives en la Yuma?

Abrió la puerta y entraron a un cuarto fresco y oscuro, con una cama de plaza y media, un barcito y televisor. Pero cuando el negro descorrió de un manotazo los cortinajes, la ciudad emergió a sus pies bajo una luz opalescente que tiñó las paredes, el cielo raso y los muebles, mientras el mar, distante, se confundía en el horizonte con nubes barrigonas.

—No vivo en Estados Unidos —repuso Cayetano—. Vivo en Chile.

—¡Coño! —exclamó el botones depositando la valija sobre el portamaletas. Tenía los ojos colorados, como si hubiese estado bebiendo—. ¡Ese Pinochet es igualito al Caballo, mi hermano! ¡No suelta el poder ni a cañonazos!

No le explicó que desde hacía años no gobernaba Pinochet en Chile, sino un presidente elegido, pues pensó que la aclaración significaría pérdida de tiempo para él y desánimo para el negro, quien probablemente creía que compartir una desgracia hace menos desgraciado al que la sufre. Prefirió sondear el paisaje a través del ventanal. Se encontraba en el decimoctavo piso.

Salió al balcón para estar solo. Vio ceibas, flamboyanes y cocoteros, el trazado sinuoso de ciertas calles, los escasos vehículos que transitaban sobre el asfalto reblandecido y la gente convertida en palitos de fósforo. Hacia el este se alzaban las fortalezas de piedra caliza que protegen la entrada a la bahía, zona que en los años cuarenta solía recorrer los domingos por la mañana en compañía de su padre y su abuelo, saboreando un granizado de naranja o un guarapo muy frío. Más allá divisó las colinas sobre las que se hacinaban portales y casas de un piso, semejantes a las de Luyanó, el barrio de su infancia, y, más al este, donde las calles se hacen rectas, reconoció un par de edificios, hoy descascarados por la humedad y el salitre.

Todo funciona como lo anticipó el mensaje, se dijo el detective retornando a la habitación. En cuanto ingresó, el botones se esmeró en explicarle el sistema de regulación del aire acondicionado, así como el control del televisor y del minibar. El vuelo de Ladeco había despegado de Santiago temprano por la mañana, y la habitación en el hotel estaba a su disposición con pensión completa pagada por tres días. Ahora sólo le restaba esperar a que Plácido hiciera su aparición.

Eran las siete de la tarde y ya oscurecía. En las Antillas el sol siempre se esconde temprano y casi a la misma hora, se dijo recogiendo con la mirada los últimos reflejos del día. Ordenó por teléfono un mojito y un café, y despidió al botones con una propina en dólares.

—¡Que Dios te lo pague, compatriota, y no te olvides de ponerme al habla con alguna hembrita que ansíe casarse! —insistió el negro ocultando los dólares en sus medias antes de abandonar la habitación—. Yo, a mis años, aún hago gracias —afirmó sonriendo y sacudió insinuante la pelvis contra el aire.

Cayetano se desprendió de sus mocasines y se sintió aliviado, pues el vuelo le había hinchado los pies. Se recostó en la cama con el ánimo de reposar y ordenar sus ideas.

¿Por qué diablos se había dejado llevar a su tierra por una invitación anónima?, se preguntó de pronto cruzando los brazos por detrás de la cabeza mientras clavaba los ojos miopes en el cielo habanero que se iba tornando negro al otro lado de los cristales. ¿Se debía al dinero que requería con urgencia para pagar sus deudas en Valparaíso

o a la irresistible atracción que ejercía Cuba sobre su persona, pese a la distancia y los años? Se acarició las puntas del bigote.

Había regresado una vez a la isla, en el marco de una investigación. Entonces, sus sentidos parecieron alertas y captaron, más allá de los olores, los sonidos y los aromas de La Habana, el llamado profundo de su ciudad. Se rascó la calva desalentado y pensó en que algún día, cuando la isla volviese a la normalidad, Yemayá, la diosa de los mares y de todos los santos, lo ayudaría a despedirse de los cerros y del viento de Valparaíso y a establecerse en Luyanó, La Víbora, Marianao o Guanabacoa para vivir con su gente, comentar los resultados del béisbol o jugar al dominó a la sombra de los portales, compartiendo una cerveza helada o un cafecito dulce.

Prendió un Lucky Strike y dejó escapar con un suspiro nostálgico una voluta hacia el cielo raso. Ahora ya no había que darle más vueltas al asunto, estaba en La Habana, aceptando la invitación del misterioso Plácido, dispuesto a ponerse a su servicio y sólo le restaba esperar a que apareciese. Aplastó el cigarrillo contra el cenicero del velador, enlazó las manos sobre su barriga y cerró los ojos, sedado por el sol que se ponía.

Lo despertaron unos golpecitos insistentes a la puerta. Encendió la luz y, tras reconocer la habitación, apostó a que debía ser el mozo. Se irguió y abrió con ojos somnolientos.

—¡Buenas noches! —le susurró un hombre moreno y esmirriado, de rasgos filudos, que frisaría los cincuenta años. Se deslizó al interior del cuarto, cerró la hoja y anunció—. Yo soy Plácido del Rosal, la persona que le envió el mensaje.

4

Soy el cantante del amor
y cuando canto una canción
en ella pongo el corazón
para aliviar el cruel dolor
de aquel que siente una pasión
y no la expresa por temor.

De *El cantante del amor*
Mariano Mercerón

El cantante de boleros retornó a su patria una madrugada de abril después de haber actuado durante tres meses en bares y cafetines de Escuintla, Puerto Barrios, San Pedro Sula, Tegucigalpa, Jinotepegue, San Salvador y Ciudad de Guatemala.

La nave inició el descenso en los instantes en que el sol hacía reverberar los escarpados de los Andes y los riachuelos lanzaban sus primeros destellos de diamante desde el fondo de las quebradas. De pronto un agudo sonido de turbinas rasgó el aire cordillerano y minutos más tarde la máquina aterrizaba con estruendo en la pista del terminal aéreo de Santiago de Chile.

Emocionado, el cantante desabrochó su cinturón de seguridad, se cercioró de que la chaqueta estuviese abotonada correctamente, el nudo de la corbata descansara en su lugar y abandonó la butaca. Tras cumplir los trámites de inmigración, retiró su valija, la colocó sobre un carro y se alegró al notar que no la inspeccionarían.

—Debe ser porque me reconocen —se felicitó el cantante romántico mientras dejaba atrás a los engominados empleados de aduanas que revisaban maletas, bolsos y carteras.

Probablemente alguno de ellos había escuchado sus interpretaciones en los bares de Valparaíso o visto su retrato en las páginas de espectáculos, pues él —la revelación porteña, la voz que arrulla, el declamador de la ternura— ocupaba, sin lugar a dudas, un puesto destacado entre los numerosos cantantes románticos del país. Y si bien era cierto que aún no grababa su primer casete, circunstancia por cierto inquietante para un bolerista de cincuenta años, no se desalentaba, pues creía que a los estudios de sonido no siempre llegan los mejores, sino los más serviles, aquellos que dócilmente se ponen al servicio de los empresarios discográficos aceptando contratos leoninos y condiciones indignas. No, no necesitaba disimular su voz con el trucaje técnico de los estudios modernos, las tablas eran lo único confiable.

Sintió alivio al dejar la aduana no porque tuviese algo que ocultar —se consideraba un hombre honesto y de trabajo, incapaz de violar la ley—, sino porque le resultaba denigrante exhibir sus prendas íntimas a un extraño.

Pero no deseaba que se malinterpretasen sus sugerencias. Nada más lejos de él que aquellos artistas que tras actuar por breve tiempo fuera de las fronteras, retornaban al país con acento extranjero, criticando lo propio y adulando lo foráneo. No, se dijo el cantante, de sus actuaciones en Centroamérica y sus tres noches fugaces en Miami Beach volvía a la patria tan modesto y sencillo como había partido.

Desembocó en un patio techado repleto de una muchedumbre que en el fresco de la madrugada esperaba a los suyos. Decepcionado y solitario, el cantante abordó un viejo taxi sucio que lo condujo hasta la ruta 68, donde tomaría el bus hacia el puerto. En cuanto llegara, visitaría los diarios para informarles sobre su exitosa gira musical. En la maleta traía fotos y recortes de diarios guatemaltecos, nicaragüenses y salvadoreños, que solían impactar positivamente a sus entrevistadores.

Estaba seguro de que la culpable de que nadie hubiese ido a esperarlo al aeropuerto era Norma Castejón. La dependienta del bar Cinzano y amante ocasional era la única persona que estaba al tanto de su fecha de retorno. Al parecer su amor despechado —durante su estada en Centroamérica jamás alcanzó a enviarle una tarjeta, demasiado atareado, como estaba, con las mujeres, el canto y el alcohol— la había llevado a ocultar su regreso al país. De lo contrario, se consoló el cantante ciñéndose la corbata, experimentando a través de su traje la brisa fresca de aquella zona yerma y desolada, muchos habrían venido a esperarme.

Volvía a su ciudad natal con sólo mil dólares en el bolsillo, pero con una sarta de nostalgias, amistades y amoríos tejidos sobre el fondo cálido que brindaban la jungla, el altiplano y la costa, los cielos prístinos y las amplias avenidas flanqueadas por cocoteros. En sus labios aún portaba el dejo ligeramente ácido de las estremecedoras mujeres centroamericanas y en su memoria continuaba resonando el eco estridente de trompetas, claves, timbales y piano anunciando la entrada de su áspera voz nasal y viril, tan similar a la del fabuloso y admirado Bienvenido Granda, tan distinto al tono melifluo con que muchos cantan el bolero en el mundo andino.

Se apeó del taxi y, bajo el titubeante sol de la mañana, permaneció largo rato junto al trazo recto de la carretera. Admitió que en lo económico la estada había resultado un fracaso, porque los locales escogidos para sus actuaciones eran estrechos y poco frecuentados, y porque los centroamericanos, aparte de ser pobres, preferían el ritmo alegre, comercial y sin complicaciones bautizado por Óscar de León como «salsa», y las rancheras, difundidas desde hace decenios por las radioemisoras mexicanas.

Subió a un bus vacío, y mientras cruzaba cabeceando frente a colinas secas, viñedos cuadriculados y pueblos de calles desiertas, se dijo que debía volver cuanto antes a cantar en lugares como el Cinzano, el Valparaíso Eterno o el J. Cruz, y se juró que reanudaría trámites para que algún empresario de la farándula lo invitara nuevamente a Centroamérica para poder cubrir así las deudas que lo consumían.

Arribó a su modesta casa del cerro Monjas a mediodía, cuando el sol rajaba las piedras y los perros dormitaban a pata suelta en los portales. En su patio se habían secado los geranios y las margaritas, pero aún resistía la vieja begonia, roja como los copihues de Temuco. Se derrumbó extenuado sobre el sofá de mimbre del comedorcito, deshizo el nudo de su corbata y se fue hundiendo gradualmente en el sopor del mediodía.

Despertó con el ulular furioso del viento de la tarde arremetiendo contra los techos de zinc. Sólo tras vaciar la petaca de ron que cargaba en el bolsillo trasero, recuperó energías para abrir la valija. Entre sus recortes periodísticos, la ropa veraniega y las tenidas de actuación descubrió un enorme portatrajes de plástico que no le pertenecía. Descorrió el cierre.

—¡Santo Dios! —exclamó estupefacto Plácido del Rosal, aunque hacía cuarenta años que había dejado de creer en el Altísimo—. ¡Santo Dios! —repitió sin poder dar crédito a sus ojos.

En el interior del portatrajes se apretujaban incontables fajos de billetes de a cien dólares.

5

—¿Y está seguro de que todo ocurrió tal como me lo cuenta? —preguntó Cayetano Brulé.

—Puede que haya olvidado uno que otro detalle —precisó el cantante de boleros más tranquilo, entornando los ojos mientras aspiraba profundo el habano. Su lisa cabellera negra, que peinaba cuidadosamente hacia atrás a lo Carlos Gardel, resplandecía bajo el foco del balcón—. Pero fue así como obtuve el dinero.

Conversaban y fumaban en las sillas plásticas del balcón del cuarto del detective, bajo un cielo cuajado de estrellas. Sobre una mesita, en la que el cantante apoyaba sus pies, descansaban una botella de Havana Club añejo, semivacía, una hielera y un plato con trozos de salchichón gallego. Era cerca de medianoche y el hotel, uno de los escasos edificios iluminados de la ciudad en el «período especial en tiempos de paz», navegaba a oscuras envuelto en la fragancia nocturna del trópico. Cada cierto tiempo les alcanzaban bocinazos estridentes y carcajadas lejanas, recordándoles que La Habana se negaba obstinadamente a morir.

Cayetano contempló por un instante la punta de sus mocasines y se rascó una oreja mientras aspiraba el Lucky Strike. La historia que acababa de oír le parecía inverosímil. Hallar medio millón de dólares en el equipaje. Observó al cantante y se lo imaginó interpretando boleros en bares y restaurantes de ciudades latinoamericanas. Lo vislumbró de terno y corbata, bien acicalado bajo el haz de reflectores, la mirada soñadora, el público escuchándolo atentamente, la orquesta marcando el ritmo sugestivo y sensual del bolero. Le preguntó a quemarropa:

—¿Y qué quiere que yo haga?

El bolerista cerró lentamente sus párpados cansados, desalojó con parsimonia una voluta de humo del Lanceros contra la noche y respondió:

—Que identifique a quien puso el dinero en mi maleta.

—¿Para qué?

—Quiero saber quiénes son los dueños, porque si es una organización humanitaria, les retorno el total —afirmó Plácido—. Si es de maleantes, me quedo con todo. Necesito saber quiénes son.

—Terriblemente difícil y peligroso —apuntó Cayetano pensativo—. Usted dista mucho de ser un ingenuo y sabe que el asunto no es nada más que una terrible equivocación por la que alguien debe estar pagando los platos rotos.

Después de vaciar el vaso de un sorbo, Cayetano lanzó un par de cubitos de hielo en su interior y volvió a escanciar una medida de ron. No lograba entender del todo a Plácido del Rosal y eso era lo primero que necesitaba para aceptar un encargo como detective, entender a su cliente, identificarse con él.

—¿Tiene familiares en Chile?

—No —respondió el cantante frunciendo el entrecejo. Sus manos temblaron e hicieron desplomarse la ceniza del tabaco sobre el pantalón. La sacudió con celeridad—. Soy solo e hijo único de madre soltera. Ella murió hace mucho.

—¿Alguna amiguita más o menos fija?

—Norma Castejón, mesonera del bar Cinzano de Valparaíso —repuso mecánicamente—. Desde que salí de Chile, hace como tres meses, no sé nada de ella.

—¿Está consciente de que los dueños del dinero podrían dar eventualmente con Norma si descubren su relación?

—Lo sé.

—¿Y ella conoce su paradero?

—No, no tiene idea. Nuestra relación estaba moribunda.

—¿Y entonces? —insistió Cayetano—. ¿Qué quiere?

—Sólo sabiendo quiénes son los dueños del dinero podré vivir tranquilo —respondió el cantante tras carraspear. Hizo una pausa para alisarse la corbata—. Le repito, estaría dispuesto a devolverlo si se trata de una organización humanitaria. ¿Pero ha escuchado usted que algún asilo haya extraviado últimamente medio millón de dólares?

—Claro que no —replicó el detective con una sonrisa sarcástica. El rumor de la ciudad tendía a disminuir—. Y eso sólo puede indicar que los dueños del dinero no son gente santa.

—Ya lo creo. Y si no lo son, hay que denunciarlos.

—¿Desde las sombras, propone usted?

—Se podrá datear a la policía, supongo. Usted sabrá más de esas cosas que yo.

—¿Y por qué no se oculta, mejor, y disfruta el dinero? —inquirió saboreando el ron—. Al fin y al cabo, es un regalo del destino. No son billetes falsos, ¿no?

—No.

—Además, su confesión podría perjudicarlo. Usted no me conoce.

Levantó su mano adornada con un anillo de oro macizo y la dejó caer como aplastando una mosca. Repuso:

—Sé que usted es un detective de poca monta, pero eficiente y digno. Un hombre incapaz de traicionar a su cliente, fuera de que necesita con urgencia algunos billetitos. Mal se sobrevive espiando a mujeres infieles y vigilando multitiendas. ¿O no?

—Soy un detective modesto, pero honrado —admitió Cayetano con un fulgor inusual detrás de sus dioptrías.

—Por eso lo necesito. Usted es la única persona que puede ayudarme.

—Pero, confiéseme, ¿por qué me hizo venir?

Plácido del Rosal extrajo el habano de su boca, escupió una minucia contra las baldosas y, fijando sus ojos penetrantes en los del detective, dijo con voz entrecortada:

—Porque ya intentaron asesinarme, señor Brulé.

6

Sólo los iniciados conocen la ruta que conduce al restaurante J. Cruz, de Valparaíso.

El local, un museo de filtros de agua, porcelanas europeas y cristales de color, en el que se come bien y se bebe mejor sentado a largas mesas con manteles de hule atestados de inscripciones, se esconde en el fondo de un angosto pasaje que nace como un enigma en la céntrica calle Condell. De día concurren allí empleados de cuello y corbata; de noche, una salerosa bohemia porteña.

—Si sale de Chile, tendrá que mantenerse en Sudamérica, Jefe —insistió el Suizo. Bajo su nariz fina y perfilada humeaba el plato de chorrillanas. Frente a él, al otro lado de la mesa, el moreno sorbía en silencio su vaina antes de abordar el bistec con cebolla y papas fritas.

Ocupaban la mesa junto a las ventanas, lejos del pequeño televisor que mantenía embrujada a la clientela con una telenovela venezolana.

—¿Y por qué tan seguro de que no puede salir de América del Sur? —preguntó el Jefe.

—Porque sólo cuenta con carnet de identidad —repuso el Suizo, tratando de convencerlo con la mirada eléctrica de sus ojos azules que danzaban en el atractivo rostro de pómulos marcados. Era de complexión atlética y frisaría los cuarenta años—. El pasaporte lo tenemos nosotros desde que registramos su casa. No se atreverá a pedir uno nuevo por miedo a que lo ubiquemos.

Llovía. Era una de aquellas tardes invernales en que la lluvia se precipita furiosa sobre los techos de calamina de los cerros y desciende teñida de barro, arrastrando latas y piedras, bramando como un animal herido por las calles inclinadas y sinuosas en busca del mar.

Con un ademán preciso el Jefe introdujo un trozo de carne en su boca y bebió cerveza. A juzgar por su rostro satisfecho, parece disfrutar el bistec, pensó el Suizo. Le resultaba alentador descubrir que el Jefe recuperaba algo de su aplomo. Desde la desaparición del bolerista, en su alma campeaban miedo y nerviosismo, como si temiese que los de arriba lo liquidaran. Y tenía razón. Los de arriba cobraban con sangre lo que se les debía.

El Jefe se limpió los labios con la servilleta y, fingiendo tranquilidad, dijo:

—Si no se les hubiese escapado en Olmué, el asunto estaría resuelto desde hace meses. Aún no entiendo cómo fue que se les escapó. ¿No habrá coimeado a alguien?

—Fue un simple error —repuso el Suizo malhumorado, porque el Jefe parecía desconfiar de su versión y en cada encuentro tenía que volver a repetírsela—. Nos confiamos y cuando llegamos al cauce al día siguiente, había logrado desatarse y remover la tapa. Nadie se lo imaginó, menos aún con lo debilucho que es.

—Si no lo agarramos pronto, la cosa se pondrá color de hormiga para mí y para usted —advirtió el Jefe con voz trémula—. ¿Y está seguro de que sus amigos nos avisarán si solicita pasaporte?

—No se preocupe. Hemos aceitado bien a la gente. Usted sabe que todo el mundo tiene su precio.

No debí haber venido a un lugar público con este tipo, pensó el Jefe controlando de reojo la posición de sus propias colleras de oro. Era inconveniente mostrarse con un hombre encargado de realizar trabajos sucios. Podía resultarle muy caro. ¡Pero qué hacer! Había llegado al J. Cruz creyendo que le traía alguna novedad urgente.

—¿Y cuáles son los próximos pasos? —preguntó al rato con la boca llena.

El Suizo saboreó las papas fritas. Llevaba el pelo corto a lo Nerón, y tenía los ojos muy juntos, que entornaba al escuchar, por lo que sus interlocutores pensaban que dormitaba.

—Tenemos vigilada su casa y la de sus parientes y amigos —explicó—. Pero es improbable que aparezca por allí. Seguro que va a intentar salir del país por un tiempo.

—¿Y los pasos fronterizos?

—No se preocupe, Jefe, nos mantendrán informados. No creo que se atreva a cruzar por lugares poco transitados, debe pensar que allí nuestras posibilidades de detenerlo son mayores.

—¿Y si se sumerge en Chile?

—No lo hará —replicó enfático el Suizo—. No lo hará porque no podría gastar la fortuna que tiene sin llamar la atención. Además, Jefe, hay algo que lo va a terminar traicionando.

—¿Qué?

El Suizo miró astutamente y sonrió con la superioridad de quien se niega a revelar un secreto.

—El bolero —dijo. Luego hizo una pausa en que midió la reacción del Jefe y agregó—. Es cantante de boleros. Va a terminar cantando en algún lugar.

El Jefe esbozó una sonrisa agria, pensando en que el Suizo, aquel hombre calculador y sin escrúpulos, cuyos padres habían nacido en Langenthal y arribado a Chile poco después de la Segunda Guerra Mundial, era un profesional y conocía su trabajo. Por lo mismo lo respetaba: exacto como un reloj ginebrino, cumplidor como un obrero alemán, discreto como un amante francés. Nadie conocía la actuación de sus padres en la neutral Suiza durante la guerra, pero se rumoreaba que habían llegado al sur de Chile con el encargo de comprar fundos para ocultar a fugitivos de la justicia de Nuremberg y que en los tupidos bosques de Valdivia, el Suizo había crecido entre ex miembros de las SS y de la Gestapo.

—Una cosa quiero aclararle —advirtió el Jefe y eructó. Luego se paseó una mano por el cabello—. Una vez que devuelva el dinero, el cantante es suyo. Escúcheme bien, es suyo, pero debe parecer accidente o suicidio.

7

—Escúcheme, que lo que voy a contarle es de importancia —dijo de pronto el cantante romántico con voz pastosa y el índice erguido. Cayetano Brulé fumaba sentado, contemplando aquel manchón que era La Habana en tinieblas—. El dinero lo oculté en casa de un amigo, y me refugié en la mía.

—¿Su amigo sabe lo del dinero? —preguntó el detective. Se puso de pie, fastidiado por la dureza de la silla de plástico, y comenzó a pasearse tranquilamente con el Lucky Strike colgando de una esquina de su boca.

—No, no se enteró, pues no siempre anda en Valparaíso. Pero eso es lo de menos, escuche esto —señaló Plácido—. Yo llevaba dos semanas en Chile, cuando una noche, al volver a mi casa después de actuar en el J. Cruz, la hallé en completo desorden.

—¿Un registro?

—Efectivamente —afirmó el bolerista. Con sus dedos delgados dibujó el arco de sus cejas y luego se acarició la barbilla—. Alguien había aprovechado mi ausencia para ingresar y descerrajar puertas y cajones, levantar pisos, destripar mi colchón y voltear anaqueles. Como no halló nada, me destruyó los cancioneros de la época en que viví en Montevideo.

—¿Hizo la denuncia a Carabineros?

—Por no despertar sospechas —repuso jugando con el tabaco—. Estaba seguro de que me observaban y de que si no los denunciaba, me traicionaría.

—¿Y qué dijo Carabineros?

—No da abasto ni para registrar los robos —exclamó el cantante enardecido. El alcohol —habían vaciado dos botellas y ahora avanzaban por la tercera— le soltaba la lengua y elevaba el tono de la voz—. Pero yo sabía quién estaba detrás.

Cayetano detuvo su marcha pendular ante Plácido y lo sondeó. En sus mejillas magras se acumulaba una película de sudor, fruto de la noche cálida y del ron. Le preguntó:

—¿Usted vivió en Montevideo?

—Cuando niño. Mi madre estuvo probando suerte allá en los años cincuenta —explicó bajando el tono con ojos melancólicos—. Allá aprendí a cantar. Tango primero, después bolero. Por eso lo interpreto con voz viril, por la influencia de Gardel, y no con la voz amariconada con que se cantan los boleros en Chile.

—¿Y por qué buscó refugio en Cuba, que no conocía, en lugar de hacerlo en Uruguay?

—Me imaginé que aquí es más difícil que me hallen.

—¿Y qué pasó después del registro?

—Una noche en que volvía de cantar en el Valparaíso Eterno, pues me propuse continuar mi vida para persuadir a mis perseguidores de que no tenía el dinero, dos tipos me introdujeron a la fuerza en un taxi, donde me encapucharon y amordazaron.

—¿Adónde lo llevaron? —preguntó el detective y vislumbró un barco que abandonaba la bahía con toda su cubierta iluminada.

—A una casona abandonada en Olmué, en las afueras de la ciudad, donde me preguntaron por el dinero.

El cantante se puso de pie y apoyó sus manos sobre la baranda. Su anillo refulgió.

—¿Reconocería sus rostros?

—Difícil, todo fue muy rápido.

—¿Y usted qué hizo?

—Negué saber algo del dinero —agregó—, pero no me lo creyeron. Me advirtieron que me darían un plazo de tres días, y que si al cuarto no recobraba la memoria, me matarían. Me mantuve firme. Por las noches me introducían maniatado y amordazado en un cauce, que cubrían con una tapa de concreto. Allí me dejaban.

El detective se atusó los bigotes y miró de refilón a Plácido. Le parecía inverosímil que aquel hombre esmirriado, de manos temblorosas y rasgos quijotescos, hubiese tenido la sangre fría para enfrentar a un grupo de delincuentes. Serían las tres de la mañana. Una lechuza blanca pasó planeando frente a ellos y se desintegró en la oscuridad.

—¿No habría sido más fácil devolver el dinero?

—Pensé en ello —admitió el cantante—. Pero devolverlo y morir eran la misma cosa. Yo viviría mientras ellos ignorasen su escondite.

Cayetano asintió con la cabeza y giró hacia él.

—¿Y cómo logró salir de allí?

—Pude desatarme y desplazar la tapa —explicó Plácido con un brillo en sus ojos—. Tras desenterrar parte del dinero, huí del país hasta llegar a Cuba.

8

No hay hotel más bello en las Antillas que el Nacional de La Habana. Construido en 1930 en piedra de cantería sobre una colina que se alza junto al Malecón, rodeado de jardines y de portales en que suele refugiarse el frescor, parece un atalaya vigilando el barrio de El Vedado y la corriente del golfo.

—Me pasé dándole vueltas al asunto y extraje tres conclusiones —dijo Cayetano Brulé mientras trepaba con Plácido para contemplar desde lo alto el trazo limpio del horizonte—. La primera es que usted tiene los dólares por una confusión; la segunda, que pertenecen a una organización ilegal.

—¿Y la tercera? —preguntó el cantante romántico con las manos enlazadas a la espalda, luciendo un safari celeste.

—La tercera —continuó el detective y aguardó junto a un cocotero a que su cliente lo alcanzara—. La tercera es que usted ya fue identificado por la organización, y su ubicación definitiva es cuestión de tiempo.

—No es muy original, por decir lo menos —reclamó el cantante, ya junto al detective.

Cayetano reanudó su marcha hacia la piscina, que resplandecía abajo tranquila. La benigna brisa matinal, el desayuno tomado en la cafetería del hotel, abierta al mar turquesa, y el cigarrillo que disfruta ahora en medio del silencio y la vegetación de aquel lugar le resultan más placenteros que deambular por el frío de las calles porteñas, a esa hora atestadas de buses y mercaderes ambulantes.

—Son conclusiones básicas, a partir de las cuales nos moveremos —reconoció acariciándose el bigotazo—. Si la organización es peligrosa y lo tiene identificado, usted debe adoptar precauciones, incluso aquí en La Habana.

Habían acordado los honorarios en el balcón del cuarto de Cayetano, cuando la noche ya se diluía en claridad incipiente. Con un sabroso anticipo de cinco mil dólares, amén de un dinero extra para cubrir gastos adicionales, el detective aceptó el caso. No era para estar eufórico, pensó, pero resultaba una suma muy atractiva, cercana a lo que en Chile solía percibir en diez meses de arduo trabajo.

—Ya le dije que estoy en sus manos —recordó Plácido del Rosal—. Prefiero eso a despertar una madrugada con el cañón de una pistola apuntando a mi pecho.

—Por ello es importante que conserve su nombre falso y su leyenda de empresario paraguayo, y que se cuide de las mujeres. Usted todavía tiene espíritu de picaflor zangolotero —observó el detective sonriendo con malicia—, pero váyase con cuidado, que la cama es el peor confesionario del ser humano.

Bajaron por un sendero sinuoso hasta detenerse en las inmediaciones de la piscina, donde se asoleaban turistas, y se sentaron a la sombra de un quitasol. De allí podían apreciar la cara occidental del hotel y los veleros surcando las refulgencias del mar. Ordenaron mojitos a un viejo mozo negro, que se acercó arrastrando sus zapatos de plástico.

—Yo no he actuado a la ligera —alegó el cantante—. Me he pasado más de un mes escondido prácticamente en este hotel, sin salir a ninguna parte.

—Debe abandonar este hotel —sugirió el detective e intentó cruzar una pierna sobre la otra, operación que tuvo que congelar al percibir una tirantez del pantalón. Pensó en la conveniencia de iniciar una dieta drástica—. Será muy bonito y cómodo, pero si yo tuviera que buscarlo a usted en Cuba, lo primero que haría sería consultar en los grandes hoteles.

—¡Pero si no tienen mi actual identidad!

—Sólo lo suponemos —advirtió el detective con parsimonia, chupando su Lucky Strike—. Mejor es que consiga pensión en una casa de familia. Así desaparecerá de las listas de los hoteles. Los cubanos son gente hospitalaria y por unos dólares le brindarán gustosos cama, que siempre tienen, y algo de comida, lo que ya es más complicado.

—Creo que mi chofer me podrá aconsejar alguna pensión.

—Además: déjese crecer bigotes y tíñaselos de blanco, al igual que el cabello a la altura de las sienes. Y cuando salga, hágalo con gorra de miliciano y anteojos oscuros. Vístase como los cubanos, no como los turistas, y no relate a nadie su historia.

—¿Está loco? ¡No me atrevería!

—A veces la lengua se suelta. Pero déjeme volver a mi hipótesis —agregó el detective—. Creo que todo surgió de una confusión. Alguien colocó el dinero en su maleta pensando en que pertenecía a otra persona.

El otro resopló, acomodándose en la silla de plástico, idéntica a todas las sillas playeras de los hoteles de La Habana, y asintió con un movimiento de cabeza. Luego extrajo un pañuelo para aprovechar de enjugar el sudor de las mejillas y dijo:

—O puede que alguien haya utilizado conscientemente mi maleta para trasladar un dinero sucio.

—También lo pensé, pero está descartado. ¿Sabe por qué? Porque entonces a usted lo habrían despojado de la valija poco después de cruzar la aduana.

El negro les sirvió los mojitos y un platillo de aceitunas y macadamias. Tras cobrar, aceptó complacido la propina del cantante y se alejó tarareando.

—Si recapitulo lo que usted me contó anoche —prosiguió Cayetano contemplando a una bañista rubia de cuerpo anguloso y espigado que lucía bikini y caminaba por el borde de la piscina con un bamboleo de senos que lo hizo suspirar—. Si lo recapitulo, concluyo en que la confusión sólo pudo producirse en el hotel Waldorf Towers, de Miami Beach, donde usted se alojó la noche en que tuvo que aguardar su conexión a Santiago, o bien en el aeropuerto internacional de Miami.

—¿Por qué?

—Son los únicos instantes en que alguien pudo colocar el dinero en su maleta sin que usted se percatara.

Puede haberlo depositado, por ejemplo, la recepcionista negra del Waldorf Towers. La tercera posibilidad es el aeropuerto de Santiago de Chile, pero nadie colocaría esa cantidad para hacerla llegar a Valparaíso, que queda a 120 kilómetros de distancia.

—¿La clave está entonces en uno de esos dos sitios?

—Si está en el aeropuerto de Miami, mejor olvidarse del asunto, porque allí son miles las probabilidades de confusión. Sólo hay esperanza si hallo una pista en el Waldorf Towers. ¿Me sigue?

—Sí.

—Fue en el Waldorf Towers donde usted abrió entonces por última vez su valija antes de hacerlo en su casa, ¿no es cierto?

El cantante asintió en silencio y extrajo un habano. Le hincó el diente en la cabeza y lo prendió en el instante en que la bañista se clavaba en el agua con un piquero limpio.

—Me interesa establecer el lugar y el momento de la confusión, porque a partir de ahí puedo llegar a identificar a sus perseguidores.

—Entiendo —repuso el cantante, impresionado por la metodología del detective, que si bien era miope como un topo, parecía gozar de un olfato envidiable.

Cayetano dibujó un garabato con la uña en la textura empañada del vaso y observó de soslayo a la bañista, que chapoteaba ahora en el agua. Cruzó una pierna y escuchó un crepitar de tela.

—Todo esto significa una sola cosa —continuó, mirándose entre las piernas, donde descubrió una costura descosida y un pálido trozo de muslo intentando asolearse—. Que tendré que ir a darle un vistazo al Waldorf Towers.

9

El Boeing de American Airlines procedente de Caracas se posó con un leve patinazo a las 13.47 de un radiante mediodía de abril en el aeropuerto internacional de Miami y se aproximó lentamente a la manga.

Aletargado, porque aquella mañana había salido muy temprano de La Habana, Cayetano Brulé guardó su libreta de apuntes y se dirigió por los pasillos a cumplir las formalidades de inmigración. Instantes después retiraba su equipaje y avanzaba entre el rumor de pasajeros y el aroma a café tostado y pastelería.

Arrendó un Ford Sierra en el mesón de Hertz, donde trabó amistad con Dora Wilson, una jovial empleada nicaragüense, que le brindó un descuento especial y le advirtió sobre la falta de seguridad en Miami. Ante tanta deferencia, Cayetano la invitó a salir y convinieron en que lo harían en cuanto él la llamara.

—Te acepto comer paella en el Allioli y bailar después en la Varadero —propuso Dora con una sonrisa coqueta.

—Y de ahí, directo al cielo, mi niña —respondió el detective, animado por la centroamericana, que si bien a los cuarenta años resultaba algo menguada para su gusto cubano más dado a lo copioso y rebosante, amparaba en su cuerpo fino y moreno un alma jacarandosa.

Ya en el Ford, enfiló por la Dolphin hacia el este, donde la calle muere en Miami Beach, y se incorporó al río de vehículos. Desde el puente Macarthur divisó los rascacielos del downtown, que se elevan refulgiendo contra el cielo como gigantescas hojas de gillette. Sintonizó una emisora habanera en la que una voz masculina elogiaba el cumplimiento de nuevos planes quinquenales en la industria de alimentos.

Y mientras conducía, le pareció inverosímil que aquellos dos mundos tan dispares —el del Miami moderno y rutilante, y el de La Habana desplomada y espartana— estuviesen separados por un estrecho de sólo noventa millas. Pero todo eso, el Miami de jardines bien cuidados y casas claras, y La Habana descascarada y abatida, pronta a derrumbarse, todo eso era su mundo, se dijo. El mundo de la atmósfera eléctrica y diáfana que envuelve a enjundiosas mujeres de cintura de avispa, nalgas magníficas y senos pequeños, donde se elevan las palmeras meciendo sus pencas ante la brisa tibia, donde estallan ritmos, carcajadas y colores, donde se ordena el plátano maduro y el guarapo, los tostones, la malanga y el tocinillo, el mango, el anón y el aguacate, donde resuena el silbido dulce de flautines, el compás almibarado del danzón y el toque oscuro de las tumbadoras anunciando un guaguancó.

—Te estás poniendo viejo y romanticón —se reprochó mientras hurgaba en sus bolsillos por fósforos. Esta vez sintonizó la radio Mambí, de la Florida, que vibraba con *Mi tierra,* de Gloria Estefan, y el estribillo le pareció un mensaje lacerante: «La tierra te duele, la tierra te da, en medio del alma, cuando tú no estás. La tierra te empuja de raíz y cal, la tierra suspira si no te ve más».

Su universo estaba allí, volvió a decirse, en aquella extensión de islas y mar, habitada por negros y blancos, chinos y mulatos. Algún día retornaría a su entrañable trópico. Alguien le tendería un puente o le conseguiría un trabajito que le permitiera sobrevivir con Margarita de las Flores, a quien no abandonaría en Valparaíso.

—¡Al Caribe, ni loca, allá me cambiarías por una negra culona y bembona! —le había advertido ella una noche en que Cayetano volvía de espiar a la esposa de un periodista de televisión, a quien le ponían los cuernos mientras transmitía noticias.

Desembocó en la Collins Avenue, que en el sur de Miami Beach corre lejos del Atlántico, y viró hacia el Ocean Drive, donde le fue fácil dar con el Waldorf Towers, un edificio art decó de cuatro pisos que resplandece como una torta de merengue frente a la playa. Se estacionó en las inmediaciones y contempló por un rato el lugar que hacía tres meses había albergado al cantante.

—¿Tiene un cuarto? —preguntó al recepcionista ya en el frío del aire acondicionado. Era un hispano, frisaría los veinticinco años y llevaba la camisa abierta.

Consultó el registro tarareando un éxito de Jon Secada.

—Anda con suerte, es el último —repuso—. Tercer piso, con vista al mar.

10

> Tuyo es mi corazón,
> oh sol de mi querer,
> reina de mi corazón,
> no me abandones, mi bien,
> que eres todo mi querer.
> Tuyo es mi corazón,
> oh sol de mi querer,
> mujer de mi ilusión,
> mi amor te consagré.
>
> De *María Elena*
> Lorenzo Barcelata

El destartalado De Soto 1957 de Sinecio Candonga dejó atrás el Malecón habanero con sus ciclistas extenuados, sus parejas apasionadas y su suave oleaje turquesa, y se internó por el asfalto reblandecido del paseo del Prado cuando la iglesia de La Merced marcaba las diez de la mañana.

—Aquí viven el poeta y su esposa, la pintora —anunció deteniendo el vehículo ante una puerta estrecha, disimulada por la sombra del portal—. Poco creo en los hombres que escriben versitos, menos en las mujeres que matan el día encharcando con colores los pisos de casa, en lugar de trapearlos, pero es la mejor y más limpia pensión que puedo recomendarle.

Y tras decir esto, descargó dos valijas, unos casetes de boleros y varios cancioneros, los apiló frente a la puerta y desapareció con su carro de parachoques niquelados.

Plácido pulsó el timbre dos veces. Le parecía una exageración de Cayetano Brulé haber abandonado el hotel para refugiarse en casa de un desconocido. De improviso apareció un ojo escrutador por la mirilla de la puerta.

—Soy el amigo de Sinecio —susurró.

La hoja se abrió para dar paso a un hombre algo obeso, de pelo hirsuto y anteojos, todo lo cual le confería un aspecto de niño travieso. Vestía una percudida camisa de mangas cortas y pantalón de pana.

—Usted es el cantante de boleros, supongo —dijo sin esperar a que el visitante le respondiera. Ayudó a ingresar el equipaje, dio una mirada rápida al paseo y cerró presuroso la puerta—. ¡Bienvenido!

—Gracias —masculló el cantante y en la oscuridad fresca de la salita de estar fue descubriendo repisas atestadas de libros viejos y, en el suelo manchado con pintura, respaldándose contra la pared, unos lienzos a medio terminar.

—Soy Virgilio Castilla. La que pinta en casa es Leticia, mi mujer, que ahora anda en la cola del pan.

—Mucho gusto. Plácido del Rosal, para servirle.

—También soy artista —aclaró Virgilio—. Antes escribía versos, por lo que todos me dicen el poeta, pero dejé la poesía desde que me enemisté con el gobierno. Hoy sólo vivo de brindar alojamiento a los extranjeros que odian los grandes hoteles.

—¿Y se permiten ahora aquí los alojamientos privados?

—Para serle franco, no. Pero en medio del caos de la isla, nadie lo nota. Además, todos mis huéspedes pasan por parientes míos en la cuadra. Venga por acá.

Cruzaron un pasillo estrecho de puntal alto, donde se arrumbaban libros azumagados y apenas llegaba la claridad. Entraron a un recinto a oscuras y el poeta encendió una débil bombilla que pendía del cielo. Era un cuartito de paredes desnudas.

—Su habitación —dijo Virgilio, orondo, como si presentara una suite de la cadena Kempinski, y apagó la luz, con lo que volvieron a quedar sumidos en penumbras—. Debe prenderla sólo en casos de emergencia y por poco rato, que no hay más bombillas en toda Cuba. Y a ésta —agregó elevando el tono— hay que cuidarla con más ahínco, puesto que es de las de Alemania Oriental, de las que desaparecieron junto con el país, y hoy pueden cambiarse a coleccionistas europeos de antigüedades por conservas.

Al rato, ya en la sala de estar, el poeta brindó un cafecito de borra, muy aguado y sin azúcar, que había desaparecido semanas atrás.

—Es una suerte que usted haya llegado, porque tengo las habitaciones vacías desde hace meses —explicó restregándose las manos—. En épocas de crisis son pocos los que se atreven a buscar pensiones privadas, aunque aquí se ofrece excelente comida criolla, porque mi mujer, si bien una gran pintora, es mejor cocinera.

—¿Y el gobierno no lo controla para que no escriba? —inquirió el cantante palpándose el pescuezo, aterrado por la posibilidad de que algún día le prohibiesen entonar un bolero.

—Ya me olvidaron —repuso el poeta, desanimado—. La única obsesión del barbudo es cómo evitar que todos se mueran de hambre. Además, como no hay papel ni lápiz, da lo mismo escribir o callar.

El cantante probó el café amargo con un sentimiento de satisfacción. Le habría inquietado hallarse en casa de un disidente conocido, pues implicaba caer bajo la mirada de la policía política. Extrajo de su safari un Lanceros para él y otro para el poeta, quien se apoderó regocijado de una marca que había visto a través de la televisión sólo entre los labios corinto del máximo líder, y lo calzó en su gran boca moduladora. Luego preguntó:

—¿Y va a quedarse mucho tiempo en Cuba?

—Creo que bastante —repuso Plácido del Rosal ofreciendo fuego.

11

De sombrero, botas e impermeable, el Suizo abordó el Mercedes Benz cuando el vehículo se detuvo por un instante ante la desolada estación Bellavista. Eran las nueve de la noche y sobre Valparaíso se había desplomado la camanchaca densa que envuelve luces, apaga ruidos y humedece el pavimento.

—Hay novedades, Jefe —anunció el Suizo inhalando el aire tibio mezclado con el olor a cuero que exhalaban los asientos. Unas gotas frías resbalaron por las alas de su sombrero y el impermeable.

—Escucho —repuso el Jefe. Se cercioró a través del retrovisor de que nadie los seguía.

—Hace dos meses un cuidador de automóviles invitó a unos compadres a un prostíbulo de El Almendral. Entre trago y trago les confesó que había hecho el negocio de su vida vendiendo su carnet de identidad a un extraño.

A la altura de la plaza de la Aduana, el Jefe viró buscando el cerro. Dejo atrás las grúas del puerto y ascendió por el pavimento irregular de Carampagne. El Suizo continuó:

—Alertado por los muchachos del prostíbulo, me di a la tarea de buscar al tipo y lo encontré en una de las calles aledañas a la Intendencia, donde trabaja desde hace años. Lo invité a beber y me contó la historia completa.

El Mercedes comenzó a subir en forma diagonal por una calle empinada y minutos más tarde se detuvo con el elegante balanceo de su suspensión cerca de las hileras de acacios que flanquean el paseo 21 de Mayo. Abajo la ciudad murmuraba.

—¿Cómo se llama el cuidador? —preguntó el Jefe apagando el motor.

—Raúl Toro Covarrubias, le dicen el «Torito».

—¿Dónde lo habían contactado?

—En la plaza Echaurren —aclaró el Suizo y su hermoso rostro soltó una sonrisa calculada—. El desconocido lo invitó a un par de tragos al Roland Bar y luego a comer a una fritanguería. Allí le dijo que precisaba un carnet para un amigo en apuros y se lo compró de inmediato en cincuenta mil pesos.

—Bastante para un carnet —comentó el Jefe y se bajó del vehículo envolviéndose en su abrigo. Se cubrió la cabeza con un jockey y caminó hacia el mirador, seguido del Suizo—. ¿Tenemos la identificación del comprador del carnet?

—Sí, fue fácil —añadió el rubio en tono pausado—. Le enseñé la foto del pasaporte del bolerista, ¿y qué cree que dijo?

Se quedó esperando en vano la respuesta del Jefe. Era bajo, algo entrado en carnes, y permanecía con la vista clavada en la noche. Lo vio apoyar sus manos morenas en la baranda y volver a enfundarlas en los bolsillos, espantado por las gotas frías que se deslizaban por la madera.

—Pues bien —agregó el Suizo—. Me dijo que el carnet se lo había vendido al hombre de la foto.

12

La vida del cantante pende de un hilo, pensó Cayetano Brulé mientras terminaba aquella primera noche en Miami su cerveza en la terraza del hotel. Desde allí podía contemplar la muchedumbre que se paseaba bronceada y alegre y el río de automóviles bruñidos que fluía pausadamente frente al Atlántico. Estaba convencido de que los dueños del dinero liquidarían a Plácido en cuanto recuperasen su botín.

Había aprovechado la tarde para ordenar sus ideas y apuntes en el aire acondicionado de la cafetería Internacional, de la Flagler Street, donde charló con compatriotas que pronosticaban la caída de Fidel Castro mientras jugaban dominó y bebían guarapo. Hojeó el *Nuevo Herald* y disfrutó un picadillo con maduros, yuca y malanga, rematado por cascos de guayaba con queso cremoso y un café, y se largó después a la resolana.

Pasadas las once de la noche finalizó la cerveza e ingresó al lobby del Waldorf Towers, dejando atrás un Ocean Drive resplandeciente, donde los restaurantes y cafeterías recién comenzaban a llenarse. En el lobby lo recibieron el embate frío del aire acondicionado y la pálida luz de una lámpara art decó.

—Habitación 42, por favor.

El recepcionista leía un libro sentado a una mesita detrás del mesón. Interrumpió la lectura con modorra y descolgó la llave del tablero.

—¿Cómo te llamas? ¿Nuevo aquí? —preguntó el detective al recibir la llave.

—Lázaro, llevo un mes. —Tenía unos ojos negros incisivos y era cubano, posiblemente *marielito* o balsero—. ¿Por qué?

—Porque a comienzos de año trabajaba una negra en la recepción y no la he visto.

—¿Una mujer? —repitió frunciendo el ceño—. No, aquí no trabaja ninguna mujer.

—¿Tampoco en el turno del día?

—La única que trabaja en la recepción es la señora Venute.

—¿Es una negra cubana?

El dependiente echó a revolotear una risa sarcástica por el lobby.

—Italiana. Una italiana blanca como la nieve.

—¿Qué hace?

—Es la dueña. Un ogro, aunque su esposo es un encanto —posó el dorso de la mano sobre su frente y quebró la cintura—. La Venute espía permanentemente al personal.

—¿Cuándo puedo hablarle?

—Acaba de irse con su marido a Nueva York, al casamiento de la hija mayor, que es otra insoportable, para no hablar de Renato, el novio, que también trabaja aquí y es un muerto de hambre.

—¿Vuelven pronto? —preguntó Cayetano, sorprendido por la descarga cerrada del recepcionista en contra de los patrones.

—No sé. Se fueron ayer y las bodas italianas son eternas.

—¿Y el administrador?

—¡Rajiv, el paquistaní! —dijo chasqueando la lengua con un gesto de desdén—. Ese se incorporó hace tres semanas, un hipócrita. ¡Sólo busca despedirme para contratar a otro de sus compatriotas, que trabajan por la mitad de mi sueldo! ¡Claro, como sólo comen arroz con curry!

—¿No hay nadie, entonces, que pueda darme información sobre la cubana?

—Va a ser difícil que se la brinden —agregó el recepcionista y volvió a sentarse detrás del mostrador. Había dado por terminado el diálogo. Ahora hojeaba el libro fingiendo interés—. A Venute le disgustan los husmeadores, igual que a mí.

Tuvo la certeza de que endurecía su actitud sólo para ganarse una propina. El estilo de la última frase no era el suyo, no encajaba con su persona, lo había aprendido de películas y novelas policiales. Dejó pasar unos instantes y preguntó:

—¿Desde cuándo estás en Miami?

—Llegué hace un año en balsa —respondió serio—. Salimos doce y sobrevivimos cuatro. —Soltó un suspiro, sacudió la cabeza y añadió—: Pero aquí seguimos, en la lucha, dándole duro.

Se estuvo atusando el bigote durante largo rato, consciente de que las palabras estaban de más. Conocía bastante la silenciosa tragedia de los balseros cubanos y le mortificaba la indiferencia del mundo hacia ellos. Extrajo un billete de veinte dólares y lo deslizó sobre la superficie lisa del mesón.

—Mira, mi hermano, yo también soy cubano —agregó—, y esto es un anticipo por si me consigues señas

señas de la ninfa. Además, chico, ¿de cuándo data la primera anotación en ese libro verde?

Caminó hasta la mesita del fondo, donde yacía el libro que Cayetano había llenado al arribar al hotel y lo abrió en las primeras páginas.

—Comienza con el año —dijo.

—¡Fantástico! ¿Allí se apunta todo el que ingresa?

—Para eso está.

—Mira, mi hermano —agregó Cayetano en tono conspirativo—. Yo me gano la vida con esto y necesito que me lo prestes por un rato. Sólo por un rato...

—Si lo sorprenden, me echan a la calle en un dos por tres.

—Si me sorprenden —susurró Cayetano posando su mano sobre el hombro del joven con gesto fraternal—, diré que me lo prestó un paquistaní.

13

Terminó a las dos de la mañana de examinar el libro de registros y de copiar los nombres y datos de la cincuentena de personas que alojaron en el Waldorf Towers la misma noche en que lo había hecho el cantante romántico. Le ardían los ojos y el cuarto amenazaba con disiparse detrás de una densa nube de humo.

—Como todos son sospechosos, la cosa carece de sentido —comentó Cayetano Brulé mientras revisaba la lista, que incluía a Plácido del Rosal.

Reinaba un orden escrupuloso, casi germánico, en aquel libro, por lo que al investigador le resultó fácil hallar el 30 de marzo, día en que el cantante había ingresado al Waldorf Towers. De cada huésped se apuntaban allí el nombre, la procedencia, la forma de pago y la habitación designada. A un lado aparecía la firma.

A través de la ventana abierta le llegaban el rumor y las carcajadas de la muchedumbre del Ocean Drive salpicados de salsa y jazz. Le apetecía un café cubano bien cargado y aromático, de esos que levantan muertos, pero desistió de lanzarse a vagar por las calles de Miami Beach. Encendió un Lucky Strike. Estableció que durante la noche en que Plácido del Rosal se había hospedado en el Waldorf Towers, todas las habitaciones del hotel habían estado ocupadas. ¿Y entonces qué podía colegir de aquella variedad de nombres, domicilios y firmas? Era una estupidez pensar en entrevistar a quienes meses atrás habían ocupado un cuarto contiguo al de su cliente.

—¿Quién, sino los detectives y los espías, recuerdan detalles como esos? —se preguntó cerrando la libreta de apuntes.

Los datos que le proporcionaba el registro no le permitían progresar en la investigación. A lo sumo estaba gastando los pesos, nada escuálidos, por cierto, de Plácido del Rosal. Lo más honesto y adecuado era dar por terminado cuanto antes el caso, aprovechar el día siguiente para visitar a algunos parientes lejanos, que vivían en Hialeah, y despedirse con un atracón en uno de los restaurantes de la calle Ocho. Después volvería a La Habana vía Caracas, informaría de la situación a Del Rosal y cobraría sus honorarios.

—Sólo me queda sugerirle que se esfume, goce el dinero y se encomiende al santo de su devoción —murmuró pensativo.

Fue ese el instante en que resonó el timbre del teléfono.

—¡Baje rápido! —era la voz entrecortada del recepcionista al otro lado de la línea—. ¡Acabo de descubrir la identidad de su negra!

14

Duermen en mi jardín las blancas azucenas,
los nardos y las rosas;
y mi alma, muy triste y pesarosa,
a las flores quiere ocultar su amargo dolor.
Yo no quiero que las flores sepan los tormentos que me da la vida;
si supieran lo que estoy sufriendo,
de pena morirían también.

De *Silencio*
Rafael Hernández

Cuando Plácido del Rosal vio por primera vez el escenario bajo las estrellas del Tropicana, supo de inmediato que estaba en el cabaret más hermoso del mundo y que jamás hallaría sosiego en su vida si no lograba cantar allí sus apasionados boleros. Veintiún violinistas negros vestidos de punta en blanco bailaban en las tablas al ritmo de un compás lánguido y sensual, exhibiendo sus dientes albos mientras interpretaban *María la O*.

Sólo cuando el mozo vestido de traje y pajarita emergió para consultar la orden, Plácido se percató de que Sinecio Candonga, el hombre que le servía de chofer al volante del destartalado De Soto, seguía de pie junto a la mesa.

—Toma asiento y pide lo que quieras, que ignoro el milagro que nos transportó a la era de tu automóvil —dijo el cantante.

Ordenaron daiquirís y un par de antojitos para aguardar la cena. Pese a que el show se iniciaba recién dentro de una hora, el Tropicana estaba ya colmado de turistas. Ocuparon aquella mesa de la primera fila que se ubica justo frente a la escalinata central del escenario, y se prepararon para admirar de muy cerca las tentaciones de la carne.

—Al término del show, la Conga de Jaruco se tira arrollando por esas gradas —comentó Sinecio enfervorizado. Lucía una impecable guayabera celeste—. Y lo mejor son las mulatonas que bajan en cueros meneando el culo y sacudiendo las tetas.

—Más pareciera que te la pasas en el Tropicana que al mando del De Soto —dijo Plácido del Rosal, volteando su rostro, en el que ya tomaba forma el bigote canoso sugerido por Cayetano Brulé, para dirigir una mirada furtiva a las mesas a su espalda. En la atmósfera eléctrica olió perfumes y escuchó idiomas desconocidos. Los daiquiris y entremeses —mariquitas, boniato frito, fufú y croquetas— arribaron con prontitud.

—Vengo a menudo —admitió Sinecio, lanzándose en picada a la comida y el trago—. Pero siempre gracias a extranjeros. A los cubanos nos está vedado entrar aquí, a menos que paguemos en dólares, empresa más difícil y riesgosa que conseguir doblones.

Plácido del Rosal evocó sus actuaciones en los modestos escenarios centroamericanos y experimentó envidia. Allá solía cantar en teatros estrechos y sombríos, pasados a naftalina, y en las plazas públicas, donde lo escuchaban los miembros de las juntas de vecinos y las empleadas domésticas, además de indios analfabetos, campesinos sin tierra y soldados rufianescos. Pero nunca había logrado presentarse en algo parecido al Tropicana.

Se juró que un día no muy lejano, parapetándose detrás de su bigote cano, el pelo teñido de blanco y un buen nombre artístico, cantaría en aquel cabaret. Sería la culminación de su carrera. Algo posible, puesto que era de suponer que los cubanos aceptarían dichosos diversificar el espectáculo con algún bolerista extranjero que cobrara poco. Y su emoción se acrecentaba al imaginar que en la década del cincuenta, sobre esas mismas tablas, habían actuado figuras de la talla de Beny Moré, Bola de Nieve, Eddie Gormie, Leo Marini, Los Panchos, Los Duendes, Los Tres Ases, Lucho Gatica, Nat King Cole y el intérprete a quien más admiraba y al que imitaba, el fabuloso Bienvenido Granda.

—No me largo de esta isla sin haber cantado aquí —masculló.

—¿Qué dice? —preguntó Sinecio Candonga.

—Nada —repuso elevando su vaso frío, como si brindara—. Cosas del bolero.

A las diez en punto una cascada de luces y humo de colores, el sonido estridente de metales y bongos, y la aparición bajo los reflectores huidizos de un ejército de esculturales mujeres semidesnudas inició el espectáculo.

—Es como degustar varios buenos vinos a la vez —lamentó el cantante al ver aquellas piernas firmes, las caderas generosas y los talles de avispa sacudiéndose al ritmo embriagador de la música tropical.

Y en el instante en que admiraba los pechos turgentes de las bailarinas que se contoneaban a escasa distancia de él, una gran jaula dorada comenzó a descender lentamente desde el cielo sobre el escenario. Los reflectores, estimulados por el fragor de tambores y metales, se posaron sobre una bellísima mulata que bailaba dentro, ataviada sólo con un traje exiguo, zapatos plateados de tacón de aguja y una toca alta de la que pendían papagayos, bananos y faroles de papel maché.

—Es Paloma Matamoros —comentó Sinecio Candonga muy bajo, pero su voz bastó para horadar el estruendo de la orquesta y hacer detonar el aplauso frenético del público.

En medio de aquel estallido de aprobación, la puerta de la jaula fue abriéndose lentamente hasta que Paloma Matamoros la traspuso seguida de una nueva descarga, ahora sólo de timbales. Sonreía y bailaba sensualmente rompiendo el velo de la noche húmeda, tibia y perfumada.

Plácido del Rosal suspiró azorado y se dijo que aquellas caderas cimbreantes, el ombligo duro, los muslos recios y los senos pletóricos de Paloma Matamoros eran mucho más de lo que había ansiado en sus febriles noches solitarias en casa del poeta.

—Si no existiera —balbuceó—, habría que inventarla.

15

Cuatro de la madrugada. Valparaíso. El mesón del Cinzano se alarga desierto hasta el fondo del bar, los cantantes de tango y bolero se han marchado, y atrás sólo quedan la quietud y una mujer encargada de retirar los vasos y limpiar las mesas.

—Necesito hablarte —dijo el Suizo asiendo férreamente la muñeca de Norma cuando ella pasaba el estropajo por su mesa. No había otro cliente—. Se trata de Plácido del Rosal.

Tenía el pelo negro, largo y ensortijado, y una mirada inteligente que refulgió deleitada al ver los ojos azules. Dejó descansar el estropajo junto al vaso y advirtió:

—Lo único que me interesa es terminar y marcharme.

Ciñó aún más la muñeca de Norma mientras pensaba que a juzgar por el penoso trabajo que desempeñaba, ella no se había beneficiado del dinero en manos del cantante de boleros. Intuyó que se hallaba ante una mujer despechada, lo que podría convertirla en un aliado decisivo en la ardua tarea de ubicar a Plácido del Rosal. No hay nada más próximo a la traición que un alma despechada, recordó.

—¿Dónde crees que puedo encontrarlo?

—Déjeme tranquila o llamo al dueño —amenazó ella indicando con la mirada hacia el fondo del local, donde a través de una puerta entornada se divisaba la luz blanca de la cocina.

—No eres la única a quien dejó plantada.

—¿Hay otra tonta por ahí? —preguntó simulando indiferencia. Andaría por los cuarenta, algo canosa, con un pequeño lunar negro junto a la comisura derecha. Le fascinaron el rostro y los movimientos recios del hombre.

—Son en verdad un par de amigos a quienes debe algo y que se mueren por ubicarlo. Darían hasta una recompensa por un dato.

Volvió a deslizar el estropajo por la mesa, prisionera de la garra del Suizo. Hizo memoria y recordó que no veía a Plácido desde noviembre del año anterior, cuando él estaba a punto de emprender su gira artística por Centroamérica. Sin embargo, meses más tarde, a comienzos de abril pasado, un tanguista del J. Cruz, que imaginaba al cantante en Ciudad de Guatemala, lo había divisado en una de las calles céntricas de Valparaíso. Al parecer andaba de incógnito por la ciudad. Norma pensó en aquellos días, equivocadamente por cierto, que Plácido naufragaba en uno más de sus acostumbrados líos de faldas y que, como siempre, retornaría a ella en cuanto despilfarrase el dinero.

—¿No te imaginas dónde puedo hallarlo? —preguntó el Suizo, oprimiendo aún más su muñeca, abortando los recuerdos que unían a aquella mujer a un hombre que, a estas alturas de la vida, amaba y odiaba con idéntica intensidad. Luego, tras colocar un par de billetes sobre la mesa, se levantó y dijo—: Te estaré esperando junto a la pileta del Neptuno. Me llamo Max.

A las cinco en punto de la mañana, Norma cruzó taconeando la plaza Aníbal Pinto y halló al Suizo parapetado detrás de la estatua.

—Vamos a mi camioneta —invitó él.

La había estacionado frente al café Riquet, cerrado a esa hora. Tras conectar la calefacción, enfiló lentamente por la calle O'Higgins hacia el norte y se detuvo junto a la catedral.

—¿Es verdad que Plácido aprendió a cantar boleros en Montevideo? —preguntó sin apagar el motor.

Con locuacidad inusual le relató la historia que el cantante le había narrado tantas veces mientras bebían apoyados a la barra del Cinzano, esperando su última actuación, o se disponían a acostarse, ablandados ya por el vino, en el lecho húmedo y frío de su vivienda de Colón, donde ella freía la mejor reineta de Valparaíso. Plácido evocaba entonces aquella época montevideana con una nostalgia que rompía el alma.

Había arribado a Montevideo junto a su madre en los años cincuenta, cuando el Uruguay era uno de los países más prósperos del mundo y su peso valía tanto como el dólar. Nunca supo a qué se dedicaba su progenitora. Sólo tuvo una vaga certidumbre de lo que hacía cuando le avisaron que había muerto de una feroz estocada en un cafetín del barrio de los negros. A los trece años era un huérfano en un mundo extraño, donde logró sobrevivir gracias a Paco, un librero español sin hijos que lo apadrinó porque había sido amante de su madre.

—Allá aprendió a cantar —reconoció Norma con una mescolanza de sentimientos. La torre del antiguo diario *La Unión* recogía los primeros resplandores del alba—. Tango primero, después bolero. Y regresó a Chile en los setenta. La cosa estaba fea.

Un trolebús pasó estremeciendo las palmeras de la plaza y el Suizo acarició furtivamente la barbilla de la mujer.

—¿Y todavía vive ese español?

—Todavía —repuso ella mientras sentía que la mano del hombre se entrometía ahora entre sus muslos—. Y sigue con la librería.

16

A las 09.35 de la mañana Cayetano Brulé estacionó el Ford en las cercanías del Domino Park y enfiló a pie por la 17ª Avenida en demanda de la Flagler Street. Las destartaladas casas de madera de un piso pedían a gritos una mano de pintura y en sus antejardines descuidados crecía la yerba a destajo.

Pulsó el timbre de una casita azul, idéntica a todas las del sector: una planta, techo liso, en su fachada un portalito con puerta en el centro y una ventanita a cada lado. Pese a la hora, los postigos permanecían cerrados.

De pronto le pareció escuchar el rechinar de un pestillo. Alguien intentaba abrir desde dentro. La puerta cedió un par de centímetros y quedó trabada. Tenía el seguro echado.

—¿Diga? —preguntó una voz de hombre a través del intersticio. Adentro reinaban las penumbras—. ¿A quién busca?

—Buenos días —dijo Cayetano. No veía con quién hablaba—. ¿Vive aquí Olga Lidia?

—¿Quién?

—Olga Lidia Armenteros.

La puerta se cerró con estrépito.

—¡Oiga, por favor!

Pero volvió a abrirse, ahora sin seguro. En el umbral emergió un negro viejo, bajo y magro como un charqui. Vestía tan sólo una percudida camiseta blanca de mangas cortas y un short, y se tocaba la cabeza con una gorra de pelotero de Los Huracanes.

—¿Es usted del FBI? —preguntó al salir al portal, donde lo envolvió la resolana, por lo que entornó los ojos hasta dejarlos convertidos en dos rayitas horizontales.

—No. No lo soy, señor.

Recibió la noticia con desaliento.

—Pero usted preguntó por Olga Lidia —reclamó defraudado.

—Así es, pero no soy policía.

Abrió la boca para decir algo. Fue incapaz de pronunciar palabra. Mantuvo fijos los ojos en el rostro del bigotudo, como si recién ahora pudiese verlo realmente, ahora que sus ojos se acostumbraban a la claridad.

—Necesito hablar con ella —insistió exasperado.

—¿Con Olga Lidia Armenteros, dice usted?

—Sí, abuelo, exactamente, con ella misma.

—Imposible —balbuceó el viejo—. Mi hijita murió hace dos meses. Fue asaltada una noche en que volvía del hotel.

Voy por la vereda tropical;
la noche, plena de quietud,
con su perfume de humedad,
y en la brisa que viene del mar
se oye el rumor de una canción,
canción de amor y de piedad...

De *Vereda tropical*
Gonzalo Curiel

Plácido del Rosal no pudo borrar de su memoria la deslumbrante imagen de Paloma Matamoros, ni superar el angustiante sentimiento de soledad que lo embargaba al sentirla distante. A los cincuenta años, cuando, gracias a sus giras como cantante melódico, podía ufanarse de haber amado a más extranjeras que cualquier otro artista porteño, se había enamorado como un adolescente.

En aquellos días tejió y destejió planes para acercarse a la bailarina. Lo más adecuado le pareció en un inicio utilizar a Sinecio Candonga, pero luego descartó la idea, atemorizado por la posibilidad de que ella tuviese al chofer por un celestino. Más tarde, y como alternativa, se propuso asistir a diario a las funciones del Tropicana para enviarle mensajes de admiración disimulados en ramos de flores. Pero desechó la idea, pues la consideraba un recurso manido de turistas, diplomáticos y políticos setentones.

Días después de aquella función inolvidable, mientras ensayaba entre las ceibas de la plaza Zapata el bolero *Pasión tropical,* de Osvaldo Farrés, escuchó un rumor a su espalda. Se volvió espantado, pues se creía solo y a salvo entre tanto árbol. Y entonces descubrió a la mujer.

Llevaba saya y blusa clara, sandalias rojas, el cabello envuelto en un pañuelo amarillo y una abultada bolsa de plástico. Estaba más hermosa y sensual que nunca.

—Me llamo Paloma —dijo ella, como si él no lo supiera, sorprendida por la sonrisa afable con que la recibía aquel hombre esmirriado, de bigote fino, panamá y anteojos de sol que cantaba en medio del parque—. ¿Me viste en el Tropicana?

—Sí, pero hasta ahora creía que sólo lo había soñado —repuso el cantante despojándose del sombrero—. ¡Un espectáculo fabuloso!

—Es el mismo desde hace treinta años y no puede fallar —comentó tranquila, dispuesta a reanudar la marcha.

¡No podía dejarla irse sola! El destino se la había puesto en aquel parque. Caminaron por el sendero buscando la avenida Primera, que bordea las mansiones señoriales construidas a la orilla del mar en el período prerrevolucionario y que hoy habitan los ex guerrilleros. Le explicó que era un turista del Paraguay fanático del bolero.

—Eres un gran cantante —comentó la mujer—. Te escuchaba hace rato detrás de la ceiba.

—Soy cantante de boleros —agregó, pero supo de inmediato que actuaba imprudentemente porque Paloma bien podía ser un anzuelo de sus perseguidores.

—Me lo imaginé.

—¿Y qué buscas aquí? —preguntó tratando de detectar en su rostro terso algún indicio que ocultara segundas intenciones.

Una caravana de automóviles oscuros, escoltada por policías en motocicletas, pasó rauda haciendo aullar sirenas y se esfumó en un santiamén con chirrido de neumáticos.

—Venía de la tienda para extranjeros —respondió Paloma, señalando hacia el oeste, ignorando los vehículos.

—¿Quién iba en esa caravana tan imponente? —preguntó el cantante azorado.

—Es el Caballo, que corre a diario de reunión en reunión para abordar el estado del país.

—¿El Caballo?

—El máximo líder —repuso tranquila—. Desde hace treinta años vuela de una sesión ministerial a otra, llegando atrasado a todas.

—¿Y qué dicen sus asesores?

—Nada, y lo peor —añadió Paloma echando una mirada furtiva por sobre su hombro— es que entra a las sesiones con las materias confundidas. Al Ministerio de la Industria Ligera arriba con las cifras del de Agricultura, al de Turismo con las de Educación y al de Cultura con las de Defensa. Por eso este país anda como anda.

—¿Y sus ministros?

—Nadie se atreve a decirle nada por miedo a que el Caballo los expulse del gabinete y los ponga al día siguiente a atender una pizzería estatal o los baños de una oficina pública, que son lo mismo.

—¿Tanto poder tiene? —preguntó el cantante mirando hacia la esquina por la cual se había esfumado la caravana.

—Mucho más del que todos tenemos, pero te contaba que vengo de la diplotienda —recordó ella—. Cuando consigo dólares, le pido a extranjeros que me compren carne, viandas y leche para mi hijo. Ahí no podemos entrar los cubanos, aunque es el único lugar de la isla donde hay comida.

—¿Y conseguiste lo que necesitabas?

—Sasha se va a alegrar, sobre todo por la leche —replicó elevando la bolsa—. ¡Con lo que la necesita a los seis años!

—¿Tan joven y ya con un hijo grande?

Soltó una sonrisa pícara y guardó silencio mientras esquivaban baches y desniveles entre los cocoteros amarillentos y los muros de mansiones vigiladas por uniformados de verde olivo. Al rato pasaron frente a casas abandonadas. La vegetación crecía exuberante, cubriendo patios, muros y escalinatas, internándose por aquellas construcciones sin puertas ni ventanas como una marea incontenible.

—¿Estas son las casas que abandonaron los ricos que huyeron a Estados Unidos? —preguntó el cantante asombrado por el deterioro del barrio.

Ella asintió y luego se cercioró de que nadie los viera y guió a Plácido hasta un jardín disimulado detrás de un muro de cantería. Se hallaron ante una enorme casa en ruinas que contemplaba la corriente del golfo. En algunas de sus ventanas colgaban aún cortinajes raídos.

—¡Sígueme! —ordenó la mujer entrando a la construcción de pisos de mármol e indicó hacia una puerta cerrada a su izquierda. Era la última puerta que quedaba—. Ve hasta allá y ábrela.

Plácido cruzó la sala desierta y empujó la hoja. Conducía hacia una gran cocina de paredes revestidas con azulejos. Vio un mueble carcomido por la humedad y, en un rincón, un gran refrigerador oxidado. A través de la ventana vislumbró las olas que reventaban en una piscina cubierta de líquenes, pencas de palma y cocos hinchados.

—¡Vamos! —dijo de pronto Paloma a su espalda—. Me esperan.

Afuera la aguardaba un carro escarabajo conducido por un hombre de anteojos calobares y guayabera celeste que permanecía impávido al volante. Sólo cuando ella subió al vehículo, Plácido se animó a decirle que deseaba volver a verla.

—Dime tú mejor dónde puedo hallarte.

—Acostumbro tomar el desayuno en la cafetería del hotel Inglaterra o en el bar Latinoamericano.

—Entonces una de estas mañanitas llegaré a desayunar contigo —prometió Paloma Matamoros mientras el escarabajo arrancaba en medio de estampidos y corcoveos.

18

—Así que el cantante escapó a Mendoza, ¿eh? —preguntó el Jefe mientras avanzaban contra el viento helado que barría la playa de Reñaca en la hora del crepúsculo.

—A Mendoza —repitió el Suizo observando la primera fila de casas de veraneo con postigos cerrados, que se alargaba a su izquierda. Al otro lado, gigantescas olas viscosas reventaban con estruendo en los roqueríos.

—¿Estás seguro?

—Escapó con el nombre de Raúl Toro Covarrubias. ¿Se acuerda de él?

—Es el cuidador de automóviles que le vendió su carnet de identidad en Valparaíso, ¿o no? —preguntó el Jefe, desenfundando sus manos enguantadas de la gruesa chaqueta de gamulán.

—Así es —repuso el Suizo, que ocultaba el cabello rubio bajo un sombrero de tweed y se guarecía en un impermeable oscuro—. Eso implica que anda tranquilo en Mendoza. Ni en sueños se imagina que ya disponemos de su nueva identidad. Ahora es una cuestión de tiempo.

—¿Cuándo inicias la búsqueda en la Argentina? —preguntó barriendo la arena con ojos escépticos. Su perfil se recortaba aguileño contra el horizonte.

—Me marcho mañana mismo con el primer bus a Mendoza.

—No quiero ser majadero, ¿pero estás seguro de que el hombre salió para allá?

—Absolutamente. Su salida quedó registrada en el paso fronterizo Los Libertadores, el 15 de abril pasado. Viajó en un bus de la línea CATA.

—Dime —añadió el Jefe arrugando la frente—. ¿Y es cierto que estampó una denuncia por el registro que practicaste en su casa?

—Es cierto.

—Eso es lo único extraño —comentó elevando la voz en el momento en que arreciaba el viento—. Sólo se alerta a Carabineros si uno se considera realmente inocente.

—Quiere hacernos creer que no tiene el dinero, Jefe. Pero si huyó con identidad falsa es porque anda con el dinero a cuestas.

—Quién sabe, quién sabe.

Se levantó el cuello de la chaqueta y miró hacia el Pacífico, donde un barco se mecía en medio del ataque de la espuma sucia. Aunque confiaba en el trabajo profesional del Suizo, sospechaba ahora que un artista de segunda lo estaba burlando.

—¿No se ocultará donde la famosa Norma? —preguntó—. A las mujeres, mientras peor se las trata, más te quieren, Max. Tú debes saberlo, pues tienes cara de castigador.

—No volverá con ella —aseguró el Suizo y se detuvo a contemplar el barco, que escupía humo por la chimenea. Recordó con escalofrío las carnes firmes de Norma y su modo lánguido de hacer el amor—. Si volviera, lo sabré. Jefe. Olvídese, ahora está en Mendoza.

19

—Señor Brulé, ¿cuánto tiempo piensa permanecer?

Era el paquistaní que administraba el hotel. Le formulaba la pregunta desde el otro lado del mesón, exhibiendo una profesional sonrisa de dientes albos y ojos vidriosos, mientras su mano velluda le entregaba la llave del cuarto.

Cayetano reconoció que era una buena pregunta para aquella mañana cálida. Después de la conversación con el padre de Olga Lidia, lo más aconsejable era visitar furtivamente a la parentela de Hialeah y retornar a La Habana a rendirle cuentas a Del Rosal y dar por concluido el caso. Con la muerte de la cubana había desaparecido el único eslabón que podía servirle de guía, por lo que la historia del medio millón de dólares quedaría como un enigma insoluble en su carrera.

Tuvo que reconocer hidalgamente que el dinero no sólo le permitiría pagar los alquileres atrasados a la señora Von der Heyde, sino al mismo tiempo sobrevivir holgadamente por unos meses sin la penosa necesidad de restringir su cuota diaria de cigarrillos y cerveza. ¡No le quedaba otra! Tendría que ir a cobrar y volver a Chile con la esperanza de que surgieran nuevos casos.

—Lo pregunto —continuó el recepcionista viendo que Cayetano vacilaba en entregar su respuesta— porque acabo de ver que usted no cuenta con reservación.

Abrió un libro grueso de portadas amarillas y lo consultó.

—Ojalá eso no me signifique tener que abandonar ahora mismo el hotel —opuso el investigador privado.

—De ningún modo, señor —dijo el paquistaní y levantó los ojos ribeteados—. Según veo aquí, usted arribó sin reservación, y tuvo suerte, ya que el hotel suele estar lleno en esta época. ¿No ve? —volvió a consultar el libro—, usted ni siquiera tiene reservación para los próximos días. ¿Quién lo atendió a su llegada?

—Un muchacho que habla castellano.

—Ah, el cubano —comentó el administrador con desdén—. Menos mal que advertí su situación, señor, ¿qué decide entonces?

—Permaneceré dos noches más —repuso Cayetano, contemplando pensativo el ajetreo del Ocean Drive a través de la puerta de vidrio—. Dos días más. Digo, si es posible.

—Absolutamente, señor.

Apuntó con letra cuidadosa el nombre del detective en una de las páginas, hizo una reverencia tan profunda que estuvo a punto de propinarse un feroz frentazo contra el mesón y caminó hacia la mesita del fondo con el libro en la mano.

Cayetano se acarició satisfecho una punta del bigote y salió a la terraza. Tomó asiento bajo un quitasol, en una mesa adosada a la baranda de concreto, y se dedicó a contemplar el paso de las bañistas y el reflejo turquesa de las olas bajo el sol matinal.

—¡Coño, casi se me pasa! —exclamó mientras encendía un cigarrillo—. Ahora Plácido del Rosal sí puede abrigar esperanzas.

20

—¿Estás solo? —preguntó tras cerciorarse de que no había nadie más en el lobby. Serían las ocho de la noche y el lugar se hallaba desierto, mientras afuera el Ocean Drive comenzaba a llenarse, como cada noche, de turistas.

—Acaba de irse el administrador —dijo Lázaro aliviado. Vestía una casaca roja de cuello marinero y unos jeans ajustados—. ¿Y usted encontró a su negra?

—Esa criatura ya no existe, mi hermano.

—¿Se fue de Miami?

—En cierto sentido —admitió—. Se fue al cielo.

—¿Murió?

—La asesinaron en una parada de buses, una noche que volvía de su turno del hotel.

—Así terminan las de su oficio —repuso Lázaro lacónico.

Cayetano se apoyó en el mesón y extrajo una cajetilla de Lucky Strike de su guayabera blanca. Le desagradaba el estilo de su compatriota.

—¿A qué se dedicaba Olga Lidia? —preguntó prendiendo el cigarrillo—. Digo, fuera del trabajo en el hotel.

Lázaro dejó escapar una sonrisa maliciosa y apoyó sus manos morenas y bien cuidadas sobre la campanilla del mostrador.

—Cuando llegaban turistas solos —dijo con un guiño de ojos—, les hacía de dama de compañía.

—Ahá —exclamó Cayetano muy serio, en medio de una humareda.

—Algo ocasional, no cobraba por la cosa misma, sino por la compañía. Enloquecía a los europeos, especialmente a los alemanes y holandeses. ¡Qué cosa! —alegó gesticulando, con la decepción propia de quien no entiende el mundo—. ¡Cómo es posible que bembonas así puedan cautivar a gente fina!

—¿Y de dónde sacaste la historia de Olga Lidia? —preguntó el investigador. Sus ojos brillaban con desconfianza al otro lado de las dioptrías.

—Una de las negras que hacen el aseo me lo contó hoy.

—¿No me habías dicho que en el hotel no trabajaban mujeres, con excepción de la señora Venute?

—Me refería a la recepción. Usted sólo me preguntó por la recepción.

—Es verdad —reconoció contrariado. Soltó humo por la nariz—. Por cierto, chico —repuso al rato—, se te pasó una cosa muy importante.

—¿Cuál?

—Mira, junto al libro verde de registros, tú manejas otro, de tapas amarillas, el de reservaciones. Ese es el importante para mí —enfatizó el investigador golpeando suavemente con el puño sobre el mesón.

El recepcionista se viró y echó una ojeada a la mesita del fondo. Allí yacían ambos libros, el amarillo descansando sobre el verde.

—No había pensado en él —admitió—. Como usted me pidió sólo el de arribos...

—No te preocupes, pero dime, ¿cuándo iniciaron el libro de reservaciones?

Lázaro se arrimó a la mesita y lo consultó.

—Enero —dijo en voz baja—. Lo iniciaron con el año.

—Magnífico, mi hermano. Me lo llevo ahora mismo.

21

Dame tus manos, ven, toma las mías,
que te voy a confiar las ansias mías,
son tres palabras, solamente mis angustias,
y esas palabras son ¡cómo me gustas!

De *Tres palabras*
Osvaldo Farrés

Los días transcurrieron tensos para el cantante melódico desde que se despidió de Paloma Matamoros en
una de las calles del elegante barrio de Miramar. Lo
desgarraba el anhelo de volver a encontrarla, al igual
que la sospecha de que sólo pudiera tratarse de una
espía enviada por sus perseguidores.

Con guayabera, grandes anteojos oscuros y sombrero panamá de cintillo floreado, comenzó a matar
el tiempo recorriendo las destartaladas calles de La
Habana Vieja junto al poeta, quien se reveló como
hombre locuaz, empedernido fumador de Lanceros y
crítico acerbo del régimen revolucionario. Hubo días
en que consideró un error haber buscado refugio en la
vivienda sombría de un poeta y una pintora espiados
probablemente por la policía política de Castro. Pero
luego, ya más tranquilo en la oscuridad de su cuarto,
se convenció de que esa circunstancia no era del todo
adversa, pues imposibilitaba que sus perseguidores, en
caso de que lo hallaran, pudieran secuestrarlo sin más
ni más. A fin de cuentas, gracias a la magnífica labor de
paco, para las autoridades cubanas él no era nada más
que un turista paraguayo de vacaciones en la isla.

Ya se dedicaban a sorber daiquirís y mojitos en los
bares con aire acondicionado para extranjeros, ya se
dejaban transportar en el viejo automóvil de Sinecio
Candonga desde el barrio colonial hasta el exclusivo

Laguito. Ambos artistas —el del canto y el de la poesía— fueron trabando así una singular amistad entre trago y paseo, pese a que Virgilio Castilla no soportaba los boleros, ni Plácido del Rosal los versos alejandrinos, a los que tan adicto era el poeta. Por doquier los asediaban apetitosas prostitutas y sus descarados dueños, los cuales, a vista y paciencia de la policía, las encomiaban con lujo de detalles, acicateados por el bienestar que delataban los Lanceros fumados por ambos. Pero si bien la abstinencia de meses escaldaba al cantante, su alma romántica sabía que sólo Paloma Matamoros podría brindarle el bálsamo con que soñaba.

—Mira, chico —solía explicarle el poeta—, lo único que te queda es ir directo al grano y confesarle que la amas con locura. Para bien o para mal, en todas estas islitas tropicales causan repulsa las medias tintas y revuelo los timbales grandes y bien puestos.

Y después le impartía instrucciones sobre cómo debía comportarse un hombre venido del Cono Sur de América, zona tan fría, estéril y ventosa, para conquistar a una hembra sandunguera del Caribe.

—Ustedes son pasmados y grises —precisaba—, de volumen bajo y algo amanerados, de gesticulación mezquina y mirada decente, de ritmo pesado en el baile, mesura en el habla y pacatería en la cama, justo lo que aburre a nuestras mujeres.

Solía escucharlo como en lontananza, con una fuerte dosis de escepticismo. Estaba convencido de que el poeta, ofuscado por la injusta marginación política de que era objeto, casado, como era su caso, desde hace más de veinte años con la misma mujer —una pintora de cabello negro, largo y liso, que tenía la mirada de ángel triste y era, por lo mismo, de una delicada belleza—, no entendía cabalmente su sufrimiento amoroso. No, para aquello no le servía el poeta, no, lo que precisaba con urgencia era abrir las puertas de su corazón ante alguien que pensara como él, que viniera de un país más frío, que creyera aún en el amor.

Pero en los bares, todos ellos exclusivos para extranjeros, donde los cubanos tenían que aguardar en la puerta a que una turista los invitara a beber, no hallaba a nadie que pudiera prestarle oídos. A lo largo de las barras se emborrachaban europeos y canadienses cansados de sí mismos, de sus existencias confortables y de sus esposas. Tropezaba allí con seres amorfos y deprimidos, que vagaban por La Habana disfrutando el aire y el sol, sólo atentos a la eventual aparición de una mulata cariñosa, una negra de fuego o una blanquita achinada, que fueran capaces de brindarles calor y sentido a sus lóbregas vidas.

—Todo lo que te enseño —insistía el poeta gesticulando aparatosamente con el tabaco por el aire mientras cruzaban el pavimento estriado de Infanta— sólo te servirá para conquistar a una cubana, que mantenerla a tu lado por un tiempo es ya harina de otro costal.

Y mientras caminaba junto a Virgilio Castilla bajo el sofocante sol antillano, observando los edificios derrumbados, los negros sentados en las esquinas, las interminables colas de los que esperaban con resignación por un trozo de pan, se le venía a la memoria el bigotudo de Cayetano Brulé. ¡Qué será de ese pobre!, se decía mientras inspiraba la brisa que se filtraba por la ventanilla del De Soto o bien tomaba un respiro en la sombra húmeda de una ceiba.

—El trópico no es una zona geográfica, sino un extremo de la vida —le aleccionó el poeta cuando bebían tranquilamente unas cervezas Hatuey en el patio interior del restaurante La Coronela, bajo los flamboyanes—. Si no aprendes a aplatanarte, es mejor que te vayas, porque acaba con los extranjeros. Primero se les acartona la piel, luego los enloquece la anarquía y por último comienzan a añorar el otoño y se los devoran los hongos.

Se levantaba temprano, mientras Virgilio Castilla permanecía en su cuarto escribiendo poemas y Leticia dormía. Y al avanzar cada mañana por el frescor del paseo del Prado e ingresar a la cafetería del hotel Inglaterra, lo hacía con la secreta esperanza de que Paloma Matamoros surgiera de pronto por entre las columnas. Era una esperanza que le servía de acicate para dejar la cama muy temprano, ducharse con agua helada mientras cantaba boleros y disponerse a enfrentar con bríos el nuevo día.

Una mañana, cuando bebía un espeso jugo de mango en medio de la cafetería, apareció Paloma Matamoros. El corazón le palpitó como un tambor y se le encendieron las orejas y las mejillas. No podía convencerse de que fuese verdad.

—¿Te acuerdas de mí? —preguntó ella como si alguien pudiera olvidarla.

Poco después tomaron por el paseo en dirección al Malecón. Pasaron frente a la vivienda del poeta, quien roncaba a esa hora intentando recuperarse del viaje del día anterior a la fabulosa playa de Varadero, e ingresaron a un palacio de piedra de estilo andaluz, que miraba al mar y albergaba una cafetería. Ocuparon unas mesitas en torno a una fuente de agua con jicoteas. Cuidadosamente, evitando que ella le planteara preguntas sobre su vida, le consultó sobre la suya, a lo que ella respondió sin tapujos ni rodeos, como suelen hacerlo los antillanos.

Tenía veinte años y un niño de seis, que se llamaba Sasha, hijo de Yuri Simonov, un oficial ruso de la base militar soviética de Lourdes, al que ella se había entregado siendo una niña. Se había enamorado locamente, convencida de que cuando cumpliera los catorce, la edad más temprana permitida por la ley cubana para contraer matrimonio, podría casarse e ir a vivir con él a Moscú o Leningrado. Por eso optó por abandonar la escuela en que cursaba la enseñanza básica y aprender en su lugar el difícil y a veces ingrato oficio de conducir un hogar. Sin embargo, a las dos semanas de haberse conocido en un campo de trabajo voluntario de Huira de Melena, Yuri desapareció sin dar aviso, trasladado, al parecer, a una lejana base de Uzbekistán, ignorando que ocho meses más tarde se convertiría en el padre de un mulato de ojos azules, llamado Sasha.

Nunca más volvió a saber de Yuri Simonov, pero confiaba en que se casarían algún día. Él se lo había jurado en el gran bosque de La Habana, allí donde ella le había entregado la virginidad con despreocupado desenfreno, mientras el parlante de un quiosco que expendía jugo de guayaba y guarapo a una interminable cola de gente, exhalaba boleros.

—Desde entonces me gustan —dijo Paloma con una sonrisa amplia de dientes parejos, tras lo cual se quedó escuchando el repiqueteo del chorro de agua—. Yuri tenía los ojos azules como Alain Delon y el pelo rubio como los tenistas suecos. Andaba por los cuarenta. De haber descubierto nuestro romance, lo habrían fusilado, porque yo era una niña.

De pronto, en medio de aquellas revelaciones íntimas y sin que mediara razón alguna, un temor irrefrenable se apoderó de Plácido al pensar que probablemente Paloma trabajaba para sus perseguidores. Y cuando avizoró, a través del espejo biselado del aparador de caoba, su bigote fino en medio del rostro enjuto y avejentado, su espalda estrecha, sus hombros caídos y su postura combada sobre la mesa, tuvo la convicción de que su sospecha era justa, que ella no podía desear un cuerpo como el suyo, tan menguado por medio siglo de correrías.

Sin embargo, la duda perduró muy poco en su veleidosa alma de bolerista, pues el encanto de los ojos de Paloma, de sus plácidos gestos de garza y de su mirada de niña, así como sus piernas transparentándose a través de la saya de seda, volvieron a doblegar su voluntad. Debo admitir —se dijo con la melancolía e impotencia de quienes saben que ruedan cuesta abajo— que le deslumbraba la idea de que fuese suya y le acompañara en sus giras artísticas. Entonces, embriagado por una amalgama de pasión y timidez, intentó posar una mano trémula sobre el hombro canela de Paloma Matamoros.

Ella lo esquivó sondeándolo con ojos metálicos, de modo que su mano quedó por algunos instantes suspendida en el aire. Y sólo cuando la hubo retirado, la mulata continuó, como si nada hubiese sucedido, y le habló del oficial ruso y de su hijo y, de improviso, hasta de Senén, su ex marido, un robusto y joven cañero camagüeyano, con quien había logrado compartir apenas por seis meses un mismo lecho, y que vivía ahora en un bohío de Regla, al otro lado de la contaminada ensenada de Atarés, justo allí donde comienza el reino de los babalúas.

—Que el amor no es conga —afirmó ella contemplando el chorro de agua que ascendía por entre los helechos de la fuente y asperjaba la bruñida caparazón de las jicoteas— es algo que debería saber un buen bolerista como tú.

22

Entusiasmado, aunque no eufórico por el hallazgo, Cayetano Brulé hojeó en la cama durante largo rato el libro. Era una gran suerte que hubiese advertido a última hora, justo cuando se disponía a abandonar definitivamente la investigación, que el Waldorf Towers disponía de un registro de reservaciones. ¡La consulta del paquistaní lo había puesto en alerta!

Constaba de alrededor de trescientas páginas, menos de la mitad atestada de nombres y datos personales escritos a renglón seguido, mientras el resto permanecía en blanco. Se iniciaba en enero y ofrecía espacio para el año completo. Buscó la fecha de ingreso del cantante de boleros.

—Lo único importante de este mamotreto amarillo son las reservaciones en torno al alojamiento de Plácido del Rosal —farfulló Cayetano enrollándose una punta del bigotazo.

Prendió un cigarrillo y estudió las páginas de marzo. Junto a casi todos los pasajeros se anotaba el número de la habitación asignada, su procedencia —nada confiable a los ojos del investigador, por cierto—, la duración de la permanencia en el hotel y el número de la tarjeta de crédito. Tuvo la impresión de que esto último constituía garantía de la seriedad de las reservas.

—Plácido estuvo sólo una noche en el Waldorf, del 30 al 31 de marzo. Las dos noches previas se había alojado en el hotel Cardozo —masculló el detective con el Lucky Strike aprisionado entre sus labios—. ¿Quiénes habrán reservado para esa fecha y sin haber llegado?

Encontró fácilmente las reservas para el 30 y el 31 de marzo, se hallaban al final de una página. Eran nueve nombres, que anotó en una hoja de carta con el timbre del hotel. Extrajo luego de la gaveta de su velador la lista con los dieciocho pasajeros que había copiado anteriormente del libro de arribos y se dio a la penosa tarea de comparar datos.

Confrontó, pues, ambas listas entre sí y pudo constatar que casi todos los nombres apuntados el 30 y el 31 de marzo en el libro de reservaciones se repetían posteriormente, y como era de suponer, en el de arribos. ¡Pero había siete salvedades que inmediatamente le llamaron la atención!

—¡Coño! —exclamó—. ¡Estos siete jamás aparecieron en el Waldorf!

Encendió un nuevo Lucky, percibiendo que el estómago le pedía a gritos un poco de sal de fruta para combatir la acidez. El café, el ron y las fritangas comenzaban a vengarse. Se zampó una nueva medida de Bacardí y dedicó su atención a aquellas siete personas que a pesar de contar con reservación, no se habían presentado en el hotel, los denominados *no show* en jerga hotelera. ¡Siete personas en dos días! Siguió estudiando los datos, tirado de espaldas en la cama.

—¡Santa Bárbara! —gritó de pronto y se sentó como accionado por un resorte—. ¡Tres de los *no show* iban a arribar al hotel exactamente el día en que lo hizo el cantante!

Releyó sus nombres. El primero, Horst Schuhmann, era, al parecer, un alemán con residencia en Hamburgo, sin tarjeta de crédito. Le habían asignado la habitación número 12. El segundo, Ahito Takari, probablemente un pariente rico de Suzuki, vivía en Kioto, utilizaba tarjeta Visa y, de haber arribado, habría ocupado el cuarto 21. Y el tercer *no show,* Cintio Mancini, seguramente italiano, portaba tarjeta American Express, procedía de Caracas y debería haber ocupado la habitación 33.

Comenzó a pasearse a pasos cortos por la habitación, afilándose las puntas del bigote, acomodándose el marco de sus gruesos anteojos, escuchando el latido acelerado de su corazón. Se zambulló nuevamente en la cama, que lo recibió con un quejido metálico, y con dedos torpes y temblorosos consultó una vez más su lista de arribos. Aspiró el cigarrillo y echó un vistazo a la página del libro de reservaciones, luego uno al de arribos. ¡Y en ese momento vio confirmada su sospecha!

—¡Carajo! —exclamó eufórico el investigador—. ¡Plácido del Rosal y Cintio Mancini habrían recibido el mismo día la misma habitación!

23

A la mañana siguiente, muy temprano, Cayetano Brulé se dirigió al *down town* de Miami. Por el este se levantaba un sol que pronto desaparecería detrás de gajos de nubes blancas. Se sentía bien, llevaba consigo el número de la tarjeta de Cintio Mancini y abrigaba la esperanza de que Dora Wilson, aquella salerosa dependienta del mesón Hertz del aeropuerto, pudiera ayudarlo.

En una cafetería del Little Havana ordenó cuatro huevos fritos, un guarapo y un tazón de café con leche antes de comenzar a leer *El Nuevo Herald,* que anunciaba, como solía hacerlo a diario desde hacía más de treinta años, la inminente caída de Fidel Castro. Escuchó música de su tierra, fumó plácidamente un cigarrillo y con una sensación de hartura —que se le hizo más insoportable a medida que aumentaba la reverberación— se dirigió en su automóvil al aeropuerto.

El área de arribo era un hormiguero y avanzó a paso resuelto por el pasillo central, donde ondeaba un aroma a café tostado y pastelería fresca mezclado con el aire de los acondicionadores.

De lejos divisó a Dora, quien platicaba animadamente en el quiosco con sus colegas, todas uniformadas de blusa blanca y falda azul. Se acodó en el mesón, meneó varias veces la cabeza, como suelen hacerlo los guapos cubanos, y la contempló deleitado a través de sus dioptrías.

—¿Qué tal? ¿Te acuerdas de mí?

—¡Cómo no! ¡No hay quien se olvide de tu nombre y tu facha, mi niño!

—Pues bien, vine para hacerte una consultita —repuso inspeccionando su guayabera demasiado estrecha y abultada a la altura de la barriga, sus pantalones café ya brillosos y sus mocasines. Pero se insufló ánimo, sintiéndose bien emperejilado.

—¡Para llevarme a cenar y a bailar basta con que me consultes por teléfono! —bromeó ella, ahora arrimada al mesón.

Es un pimpollo con humor, reconoció Cayetano mientras percibía el beso frío de su guayabera empapada contra la espalda. Le atraían especialmente las mujeres con temperamento, y Dora no sólo tenía eso, sino también un cuerpecito fino y proporcionado, de aquellos que prometen vigor inagotable contra viento y marea. Es de las flacas felices, a las que un poco de acné en las mejillas las hace parecer más jóvenes y apetitosas, se dijo posando sus ojos miopes en el nacimiento de los senos menguados que exhibía su escote.

—Es mejor que conversemos con calma tomando un cafecito allá al frente. ¿Te parece?

A los pocos minutos estaban sentados en la barra de una de las cafeterías y ordenaron sendos cafecitos cubanos.

—Dora, ¿desde cuándo vives en Miami?

—¡No digas que eres del FBI! —replicó sonriendo—. Estoy legal aquí, por si acaso. Llegué el ochenta, huía de los sandinistas y, como ves, sigo aquí —soltó un suspiro y con la mirada perdida entre las botellas que colgaban pico abajo, añadió—: No es fácil aquí tampoco la vida.

—Dime, Dorita —dijo Cayetano, interesado en llegar al tema que le inquietaba—. ¿Es posible identificar el país donde fue otorgada una tarjeta de crédito a partir de su código?

—¿Y eso a qué viene?

—Me timaron por ahí.

—¿Tan madurito y todavía bobo?

—Creo que podrías ayudarme. Las empresas que alquilan automóviles trabajan ligadas a los institutos de tarjetas de crédito. ¿No es así?

Ella cruzó una pierna por sobre la otra, desentendiéndose de la falda, con una suerte de duda en la mirada, reflexionando indecisa.

—Pero cuéntame para qué necesitas eso.

—¡Es una historia más larga que la del tabaco! Te juro que la conocerás en cuanto salgamos a bailar. Vamos, chica, no seas malita...

—Creo que es posible —dijo al fin. Los pómulos se le marcaron con fuerza y cargaron su rostro de delicada sensualidad—. ¿Tienes el número de la tarjeta?

—Aquí está.

—Déjame ir a averiguar —anunció con el papelito entre sus dedos atestados de baratijas.

La siguió con la vista mientras se confundía entre los pasajeros. Caminaba ligera y con la cabeza erguida, el pelo negro le caía como una cascada. La vio virar alrededor del mesón y telefonear muy seria, haciendo apuntes.

Cayetano encendió un cigarrillo.

—¿Fomentando el cáncer al pulmón entre los pasajeros de este magnífico aeropuerto? —bramó de pronto una voz a su espalda. Giró en el asiento y se encontró con la mirada imperturbable y severa de un policía con trazas de latino—. O apaga el cigarrillo de inmediato o le paso una multa formidable ahora mismo. Elija.

—Disculpa, mi hermano, es la costumbre —respondió y tirando la colilla al suelo la aplastó con la punta del mocasín—. En mi patria se fuma hasta en las maternidades. ¡Te juro que fue el último! Si me multas, sólo me queda asilarme.

Sin responder, y escandalizado por la colilla que yacía en el piso, el policía se alejó meneando la cabeza y se detuvo a conversar con unos portamaletas negros.

—La tarjeta fue otorgada a un tal Cintio Mancini en 1990 —dijo Dora Wilson sentándose de pronto a la barra. Exhibió sus muslos asoleados.

Cayetano lanzó un bufido y masculló:

—Eso ya lo sabía.

—Está congelada desde hace dos meses.

—Vaya, eso es algo nuevo.

—Y lo que sí debías saber es lo siguiente, mi cubanito trasplantado —añadió ella con ojos perturbadores—. ¡Fue emitida por American Express y nada menos que en Chile!

24

El Jefe recibió el llamado a las ocho de la mañana en su habitación del hotel Oceanic mientras leía *El Mercurio* y Mariana, la ejecutiva de un banco porteño, se duchaba en el baño contiguo. Desde la cama podía contemplar las olas del Pacífico rompiendo contra las rocas que servían de fundamento al edificio, y al fondo, recortado contra el horizonte, la bahía de Valparaíso y sus barcos. Era una mañana despejada de invierno.

—Sabemos que el hombre se hospedó durante algunos días en dos hoteles de Mendoza —informó la voz del Suizo al otro lado del teléfono—. Lo hizo bajo el nombre de Raúl Toro, vale decir, con el carnet que le vendió el cuidador de autos.

—Interesante —murmuró estudiando el cielo raso. Un zancudo se había posado en él—. ¿Ya lo tienes?

—Jefe, escúcheme —balbuceó—. Ya no se encuentra en la ciudad.

—¡Cómo es posible! —gritó—. ¡Te volvió a burlar! ¡Debí haberle entregado el caso desde un comienzo al Indio!

—¡Jefe, por favor, escúcheme! —su voz sonó vacilante—. El Indio no sirve para esto, espero que no se le haya ocurrido involucrarlo. Es demasiado violento...

—Lo será, lo será, pero a él no le sucede esto. ¡Pareces un niño de teta!

—Jefe, aquí se necesita tacto. El Indio, como ex militar, sólo sabe manejar una cosa. Nunca va a lograr que Plácido cante.

—¿No me aseguraste acaso que te iban a datear si cruzaba la frontera? —preguntó barriendo con la vista las crestas espumosas de las olas invernales.

—La verdad es que dejó el país con otra identidad y nuestros amigos sólo disponían de su nombre real —aclaró el Suizo—. Cuando la semana pasada avisamos que andaba con la identidad del cuidador de autos, ya había cruzado la frontera.

—Es más astuto de lo que pensé —masculló en el momento en que Mariana regresaba a la habitación en su bata rosada y el cabello envuelto en una toalla. El zancudo revoloteó espantado por el vapor que ascendía del baño—. Es un tipo ruin y astuto.

—Sabe lo que hace —reconoció el Suizo—. Pero tenemos completamente registrado su paso por los hoteles de Mendoza, donde permaneció durante más de una semana.

—¿Y ahora? ¿Dónde está ahora?

Mariana se sentó frente al espejo y comenzó a maquillarse. Los rayos de sol caían sobre su cuello largo y la suave curvatura de sus hombros.

—En Montevideo, Jefe. En Mendoza ordenó que le reservaran vuelo a Montevideo. Viajó al Uruguay.

—Y allí se nos perdió su huella, ¿eh? —reclamó crispado. Mariana interrumpió su maquillaje brevemente y lo escrutó seria a través del espejo—. ¿Qué piensas hacer ahora?

—Seguirlo, Jefe —afirmó el Suizo con aplomo—. Lo voy a seguir. Y ahora sí sé dónde encontrarlo.

25

Dos días más tarde, en una de aquellas mañanas de la Florida estival en que pareciera que al fin refrescará y a mediodía vuelve a reinar el sofocante sol cotidiano, Cayetano Brulé despegó de Miami en un Boeing 767 de Ladeco con destino a Santiago.

Volaba con un dejo dulzón en el paladar tras haber saboreado un Drambuie. Y pese a este desliz en desmedro del ron caribeño, tan digestivo y estimulante para su organismo, su ánimo era el mejor. Además, le excitaba tanto imaginar que Cintio Mancini fuese el hombre clave del enigma del medio millón de dólares como saber que su tarjeta de crédito había sido emitida en Chile.

—¡Parece que logré descubrir la hebra que conduce a la madeja! —exclamó con el vaso entre las manos, reclinada la cabeza contra el respaldo de su asiento en clase turística.

El día anterior, a través de una agencia especializada en el envío de paquetes y giros a Cuba, ubicada en la Flagler Street —y elogiada por Dora Wilson como empresa responsable— había entregado una carta para Plácido del Rosal a nombre de Barbarito Candonga.

En ella le indicaba a su cliente que progresaba en la investigación y que, por lo mismo, carecía de tiempo para viajar a La Habana, pero que podía estar tranquilo, pues había rastreado una pista interesante. Le recordó que no descuidara las medidas de seguridad y que le remitiera a la brevedad posible un nuevo anticipo a Valparaíso. Por último, le reiteró que mantuviera contacto telefónico semanal.

Llamó a la azafata y ordenó un ron a las rocas para sobrellevar las próximas horas de viaje. La mujer lo miró con ojos severos, convencida de que se hallaba ante uno de aquellos pasajeros alcoholizados que no cesan de beber durante los vuelos.

—Sólo sonríen en la propaganda y cuando flirtean con los sobrecargos —masculló Cayetano mientras la veía cruzar el pasillo con paso firme y resuelto.

Volvió a sumirse en sus reflexiones mientras al otro lado de la ventanilla —y diez mil metros más abajo— se extendían el mar turquesa y una difusa costa verde, que debía ser la cubana. No lo dejaba en paz la sintomática casualidad de que Plácido del Rosal hubiese terminado por ocupar la habitación que el Waldorf Towers había asignado días antes a Cintio Mancini.

—Aquí está, señor —anunció de pronto la azafata con cara neutral, pasando la bandejita por sobre dos pasajeros que dormitaban, sondeando nerviosa aquel par de ojos pequeños, oscuros y tristes tras las dioptrías—. Espero que ahora se sienta mejor.

Escanció el ron en el vaso con hielo. Lo tranquilizó su aroma a caña. Es claro que Mancini tenía reservación, no así el cantante, pensó tratando de reconstituir el día en que ambos debieron haberse encontrado. Todo indicaba que el primero había desistido de llegar al Waldorf Towers

o que no había logrado llegar a él, por lo que la recepción, después de las siete de la tarde, había decidido entregar el cuarto a su cliente.

Todos estos elementos reafirmaban su hipótesis de la confusión. Era probable que Mancini fuese el destinatario del dinero proveniente de algún grupo dedicado a actividades ilícitas y que por su ausencia en el hotel alguien lo hubiese confundido con Plácido del Rosal.

—Si Mancini es efectivamente el hombre clave de todo —se dijo encendiendo un cigarrillo, recordando que la suerte y el olfato lo habían salvado ya en más de una ocasión—, sólo me queda lanzarme en su búsqueda.

II
Usted es la culpable

1

Aquel atardecer frío y lluvioso el bueno de Bernardo Suzuki aguardaba a Cayetano Brulé a la salida del aeropuerto de Pudahuel, de Santiago de Chile.

—¡Viene más tostado, gordo y pelado, jefecito! Mucha salsa y mulata en La Habana, ¿eh? —le preguntó, arrebujado y feliz en su verde parka sintética, en cuanto lo vio salir con la maleta de madera del edificio.

—De salsa y mulatas, nada, mi hermano, que lo que traigo es mucho trabajo y poco huiro —replicó el investigador examinando preocupado su maleta, que ahora mostraba una estría adicional por una de sus caras. Si no le clavaba de inmediato un par de tachuelas, tendría que despedirse de ella.

Corrieron bajo la densa cortina de agua y buscaron refugio en el Lada. Olía a tabaco, en los asientos asomaban los resortes y las gomas de las ventanillas rezumaban agua. Cayetano intentó el arranque, pero el motor se negó a obedecer y los cristales se empañaron rápidamente.

—Va a tener que empujar usted, jefecito, que este ruso no se va a mover ni a cañonazos —advirtió Suzuki intentando un tono grave y convincente—. Al menos así entrará en calor.

—Mejor te bajas tú que llevas parka y botas, mira que yo sólo vengo con esta guayabera que me costó una friolera en los famosos Duty Free Shop, y mis fieles mocasines muestran varios hoyos en su suela.

—Entonces, lo mejor que puede hacer es botarlos, jefecito, botarlos y decirme dónde los botará.

—¡Qué va, mi hermano! Es muy difícil separarse así como así de quince años de biografía personal. Además, con suela nueva y una buena lustrada del Moshe Dayan quedan nuevecitos.

El motor del vehículo pareció compadecerse al fin de sus pasajeros y accedió a andar. Poco después se encontraron en la ruta 68, que conduce a Valparaíso, fumando inmersos en una humareda que podía cortarse con tijeras y olía a bencina. Por los campos se arrastraban nubes amenazantes en dirección a la cordillera.

—Este clima explica por qué aquí no hay sandungueo ni interminables pláticas a la sombra de portales —comentó Cayetano.

—Por algo somos los ingleses de América, pues, jefecito.

—Más que eso, Suzukito, ustedes son los chilenos de América —repuso el detective, que detestaba la frase de su ayudante—. Y si son los ingleses, habría que establecer quiénes son entonces los chilenos del continente, cosa por cierto harto difícil, porque, que yo sepa, nadie más desea serlo.

—No se ponga tan tropical, jefecito.

—Pero ustedes no son los únicos —agregó serio—, los costarricenses se consideran los suizos, los cubanos los israelíes y los argentinos los italianos de América Latina. ¿Habrá alguien en este continentazo que acabo de cruzar en avión que se conforme con ser lo que el destino le deparó?

Una claridad grisácea que comenzaba a perfilarse entre las crestas de los cerros costeros les insufló la esperanza de que pronto amainaría. Ahora les inquietaba el deficiente funcionamiento del limpiaparabrisas izquierdo, único que operaba, por lo demás.

—¿Y la casa, Suzukito? ¿Todavía en pie?

—Sí, aunque su perrita está en estado interesante, no sabemos de quién. Algún perro acróbata que saltó la reja.

—Espero que Margarita no haya sufrido un percance similar.

—¿Conoce a algún acróbata, jefecito?

—¿Pero dime, qué pasa con la casa, chino irrespetuoso?

—Aún de pie, jefecito, aunque se llueve por todos lados.

Cuando avizoraban el pueblo de Curacaví, el Lada comenzó a toser y a dar corcoveos. Luego se detuvo.

—¡Se le mojaron las bujías! —apostó Suzuki.

—Si es que tiene. Ahora hay que esperar a que escampe —pronosticó el investigador con el cigarrillo colgando de los labios—. No podemos ni bajarnos. ¡Nos agarraremos de seguro una pulmonía!

El destartalado vehículo quedó detenido a un costado de la carretera, bajo un aguacero que parecía arrojado con cubos.

—Nada que hacer —exclamó Suzuki y pasó un paño amarillo por el parabrisas—. El sistema eléctrico debe haberse mojado.

—Bueno —reaccionó Cayetano restándole importancia a la falla del motor—, me estabas contando de la casa.

—Cierto —admitió Suzuki—. Al jardincito le vinieron de perilla las lluvias, no así al techo, que se llueve hace días.

—Me lo imaginaba. ¿Le avisaste a don Walter para que lo hiciera reparar? Eso corresponde al propietario de la casa, tiene que dejarme el techo en orden.

—Olvídese, jefecito. Don Walter huyó con su señora, como todos los inviernos, a República Dominicana, y no volverá hasta septiembre. No quiere parar las chalupas en el mes de los gatos.

—Poco me importa la suerte que corra ese chupasangre —alegó el investigador—. ¿Y tú no trataste al menos de arreglar mis goteras?

—Puse bacinicas y cacerolas bajo cada una. Bien no se ve, pero suena romántico y no se moja el piso. Por cierto, me debe una bacinica de madame Eloise. ¡No se imagina lo que me costó convencerla para que me la prestara! Ahora tiene que cruzar el patio cuando le vienen las ganas en la noche.

Un bus pasó a gran velocidad rociando a través de la ranura de la ventana el rostro de Cayetano.

—¡Buses de porquería! —vociferó Suzuki impotente, observando de reojo cómo su jefe intentaba enjugarse el lodo de su bigote.

—El día que tenga dinero —repuso Cayetano tras arrojar la colilla empapada a la carretera— te voy a regalar estas latas y me voy a comprar un Chevrolet 1959, que es el mejor carro que se ha construido en el mundo.

2

A la mañana siguiente, poco antes de las once, Cayetano Brulé abandonó su casa, evadió las pozas del pasaje Gervasoni y entró al funicular. El carro se hundió chirriando en la ciudad, en su algarabía de comerciantes ambulantes y aire contaminado por buses y taxis colectivos.

Eran las once y cuarto en punto cuando entró al ambiente atestado de objetos marineros del restaurante Hamburg. Sólo había un cliente, un hombre de terno oscuro, paraguas negro y sombrero de hongo, arrimado a la barra, bebiendo aguardiente. Cayetano avanzó entre mascarones de proa, banderas marinas y campanas de vapores, se sentó a la barra y ordenó un schop.

—Del con poca agua —le precisó al alemán dueño del local.

—¿En jarra de dos o cinco litros? —preguntó Wolfgang.

—Acabo de desayunar con cerveza —mintió el investigador—, así que una de medio me vendría bien.

Mientras el alemán preparaba un schop, Cayetano paseó la mirada por el Hamburg, vacío a esa hora. Un gato cruzó lentamente entre las mesas con mantel blanco, cascos militares, planchas de motores, infinidad de jarras con insignias de embarcaciones de todo el mundo y fotos de barcos, y se echó junto a la ventana a disfrutar los rayos de un sol tibio.

Necesitaba datos adicionales sobre Cintio Mancini, y Wolfgang podría ayudarlo probablemente. El alemán, un vigoroso hombre de mediana altura que llevaba el pelo canoso cortado a lo puercoespín, había arribado a Valparaíso en los años ochenta en un barco germano oriental, donde se desempeñaba como cocinero. Entusiasmado por la belleza del puerto y su gente, había decidido volver la espalda a la Alemania comunista y radicarse en Chile. Su idea era tan simple como brillante: abrir en Valparaíso un restaurante de ambiente marinero que ofreciese comida alemana de primera.

—¿Y qué busca por estos lares el mejor sabueso del puerto? —inquirió Wolfgang, dando un golpe seco con la jarra de cerveza espumante sobre la barra, haciendo sobresaltarse al hombre del sombrero de hongo.

—¿Podemos hablar un ratito? —preguntó Cayetano—. ¿No me acompañarías con una cerveza para combatir el frío?

—Un schop, pero con un buen schnaps —respondió el alemán y se inclinó para extraer de detrás de la barra una botella con un líquido transparente que parecía alcohol de curación. Tenía unas orejas grandes y muy separadas—. No hay nada como vollkorn con cerveza —exclamó escanciando una medida en un vasito pequeño.

Cayetano se secó los bigotes con su pañuelo y se encorvó por sobre la barra para acercarse al alemán.

—Tengo el número de una tarjeta de crédito de American Express —dijo bajando la voz—. Necesito datos sobre su dueño.

—Aquí no acepto tarjetas —aclaró Wolfgang golpeando con su índice repetidas veces sobre la mesa—. No acepto ni tarjetas, ni cheques —e indicó hacia un gran cartel adherido a uno de los pilares del local—. Sólo billetitos contantes y sonantes, soy como Santo Tomás, ver para creer.

—Pero a lo mejor, con tus relaciones con la colonia alemana, tienes conocidos en American Express en Santiago...

Estaba intrigado. Sus ojos café tenían un destello extraño. Preguntó con el ceño fruncido:

—¿De qué se trata, Cayetano?

—Podrías llamar a American Express y consultar.

—Háblame claro, que soy alemán, y no me vengas con reculadas de perro flaco. ¿Qué tengo que hacer?

—Muy simple, conseguirme el RUT y la dirección.

Wolfgang atacó su cerveza, menguándola sensiblemente y, mirándose las uñas, respondió:

—Dudo de que me los proporcionen.

—Llama. Diles que tienes tus dudas con el cliente, que no sabes si aceptar la tarjeta.

—Si no acepto tarjetas, mal me darán información sobre sus clientes.

—¿Estás seguro de que no conoces a nadie en Santiago? —insistió Cayetano con una mirada pícara—. No te lo creo, Wolfgang.

El alemán finalizó su schnaps en silencio. Este sabueso, pensó, se gana la vida inmiscuyéndose en vidas ajenas y sólo viene por aquí cuando necesita información. En fin, recapacitó, un buen comerciante debe ser como los políticos, estar en el mundo para concitar gente, no para ahuyentarla. ¡Y más vale tener a un detective de amigo que de enemigo! Aceptó la hoja con los datos y se dirigió al teléfono disimulado detrás de la caja.

El detective lo vio descolgar el aparato, marcar y hablar en alemán con una sonrisa en los labios. Luego barrió el local con sus ojos miopes y los posó en el cristal de la ventana. Volvía a precipitarse la lluvia sobre Valparaíso. ¿Por qué era tan melancólica la lluvia en Chile?

El agua caía aquí vacilante, inundando el paisaje de un gris deslavado y una monotonía que olía a tragedias individuales. Era una lluvia que rebotaba acompasada sobre las latas de zinc, que trizaba las pozas en los empedrados y azotaba las ventanas como un cosquilleo. Viró la cabeza, el alemán seguía hablando. Volvió a mirar hacia la calle O'Higgins. ¡Cuán distinta era la lluvia del Caribe! Allá el agua se precipitaba como un mensaje final, borrando de un plumazo la carga eléctrica de los nubarrones apretados, imponiendo un nuevo ritmo a la vida. Y después cesaba de golpe, como una puerta somatada, dejando atrás un cielo limpio y una atmósfera prístina de contornos precisos, donde todo podía comenzar de nuevo.

—Tu famosa tarjeta fue cancelada hace dos meses —afirmó de pronto Wolfgang al otro lado de la barra—. Y no puede darme más datos, la mujer es tan inflexible como un buen prusiano.

Dejó el Hamburg con el suave deje ácido del schop aún en la boca, molesto por la renuencia de American Express a suministrarle los datos. Afuera la lluvia había limpiado las calles de gases y vendedores ambulantes. Alzó el cuello de su gabardina, compró un diario para guarecerse del agua al estilo habanero, y se dio a la tarea de buscar una central de llamados telefónicos.

—Debí haber imaginado —se reprochó mientras caminaba por Esmeralda— que estas instituciones no entregan información sobre sus afiliados a desconocidos.

Ahora tendría que dar un gran rodeo para ubicar a Mancini. Indagaría por intermedio de Carlos Maturana, un conocido que debía el oscuro puesto de tinterillo que ocupaba en el Ministerio del Interior, en Santiago, a su militancia política, tan extensa como variada.

De cincuenta años, obeso, dado al buen vino y fanático de las películas francesas, Maturana era un informante en quien podía confiar. Pese a su bajo rango, disfrutaba de contactos y acceso a archivos confidenciales, y cuando viajaba a Valparaíso en comisión de servicio, lo primero que hacía era contactar a Suzuki para solicitarle debutantes en la profesión más antigua del mundo.

El discreto salón de masajes de madame Eloise, la amante de Suzuki, era su único consuelo desde que su mujer se había marchado con un marinero griego, con quien atendía ahora una modesta pensión para turistas alemanes en Pythagoreon, un magnífico puerto de la isla de Samos.

Le telefoneó desde la central de la calle Esmeralda, y le rogó le devolviera la llamada inmediatamente desde un aparato público. Diez minutos más tarde tenía al funcionario al otro lado de la línea, tratando de hacerse entender en medio de un feroz barullo.

—¿Y estás seguro de que ése es el nombre completo? —preguntó desgañitándose para que los bocinazos no eclipsaran su voz.

—Ese me imagino —replicó Cayetano sosegado—. ¿Puedes conseguirme su dirección con esos nombres?

Lo escuchó carraspear al otro lado. Seguro para darse importancia, pensó el investigador.

—No es fácil —respondió Maturana tras un estruendo.

Siempre dice lo mismo, recordó Cayetano. Y él también tendría que repetirle entonces lo mismo. Era como un juego bien ensayado.

—Acuérdate de que Suzukito te tiene un panorama múltiple para cuando tú vengas. Es sólo cosa de avisar con tiempo y lo mejor de Valparaíso se pondrá a tus pies o donde quieras.

—¿Dónde vas a estar en las próximas horas? —replicó Maturana con voz conciliatoria—. ¿En tu cuchitril escuchando congas?

—En mi casa durmiendo la siesta —repuso, colgó y dejó la central.

Abordó un trolebús —su medio de transporte colectivo predilecto por silencioso y no contaminante— que viajaba en dirección al puerto. Allá quería conversar con Margarita de las Flores, a quien no había visto tras su viaje al extranjero.

Ella era la propietaria de La Porteña, «la agencia de la mujer elegante», sombrío centro proveedor de empleadas domésticas situado en el segundo piso de un cité de barrio del puerto. Sus dos piezas, de puntal alto y piso desgastado, daban a la pileta y las palmeras de la plaza Echaurren.

—¡Al fin llegó mi negro! —exclamó Margarita irguiéndose detrás de su escritorio, donde telefoneaba, al verlo aparecer. Le estampó un sonoro beso en los labios, tiñéndolos de rouge, y volvió a sentarse. Era una cuarentona exuberante, de seno abultado y boca bastante carnosa, piel muy blanca y un gran lunar en la mejilla—. Aguárdese, que acabo de colocar a Magaly en Reñaca y ya desapareció con la cuchillería de plata y las joyas de la señora.

Cayetano colgó la gabardina y la bufanda detrás de la puerta de acceso, y comenzó a pasearse por entre el exiguo mobiliario del cuarto. Traspuso la puerta del fondo e ingresó a otra pieza, donde una docena de mujeres dormitaban o tejían en bancos adosados a las paredes. En el centro, una estufa a parafina entibiaba y enrarecía el ambiente.

—Listo, mi amor —exclamó de pronto a sus espaldas Margarita y lo condujo de vuelta a su pieza, donde cerró la puerta—. ¡Pero cómo se le ocurre irse al lado, mi amor! Usted debe guardar las distancias, al fin y al cabo es el marindango mío. ¿O no? ¡Siéntese! ¿Un cafecito o una cervecita?

—Prefiero un café con leche bien calentito, pero que sea rápido, pues quiero llevarla a saborear un mariscal acá al frente, donde Los Porteños.

—Parece que viene forrado en billetes, mi cielo, y a juzgar por el plato, hoy se propone algo grande —exclamó Margarita, regocijada, y lo calzó por la cintura y atrajo hacia ella, haciéndole sentir toda la reciedumbre de sus propias carnes—. Siempre he dicho que los caribeños necesitan una pasadita por su patria para recuperar el color y el entusiasmo.

Dejó a Cayetano solo en la oficina, lo que éste aprovechó para prender un cigarrillo, y volvió a los pocos minutos con un tazón de humeante café con leche.

—Esta noche le voy a hacer la prueba del agua, mi amor, para ver si me traicionó con alguna negra culona en La Habana —advirtió ella revolviendo el tazón—. ¿Dónde la prefiere? ¿En mi casa o en la suya?

—En la mía —replicó Cayetano—. En la mía. Los partidos difíciles los prefiero de local.

4

Quiéreme mucho, dulce amor mío,
que amante siempre te adoraré,
yo, con mis besos y mis caricias,
tus sufrimientos acallaré.
Cuando se quiere de veras,
como te quiero yo a ti,
es imposible, mi cielo,
tan separados vivir...

De *Quiéreme mucho*
Gonzalo Roig

Paquito Portuondo, el director artístico del Tropicana, era un mulato despierto, ágil y buen mozo, bailarín de tomo y lomo, y con sus sesenta años, todavía un galán que asediaba mujeres desde que se levantaba. Hijo mayor de un percusionista frustrado, había aprendido a dominar la trompeta y los bongós, lo que más tarde le permitió integrarse a la orquesta del cabaret.

—El trabajo es tuyo —le dijo a Plácido del Rosal aquel lunes por la noche, único día de asueto del cabaret, tras escuchar su primer bolero acompañado de la orquesta—. Quedas contratado por tu voz y no por el Chivas Regal, harto bueno por cierto, que me entregó esta mañana el poeta en tu nombre —aclaró y le anunció que se preparara para actuar en la noche siguiente.

Los cuarenta integrantes de la orquesta y las cincuenta bailarinas del cuerpo de ballet, que escucharon en silencio las palabras de Paquito desde el fondo del escenario, estallaron en aplausos. Plácido estrechó emocionado la mano del director, consciente de que iniciaba una nueva era en su vida artística. El Tropicana había despedido al cantante mexicano de boleros, un farsante insoportable que creía ser el inigualable Leo Marini.

Lentamente los ojos de Plácido del Rosal recorrieron el grupo de baile, sin divisar a Paloma Matamoros. Ignoraba que la mulata no requería tanto ensayo. Bastaba con que mantuviera muy duras sus piernas y alzado el fondillo para que su participación estuviese garantizada en el show. Abajo, entre las sillas de la platea, vio al poeta, que sonreía satisfecho fumando un Lanceros y bebiendo un mojito.

—Ya eres del Tropicana —insistió Paquito Portuondo antes de bajar del escenario.

Y Plácido del Rosal, en un intento por demostrar su versatilidad y calidad interpretativa, decidió obsequiar con otro bolero a quienes asistían al ensayo.

—*Quiéreme mucho,* de Gonzalo Roig, por favor, maestro —pidió al director de la orquesta elevando una mano, sonriendo alborozado ante el micrófono.

Y de pronto las trompetas, el bongó y el piano, un piano delicado, que voló como una guirnalda sonora, inundaron vibrantes el espacio cálido del Tropicana y se fundieron con la luz de las estrellas y la humedad que ascendía de la tierra con el fresco olor a yerba-buena. Entonces la voz arrulladora y nasal de Plácido del Rosal, tan parecida en sus matices y resonancias a la del grandioso Bienvenido Granda, esperó a que los instrumentos callaran por completo e hizo una entrada perfecta, redonda, que avanzó respaldada por los metales y el piano, mezclando inflexiones desgarradoras, combinando sentimientos de incertidumbre, de nostalgias y desamores, evocando recuerdos íntimos que erizaron la piel de músicos y bailarinas.

Fue ése el momento en que Paloma Matamoros apareció entre las mesas, por detrás de aquella que ocupaban Virgilio Castilla y Paquito Portuondo. Emergió justo en el momento en que Plácido del Rosal repetía «cuando se quiere de veras, como te quiero yo a ti, es imposible, mi cielo, tan separados vivir». Y sus miradas —la verde de Paloma y la oscura del cantante— se cruzaron el tiempo suficiente como para que Plácido se percatara con un estremecimiento de que estaba enamorado. Inmersa en la música, Paloma se deslizó por entre las sombras de los flamboyanes y tomó asiento en la última fila, muy lejos del escenario. Escuchaba pensativa.

Tras finalizar la interpretación y agradecer los aplausos de sus colegas, Plácido volvió a escudriñar el cabaret en busca de la mujer. Pero ella se había esfumado. Lo embargó una dolorosa sensación de soledad y frustración, que sólo pudo paliar imaginando que aquel bolero había calado muy hondo en el corazón de la mulata.

Lo que Plácido jamás podría imaginar era que el bolero había suscitado viejos y febriles recuerdos en el alma romántica de Paloma. Sí, al ingresar a la platea vacía del Tropicana y escuchar las trompetas impetuosas, el golpe certero del bongó y el ritmo enrevesado del piano que ejecutaba magistralmente Tico Saumell, ella vislumbró al fantasma de Yuri Simonov, su primer y único amor, paseando despreocupadamente por el escenario, vistiendo el mismo uniforme verde de presillas rojas con que lo había conocido. El cigarrillo de tabaco barato pendía de sus labios y un mechón de pelo rubio caía sobre su frente alba y sus ojos azules evocaban el cielo alto de las mañanas de agosto.

Y el bolero la hizo recordar su última noche con Yuri Simonov, cuando tuvo el presentimiento de que aquel encuentro jamás se repetiría y que por ello debía dejar una huella portentosa en su vida. Fue así como bajo el rumoroso follaje del bosque de La Habana se atrevió a ofrecerle su virginidad. Se despojó entonces de las bragas y se acomodó con delicadeza sobre el oficial ruso, que yacía de espaldas en la hierba fragante con los ojos muy abiertos y encendidos, y percibió que algo comenzaba a escaldarle lentamente las carnes. Pero el dolor tardó sólo unos instantes y fue más bien como un latigazo que al restallar ordenó a su cuerpo cabalgar a ritmo placentero y fugaz por la noche estrellada.

Entre el follaje ascendía entonces nítido el bolero *Quiéreme mucho,* interpretado por Leo Marini, la misma canción que acababa de entonar Plácido del Rosal acompañado de la orquesta Tropicana. Y al rato, cuando Leo Marini sollozaba «quiéreme mucho, amor mío, que amante siempre te adoraré, yo, con mis besos y mis caricias, tus sufrimientos acallaré», justo en el instante en que creía horadar la noche montada sobre un meteorito, y su piel empezaba a lubricarse y perfumarse y una vertiente tibia como el mar Caribe inundaba sus entrañas, escuchó el desgarrador grito de placer de Yuri Simonov confundido con el trepidar de los metales y timbales, grito potente y salvaje, presagio de que Sasha había sido concebido.

Nunca más vio al soldado, pero ni ella ni su pequeño hijo, simiente y testimonio de ese amor, abandonaron la esperanza de que algún día se reunirían con él bajo el cielo de La Habana.

Ignorando todo esto, y víctima, por lo tanto, de las apariencias, Plácido del Rosal bajó satisfecho las escalinatas del escenario. Había logrado hacer realidad su anhelo de incorporarse al elenco del Tropicana. El cabaret brillaría muy alto por sobre los escenarios de Valparaíso, Puerto Barrios, Escuintla, Puerto Limón o San Pedro Sula. Y con ese sentimiento de felicidad avanzó entre las mesas vacías y se unió al poeta y a Paquito Portuondo, no sin antes barrer una vez más la platea con la vista.

—¿Vieron a Paloma? —balbuceó el cantante.

—¿Paloma? —inquirió el director artístico secándose los labios con el dorso de su mano oscura—. Ahora mismito la vi salir con un tipo hacia la parada de los turistaxis.

5

Después de almorzar en el pintoresco restaurante Los Porteños, del mercado del puerto, donde se deleitaron con machas a la parmesana, un par de mariscales, una botella de ron blanco y sendos cafecitos, Margarita de las Flores acompañó a Cayetano Brulé a la casa del paseo Gervasoni. Allí le sirvió un generoso vaso de ron y lo recostó en su cama.

Luego, sin decir palabra, corrió las cortinas y encendió la lamparita del velador. Una luz amarillenta bañó el dormitorio. Afuera llovía y aullaba el viento, erizando las latas de zinc de los techos porteños. Tras despojarlo del calzado, sus yemas comenzaron a acariciarle las sienes.

—¿Así está bien, mi negrito? —le preguntó, segura de que él lo estaba.

Es la estampa de mujer chilena más parecida a la cubana, pensó el investigador al tiempo que se dejaba trasladar, entre caricias y ron, hacia los dominios húmedos y tibios de Margarita. Le agradaban su tez blanca, sus caderas gruesas, sus senos pletóricos. Es cierto que ya pasaron sus mejores años, pero el devenir del tiempo ha perfeccionado su técnica, se dijo sintiendo cómo sus dedos diestros hurgaban en su escasa cabellera, masajeándole la nuca y las entradas profundas, como si intentase curarlo de un dolor de cabeza imaginario. ¿Será esto amor?, se preguntó el investigador al volver de la modorra y percatarse de que ella desabotonaba su camisa y jugueteaba con los vellos de su pecho.

—Tranquilo, mi negrito —susurró Margarita despojándose de su ropa invernal, sus pulseras, collares y anillos de fantasía, abriéndole el pantalón, sentada a horcajadas sobre él. De alguna parte se oían los goterones cayendo con sonido metálico en ollas y bacinicas—. Confiésate ahora y dime si entre tanta negra retinta no echaste de menos a tu Margarita de Valparaíso.

Y tras decir esto, impuso un ritmo lento y reiterativo, pero rotundo, como el *Bolero* de Ravel, contra la piel del detective, y luego pasó a un tempo más alegre y anárquico, fragoroso y etéreo, similar al del Vivaldi de los primeros años, para más tarde hacerle sentir a Cayetano el movimiento cortado y preciso de las cuecas chilenas. Y al término, agitada ya, y con las mejillas sonrosadas, se cimbró al ritmo empalagoso y armónico de algo que a Cayetano Brulé le recordó al son.

Las caderas de Margarita de las Flores se menearon después en círculos, alcanzando el fabuloso compás de los merengues de Juan Luis Guerra. Y al rato, cuando el detective orillaba al borde del paroxismo, ansioso de que la cabalgata avanzara por la recta final con que soñaba después de haber visto las aguas tibias del Caribe y las mulatas de nalgas altas y pantalones ajustados, sonó el teléfono.

Cuando se hace el amor es conveniente descolgar los teléfonos, pensó maldiciendo al suyo. Confió en que sólo se trataría de un par de timbrazos; sin embargo, la campanilla del aparato, aguda y estridente, siguió sonando, justo a su lado, sobre el velador, obstinada. Margarita interrumpió su galope y comenzó a ordenarse el pelo largo, negro y grueso mientras la campanilla insistía febril.

—¡Coño! —exclamó Cayetano y levantó exasperado el auricular.

Sin abandonar su postura de amazona, ella aprovechó la pausa para buscar cigarrillos en la chaqueta del detective, la que yacía en el piso, a un costado de la cama.

—Sí, sí. Soy yo. ¿Yo sofocado?... Es que subí corriendo las escaleras... Ojalá... ¿Qué pasa?

Con sus dedos regordetes de uñas pintadas de rojo carmesí extrajo dos cigarrillos y fósforos de los pantalones que colgaban de uno de los pilares de la cama. Prendió los cigarrillos al mismo tiempo.

—Gracias —escuchó decir al detective antes de cortar.

—¿Pasa algo, mi vida? —preguntó ella malhumorada mientras le ofrecía un Lucky Strike.

—Era Maturana —repuso el detective, aspirando pensativo—. ¡Dice que el hombre que busco vive en esta ciudad!

6

La casa de Cintio Mancini, que el detective ubicó gracias a Maturana, se erguía en la empinada calle Simpson del cerro Polanco, en línea perpendicular a un pequeño almacén desde donde Cayetano Brulé la espiaba aquella tarde de llovizna persistente. Era una modesta construcción de un piso, fachada de zinc pintada de amarillo, y balcón que contemplaba la bahía.

Ordenó un café con leche y un sándwich de mortadela. Andaba de malhumor tras su fallida escaramuza con Margarita de las Flores, pero esperanzado por haber ubicado a Mancini. El almacenero, un hombre de papada blancuzca y vozarrón estentóreo, preparó el pan y la leche arrimado a la cocinilla a parafina y colocó el pedido sobre el mostrador.

Cayetano se sintió reconfortado. La mortadela sabía a carne, el pan estaba fresco y la bebida dulce y caliente. Apoyado en el umbral del negocio, admitió que no le convendría consultar al panadero sobre Mancini, pues sus preguntas podrían despertar sospechas.

Le resultaba difícil imaginar que el dueño de la modesta casa amarilla dispusiera de recursos como para viajar a Miami e instalarse en un hotel del distrito Art Decó, por barato que fuese. Consideraba muy sintomático que la situación social de Mancini no guardara relación con el nivel de su vivienda. Habría apostado cualquier cosa, recordó, a que un hombre como él, con viajes a la Florida y tarjeta de crédito, disfrutaba al menos de una casa amplia o de un departamento de lujo en algún barrio residencial. —¿Busca a alguien? —preguntó de pronto el dueño del almacén a su espalda.

Estaban solos y fuera del rumor apagado impuesto por la llovizna cerrada, sólo se escuchaba el tictac de un reloj de péndulo que colgaba sobre la caja registradora. Cayetano giró sobre sus talones, equilibrando la taza en una mano y el sándwich en la otra, y dijo:

—Espero a que escampe.

—No va a dejar de llover hasta la noche.

Afuera comenzaba a oscurecer y los focos de la plazoleta ya se habían encendido.

—Cuando baje —dijo el almacenero indicando la escalinata que rozaba la torre amarilla del ascensor del cerro y desembocaba en la parte baja de la ciudad—, tenga cuidado con los perros y los cogoteros. Lo más recomendable es bajar en el ascensor. A esta hora la cosa es brava por aquí, por eso cierro temprano.

—Tendré cuidado —replicó el detective y se introdujo el último trozo de sándwich en la boca, que apuró con un trago de café con leche—. Pero antes me voy a tomar otra taza, que me viene de perilla en este día de porquería.

—¿Y qué quiere? Estamos en invierno —repuso adusto el hombre—. En invierno la gente reclama porque hace frío y llueve, y en verano porque hace calor y no llueve.

De pronto, mientras masticaba el último trozo de sándwich y el almacenero despotricaba contra los inconformistas, que abundaban en el país como los políticos, según decía, Cayetano vio un rostro familiar subiendo frente al negocio. Pese al impermeable y el capuchón, creyó reconocer al avispado cartero de TNT.

Con su rostro zorruno y su figura quijotesca trepaba el cerro a buen paso, buscando seguramente una dirección donde entregar la correspondencia. Estuvo a punto de llamarlo, pensando en que no era mala idea preguntarle por el vecindario, que debía conocer, pero el dueño del local seguía hablando y el cartero ya se alejaba, pasaba frente a la casa de Mancini y saltaba ágilmente por las escalas de concreto estriado para desaparecer, dos cuadras más arriba, tragado por las sombras del portal de una casita roja.

Un fogonazo restalló a su espalda. Era el almacenero que volvía a encender la Primus para hervir la leche. Ahora alegaba ininterrumpidamente contra los impuestos, los ladrones, el precio de la harina y las tarifas telefónicas. Minutos después colocó otra taza de humeante café con leche sobre el mostrador.

—Permítame una pregunta —dijo al rato Cayetano—. ¿En esa casa amarilla no vive don Cintio Mancini?

—El dueño anterior era Mancini —recordó el almacenero frunciendo el ceño—. Pero hace un año vendió de la noche a la mañana y nunca más supimos de él. ¿Es usted detective acaso que pregunta tanto?

7

El mazazo aturdió momentáneamente a Cayetano Brulé. Tras un leve tambaleo, volvió a recuperar la compostura. Pero ya era demasiado tarde, pues alguien lo estrechó por la espalda con la fuerza de un oso polar y le asestó varios golpes en la nuca.

—No te alterís, bigote, que esto es un vulgar atraco —advirtió el muchacho moreno de pelo negro y ojos achinados que ahora tenía delante suyo. Vestía zapatillas blancas y una parka de cuero y en la derecha portaba una navaja convincente.

Cayetano no divisó a nadie más en las escalinatas de la calle Simpson, ni en el puente que conduce a la torre del ascensor. De algunas ventanas emanaban las voces airadas de telenovelas. Trató de liberar un brazo para alcanzar su Tanfoglio 0.32, pero el oso se lo impidió.

—Mira, bigote —continuó el asaltante. Tenía la mirada cruda y vacía de los tipos resueltos—. El que está detrás porta una navajita el doble de la mía. Si te mueves, es probable que intente pasártela por la yugular, porque le dicen el violinista.

Se quedó quieto. Llovía. Los dedos largos y livianos del muchacho dibujaron garabatos en su pecho, debajo de la gabardina, despojándolo de la billetera. El investigador se despidió de parte importante de los dólares que le había adelantado Plácido del Rosal en La Habana y que pensaba cambiar en la agencia Cambios Prat, del puerto.

—¡Puchas que anda bien cubierto el gil este! El ojito tuyo, Mauro —comentó el joven contando el dinero.

Sus dedos resbalaron luego hacia la cintura y cerca del riñón izquierdo del detective tropezaron con el estuche de la pistola. Lo abrió con destreza, como si hubiese sido suyo, y extrajo el arma.

—¡Es hasta malulo el bigote este! —comentó con regocijo, embutiendo el arma en el bolsillo de su pantalón—. ¡Cegatón, guatón y calvito, pero nada de pasmado!

—Que coopere con el reloj —dijo el que se mantenía detrás del investigador—. ¿Qué marca es?

—Una porquería de plástico comprada en el Persa —mintió Cayetano, pues en realidad se trataba de un viejo Ruhla alemán oriental a cuerda, que había adquirido dos años atrás en una relojería de La Habana.

—A ver, muéstralo. —El joven lo examinó con ojo diestro—. Dame esta antigüedad, bigote, es mejor de más que de menos.

Destrabó la correa con dolor en su corazón y lo entregó apesadumbrado.

—La gabardina, Mauro, la gabardina está buena —afirmó ahora el «violinista».

Mauro la revisó de arriba a abajo y comentó:

—Olvídala, con lo usada que está no hay quien la compre ni en la Juan Montedónico. ¡Vámonos!

Echaron a correr escalinatas abajo y en un par de segundos le habían sacado una distancia considerable. Sin embargo, el investigador se envalentonó y salió en su persecución.

—¡Atajen a los cogoteros! ¡Atájenlos! —comenzó a vociferar mientras corría tras los delincuentes y saltaba sobre peldaños desiguales, adoquines resbaladizos y pozas refulgentes. Las casas devolvían su llamado convertido en un eco—. ¡Atajen a los cogoteros! ¡Atájenlos!

Siguió corriendo hasta alcanzar una explanada donde las gradas se interrumpían. Allí se detuvo a otear, pero los asaltantes ya se habían esfumado. A su espalda se alzaba silenciosa y severa la torre amarilla del ascensor. A su derecha divisó el nacimiento de una calle adoquinada y serpenteante. Resopló. Abajo resplandecía Valparaíso. De pronto percibió unos pasos sigilosos, como de zapatillas, que provenían de la callejuela.

Enfiló hacia ella alerta por si los cogoteros se ocultaban en algún recoveco. Pero tuvo tan mala fortuna, que no se percató a tiempo de que la vereda desaparecía abruptamente bajo sus pies para dar paso a un profundo cauce destapado.

Cayó dentro como un saco de papas, azotándose las costillas y los hombros, pero logró aferrarse por milagro a un saliente. Quedó colgando con los pies suspendidos sobre el agua que fluía vertiginosa por el fondo del cauce. A un metro de su nariz yacían sus espejuelos en un charco pringoso.

—Si los tipos vuelven —pensó—, les bastará con pisotearme los dedos y desapareceré para siempre en las cloacas de Valparaíso.

Apretó los dientes y comenzó a elevarse a pulso, tarea ardua, lenta y agobiante. Temblando por el esfuerzo, alcanzó finalmente a cruzar una pierna en la garganta del cauce a modo de palanca. Mientras se reprochaba no haber seguido los consejos del almacenero, que lo había alertado sobre los cogoteros del barrio, una rata bien cebada se deslizó rauda ante su nariz y se sumergió en una poza.

Cayetano descansó en aquella posición por algunos instantes y después apoyó el torso sobre el adoquinado húmedo a la vez que presionaba el pie contra el borde del cauce, que le servía de fundamento. Se irguió sacudiéndose las manos enlodadas y recogió los anteojos aún intactos.

—Esta sí no la cuento dos veces —farfulló con los bigotazos rezumando agua, y reanudó la marcha cerro abajo.

Poco antes de alcanzar el plan de la ciudad, varios perros flacos y de malas pulgas le salieron al paso gruñendo. Consternado, Cayetano Brulé emprendió la fuga por sobre pozas profundas, gradas desiguales y cauces abiertos, sintiendo cada vez más cerca de su fondillo las dentelladas de aquellos feroces animales.

8

*Usted es la culpable
de todas mis angustias
y todos mis quebrantos;
usted llenó mi vida
de dulces inquietudes
y amargos desencantos.*

Su amor es como un grito
que llevo aquí en mi sangre
y aquí en mi corazón,
y soy, aunque no quiera,
esclavo de sus ojos,
juguete de su amor.

De Usted
Ruiz y Zorrilla

Plácido del Rosal y Virgilio Castilla subieron a toda carrera a uno de los taxis estatales estacionados en el antepatio del Tropicana y ordenaron a su chofer, un hombre de rasgos asiáticos que dormitaba en el interior, que siguiera con discreción el vehículo en que viajaba Paloma Matamoros.

A los minutos —brillaba la luna llena y un par de nubes surcaban el cielo—, el cantante sintió que el corazón se le estrujaba: en el asiento trasero del carro que espiaban, un hombre abrazaba a la mulata. Le resultaba terriblemente doloroso ser testigo de los amoríos y arrumacos de aquella mujer.

Los vehículos cruzaron veloces las oscuras calles desiertas de El Vedado, luego enrumbaron hacia el Malecón, frente al cual el mar resplandecía tranquilo, y llegaron a los edificios coloniales de La Habana Vieja. De allí enfilaron por San Pedro, la prolongación del Malecón, donde el taxi se detuvo.

Vieron a Paloma y a su acompañante apearse frente a la ensenada de Atarés. La iglesia y el convento de San Francisco de Asís irradiaban una luz ocre contra la noche.

—Déjenos aquí y páguese —dijo el cantante entregándole un billete al chofer.

Siguieron a pie, arrimados a los muros, confundidos con las sombras, e identificaron la puerta franqueada por la pareja. En el pasado había sido un sólido portón alto, pero ahora sólo se alzaban allí los pilares de un marco desvencijado que miraba a la ensenada.

Lo traspusieron y desembocaron en un patio interior desierto. Plácido del Rosal se acordó de Cayetano Brulé y pensó en que todo aquello bien podía ser una trampa tendida por sus perseguidores para cazarlo. ¿No había leído acaso la historia de un agente árabe detenido de esa forma por el servicio secreto israelí? Admiró el cielo, tapizado de estrellas, mutilado a trazos por amenazantes nubarrones, mientras el poeta se enroscaba en silencio, agazapado detrás de un pilar, contemplando un gomero de hojas tan grandes como las orejas de un elefante.

De lejos les llegó el tamtam de un tambor batá y un martillar persistente.

—¡Toque de santos! —balbuceó el poeta consternado—. ¡Los orishas!

Avanzaron unos pasos y volvieron a parapetarse detrás de un pilar. A su derecha, sus ojos, acostumbrados ya a la oscuridad, distinguieron varias puertas cerradas y una entornada. Por ésta se filtraba un haz de luz hacia el patio. La tibia humedad nocturna se hacía sofocante, envolviéndolos con el chirrido de miles de insectos.

Se arrimaron con sigilo y espiaron a través del intersticio. ¡Lo que vieron los dejó atónitos! En una gran bodega iluminada con velas y chinchones laboraba un centenar de personas —hombres, mujeres y niños— en torno a un bote destartalado. Algunos construían una caseta sobre su estructura, otros reparaban el casco, clavaban tablas o bien cosían las cámaras de inmensos neumáticos. En un rincón divisaron a Paloma y su acompañante conversando con un negro de pecho descubierto, turbante rojo y machete.

—¡Balseros! —exclamó aterrado Virgilio Castilla al oído del cantante.

—¿Qué?

—¡Balseros! —masculló. Estaba lívido y temblaba de pies a cabeza—. Arman una balsa para huir a la Florida. Si nos sorprende aquí la Seguridad del Estado, nos seca en la cárcel, y si nos sorprenden ellos, nos entierran vivos. ¡Escapemos!

De pronto escucharon el crujido de una puerta pesada que se abría y el retumbar de pasos. Provenían del pasillo del segundo piso.

—¡Alguien baja! —advirtió el cantante enarcando las cejas, aterrorizado por la posibilidad de quedar entre dos fuegos.

—¡Huyamos! —ordenó el poeta.

Se devolvieron en puntillas hacia la puerta por la que habían alcanzado el patio, justo en el momento en que el hombre del turbante salía de la bodega.

—¡Alto! —gritó el negro desaforado, blandiendo el machete, retornando al interior en busca de refuerzos, lo que los artistas aprovecharon para echar a correr a todo cuanto daban sus piernas en demanda de la calle Egido, que se alejaba desierta y silenciosa del mar.

—¡Corre, coño! —gritaba el poeta, mientras cruzaban raudos por el centro de Egido escuchando a sus espaldas los gritos e insultos que profería una turba semidesnuda y enardecida—. ¡Corre, cantante, corre por tu vida!

9

Valparaíso había despertado con una exigua promesa de trazos azules en el cielo, lo que Cayetano Brulé aprovechó para encaminarse a primera hora a su oficina, en el entretecho del antiguo edificio Turri, donde afortunadamente no lo alcanzaban los gases ni los pitazos de los vehículos.

Como saldo de la caída en el cauce, el investigador experimentaba dolor intenso en la columna y las costillas, además le ardía el rostro y tenía magulladuras en manos y codos.

Suzuki lo esperaba con el café recién colado y el diario de la mañana. La Primus entibiaba el ambiente, y la lámpara del escritorio, que compartía con su ayudante, irradiaba una luz tenue y acogedora.

—¡Pero esa Margarita está cada día más osada, jefecito! —exclamó Suzuki.

—¿A qué te refieres? —preguntó el sabueso, inquieto, poniéndose colorado.

—A su pómulo izquierdo, jefecito, está más machucado que membrillo de escolar. ¿Se lo ha visto?

Cayetano se llevó una mano al pómulo, que también le dolía al tacto. Carraspeó varias veces y dijo:

—Todos estos secretos del amor ya los aprenderás cuando alcances mi edad. ¿Hay novedades?

—Bueno, aquí están las cuentas de la luz, agua, teléfono y también las contribuciones, que, por lo demás, están atrasadas —dijo el auxiliar estirando su mano con un fajo de documentos que lanzó sobre el escritorio.

—¿No podrías comenzar la mañana mejor con un buenos días y una tacita de café bien cargado, Suzuki? —reclamó Cayetano Brulé despojándose de su gabardina, que olía a humedad, y la colgó del clavo detrás de la puerta.

—¿No fue usted el que me pidió seriedad?

Volvió a palparse el pómulo. Más adelante le contaría a Suzuki lo del atraco, de lo contrario se burlaría de él y de la pérdida de la nueva pistola italiana, que le había comprado a un contrabandista.

—¿No será que me quieres matar de un síncope? —preguntó el detective—. Mira, esas empresas son todas consorcios, y yo, un simple mortal con deudas.

Se sentó al escritorio a esperar que Suzukito le sirviera café. Todavía le rondaba en la memoria la fachada modesta de la casa de Cintio Mancini. El hombre había vivido hasta hacía un año en el cerro Polanco. Consultó la guía telefónica y halló sólo a dos personas de apellido Mancini, pero a ningún Cintio.

—¿Jefecito, le pasa algo? —le preguntó de pronto Suzuki, sacándolo de sus reflexiones. Vertía el café en la tacita del investigador.

—Ubiqué ayer la casa de Mancini, aquí en Valparaíso, pero no es su paradero actual. Tampoco aparece en la guía.

—Mala la cosa —comentó Suzuki—. A propósito, ayer por la tarde, mientras usted paseaba con doña Margarita, llamaron del taller mecánico. Querían saber si averiguó el paradero del empleado que se fugó con los salarios del mes pasado. Les dije que andaba en eso.

Carajo, refunfuñó Cayetano para sí, había olvidado casi por completo el encargo del dueño del taller. Iba a resultar muy difícil ubicar por ahora al famoso Guatón López, que había huido con dos millones. Seguro andaba de farra por alguna ciudad norteña, gastándose la plata en mujeres y tragos. Reaparecería en cuanto se le acabara el dinero. Lo mejor que podía hacer el dueño del taller era esperar a que volviera.

El café lo reconfortó. Suzuki se sentó al otro lado del escritorio, sobre la silla reservada para clientes, y redondeó su informe matinal:

—A quien sí no pude mentirle es a doña Rufina. Me pidió que le devolviera el anticipo, porque han transcurrido tres meses y usted aún no ha ubicado a su marido, el viejito ese que se escapó para el sur con la empleada doméstica.

—Tiene razón —balbuceó Cayetano atusándose el bigote—. Hay que devolverle esos treinta mil pesos. Margarita ya me contó que la empleada que secuestró a ese contador es satísima, y lo más probable es que todavía lo tenga engatusado en alguna pensión de Osorno o Temuco.

—¿Ah, sí? ¿Conque el viejito todavía le hace a los puntos?

—Es como la esperanza, Suzukito, es lo último que se pierde. Además, ¿qué podía aguardar el contador de doña Rufina? A lo más, que le tejiera un par de calcetas o le preparara sopaipillas pasadas. Llámala y dile que le vamos a devolver la plata, que eso no tiene arreglo.

—¿Se lo digo así?

—Estoy seguro de que en cuanto el contador pierda sus ahorritos, la muchacha lo abandonará. Y como no tiene mucho, va a volver pronto, dile eso, que va a volver dentro de poco.

—¿Y se lo digo así, tan fríamente, jefecito? —preguntó el japonés, orgulloso de su dimensión humana.

—¿Y qué quieres? ¿Que además de la oficina de detectives, que anda al dos y al cuatro, abra un consultorio sentimental?

—A los enamorados siempre hay que contarles mentiras piadosas —replicó extrayendo un cigarrillo de la cajetilla del detective, la que yacía sobre el escritorio.

—Dile entonces que sabemos que su marido la sigue queriendo y que la extraña, que está tratando de zafarse de la ruin que lo engañó y que en cuanto lo logre, volverá.

10

Tras ordenar la oficina y cegar el paso de las goteras, tarea que concluyó pasado el mediodía, Cayetano Brulé compró en una panadería media docena de sopaipillas, cruzó ante la pileta de Neptuno e ingresó a la enorme mole que alberga el Servicio de Impuestos Internos de Valparaíso.

Halló a Elvio Azócar en el tercer piso, frente a la pantalla de una computadora, naufragando en una sala sombría del tamaño de una cancha de tenis, donde trabajan escasas personas.

—¿Estás dedicado al boxeo o sigues de husmeador? —preguntó el funcionario al ver el rostro moreteado del sabueso.

—Choqué con una mosca a la entrada de este edificio —replicó picado.

Azócar se protegía del aire helado con un chaquetón azul marino y una bufanda gruesa. Farfulló algo contra el frío e invitó a Cayetano a tomar asiento.

—¿En qué andas? —preguntó sobándose las manos.

Tenía el rostro agrio de quienes sufren de los riñones, y las cejas negras y espesas, y un cuerpo grueso de carnicero deslenguado. Solía frecuentar el Kamikaze y, para el día de pago, el salón de masajes de madame Eloise. Se mantenía fiel a Sandra, la reina de la casa, y la madame, que requería buenos contactos con Impuestos Internos, se la reservaba a precios de promoción.

—Te traje sopaipillas, que te vendrán bien para el frío —dijo el investigador, colocando el paquetito sobre el escritorio.

Las recibió con desconfianza. No mucho le gustaba que aquel caribeño bigotudo, cegatón y husmeador de vidas ajenas estuviera al tanto de sus deslices. Pero se sintió complacido, pues no había almorzado para retirarse temprano y poder ver por televisión un partido del fútbol español. Preguntó:

—¿Y qué querís a cambio?

—Tengo el nombre de un gil que le debe plata a Suzukito. Tú sabes, este chino le fía a todo el mundo y luego no le pagan...

—¿Cómo se llama el contribuyente? —inquirió en un tono inmisericorde y miró hacia los lados cerciorándose de que nadie lo escuchaba. Luego desenvolvió las sopaipillas y mordisqueó una.

Le dictó el nombre y Azócar tecleó con dedos untados en aceite. La pantalla parpadeó, quedó en blanco y al cabo de unos segundos presentó una larga lista de apellidos que comenzaban con la letra M.

—Hay varios contribuyentes con ese nombre —anunció con los ojos clavados en la pantalla.

—¿Alguno con el segundo apellido Santorini?

Volvió a fijarse en la pantalla, que parpadeaba.

—En efecto —agregó—. Hay un Mancini Santorini, Cintio.

—¿Dónde vive?

—Muy cerca, en Chorrillos.

—¿Dónde exactamente? —preguntó sintiendo que el corazón le latía con fuerza. Extrajo el Bic del bolsillo interior de su chaqueta.

—No hay nada que apuntar —replicó Azócar y pulsó un botón. El impresor lanzó un chirrido agudo como el del barreno de un dentista—. ¡Toma! —añadió arrancando la hoja del papel sin fin.

—Te pasaste, Elvio. La Sandra te lo sabrá pagar con el sudor de su frente.

11

La librería Barcelona, anclada en el corazón de la feria Tristán Narvaja de Montevideo, no es más que un estrecho y sombrío pasillo que se extiende entre la estantería y el mostrador hasta rematar en una antigua caja registradora. Desde allí controla el viejo el ir y venir de su menguada clientela.

—¿Paco? —preguntó el Suizo desde el umbral. Su voz resonó clara—. ¿Paco, eres tú?

Avanzó a paso lento, acostumbrando sus ojos a la oscuridad. A mitad de camino vislumbró la cerrada barba blanca, las cejas espesas, los ojos agotados y la boina negra del viejo.

—Busco a Plácido del Rosal —masculló mientras se acercaba.

—No lo conozco —repuso el librero titubeando.

—Lo conociste hace más de treinta años y la memoria no te puede fallar tanto —reclamó con un hilo de voz el Suizo—. Estuvo aquí hace dos o tres meses.

—De veras, no sé de quién me habla.

—Sé a qué vino y lo que le diste.

El viejo hizo un gesto de impotencia con las manos y al acariciar los botones de la registradora, el Suizo notó un imperceptible temblor en ellas.

—Si lo sabe —repuso Paco—, entonces también sabrá que en mi trabajo no quedan archivados nombres, ni fotografías.

—No quedarán en el papel, pero sí en tu memoria —opinó el Suizo extrayendo cigarrillos y una caja de fósforos.

El viejo se sobrecogió al advertir que el visitante llevaba sus manos enfundadas en guantes de cirujano. Lo vio encender el cigarrillo y arrojar el fósforo entre los libros de la estantería. Intentó apagarlo con una revista.

—¡Quieto! —ordenó el rubio.

No le quedó nada más que contemplar en silencio la danza de la lengüita de fuego junto a las portadas. Desde lejos, los gritos de los papagayos rasgaron el silencio de la librería.

—Me va a incendiar el local —masculló el viejo afligido.

—Dame el nombre del pasaporte que tiene ahora Plácido del Rosal —dijo el Suizo y sopló la llamita.

—En mi oficio lo primero que se aprende es a callar —tartamudeó el viejo—. Una traición se paga con la vida.

—La culpa no es tuya, abuelo. Él dejó las huellas. Bien pude haber sido yo un policía. Imagínate...

—Es cierto.

—Y entonces se habría arruinado tu trabajo de toda una vida, abuelo. Plácido ya no es el mismo de antes. Reveló en bares de mala muerte que le diste pasaporte. ¿De qué nacionalidad?

Adoptó la postura de lechuza con que aguardaba clientes.

—Panameño —respondió al rato, ya más tranquilo.

—¿Robado?

—No, son peligrosos —dijo y paseó vacilante sus dedos por su barba—. Sus dueños los circulan rápido a la Interpol y a uno lo pueden detener en cualquier aeropuerto.

—¿Por qué panameño? —preguntó el Suizo, satisfecho con la repentina cooperación del viejo—. ¿Se fue acaso a Panamá?

—Porque son los más seguros —afirmó enarcando sus cejas—. Los venden los mismos cónsules. Los más apetecidos son los alemanes y norteamericanos, pero los circulan al poco tiempo.

—El número, abuelo.

—Del número no me acuerdo, no queda registro.

—¿Y el nombre?

—Es lo único que recuerdo: Plácido Rosales, empresario.

—Sólo cambió levemente el apellido —sonrió el Suizo.

—Fue idea mía —aclaró con cierto orgullo—. Lleva su propia foto.

El Suizo extrajo de improviso una navaja del impermeable y con un movimiento sorpresivo calzó al desprevenido librero por el cuello.

—¿Sabes? —dijo con su voz convertida en susurro—, odio a los mentirosos. Puedo confirmar los datos hoy mismo. ¿Seguro que lleva pasaporte panameño con ese nombre?

El librero sintió que el filo le laceraba la manzana y tosió. Tras un leve forcejeo, logró introducir su pulgar entre la hoja y el cuello. Bufó desesperado, la sangre se le agolpó en el rostro. Siempre había soñado con volver a las Ramblas de Barcelona y saborear boquerones y calamares fritos. Ahora moriría en Montevideo, a manos de aquel criminal. Por la puerta sólo se colaban la claridad tenue de un día nublado y el murmullo de la feria.

—Es un pasaporte paraguayo —rectificó con dolor de su corazón.

—Así estamos mejor, abuelo —reconoció el Suizo ciñendo aún más la navaja contra el pescuezo—. Si cooperas, no tendré que regresar a darte el bajo. ¿Dónde está ahora?

—No lo sé —balbuceó y comenzó a toser y a dar manotazos al aire—. Me puede matar, que no lo sé.

12

Una desvencijada casa de dos pisos se levanta en la calle Limache, en el barrio de Chorrillos, frente al cruce de ferrocarriles. A su costado atiende una estación de gasolina.

Cayetano Brulé ordenó que le llenaran el tanque del Lada. Había escampado y el sol entibiaba los charcos en las calles. Estaba satisfecho. Disponía de la dirección de Cintio Mancini y la casa que ahora espiaba se ajustaba mejor a la imagen que se había hecho de su dueño que la modesta vivienda de la calle Simpson.

Un hombre joven, de buzo azul y ojos despiertos, descolgó la manguera de la torre y dejó fluir el combustible mirando de soslayo los bigotazos y los mocasines empapados de aquel cliente parecido a Pancho Villa.

—¿Quién vive en la casa de al lado? —preguntó Cayetano. Un bencinero mayor, de pelo canoso, se acercó a ellos.

—No tengo idea, ¿por qué?

—Quiero abrir un supermercadito por aquí —dijo el detective indicando hacia los alrededores—. Hay de todo: bencinera, jardín infantil, academia de música, paradero de micros y estación de trenes, pero no veo ningún almacén. Tendría buena acogida.

El bencinero sonrió al contemplar la casa contigua. Dijo:

—Allí viven los Sarmiento.

—¿Los Sarmiento? —repitió Cayetano frunciendo el ceño.

—No, no —intervino el canoso—. Allí vive don Fermín Gómez.

—¿Es el dueño? —preguntó Cayetano.

—No, es arrendatario. Un marino jubilado.

Respiró con alivio. Al menos existía la posibilidad de que Mancini fuese el dueño de aquella propiedad, tal como aparecía en los archivos de Impuestos Internos.

—Seguramente él me dirá cómo encontrar al dueño.

—No se haga ilusiones —aclaró el canoso—. Mi patrón trató de hacer lo mismo hace un tiempo para comprar la casa y ampliar el negocio, pero el tipo se niega a dar la dirección. No quiere que la vendan.

—¿Y quiénes viven ahí? —insistió Cayetano.

—Don Fermín y su mujer, una vieja cascarrabias y buena para maquillarse.

—¿Tienen hijos? —Son viejos, viven solos.

—¿No tienen empleada?

—La Zoila, buena como ella sola —comentó el muchacho colgando la manguera en la torre para luego restregarse las manos en el huaipe—. ¿Le veo el aceite, patrón?

—Buena idea —repuso Cayetano atusándose los bigotes a la vez que observaba los alrededores.

—La morenaza está de chuparse los bigotes —agregó el canoso mientras el joven desaparecía detrás del capot para emerger al rato con una vara larga y negruzca entre las manos—. De Temuco, maciza, anda por los veinticinco.

—No tenía una gota de aceite, patrón —advirtió el joven—. Un kilómetro más y el Rolls Royce se le funde.

—¿Cómo me dijiste que se llama la muchacha?

—¿Parece que le interesa, ah? —picaneó con una risita pícara y secó la varilla con el huaipe—. Cuando sale anda muy seria, pero con auto las posibilidades crecen, patrón.

—¿Pero cómo se llama?

—Zoila. Zoila Alcaíno.

13

Zoila Alcaíno arrendaba un cuartito en una modesta pensión instalada en una casa de calamina del cerro Barón de Valparaíso. Se llegaba hasta allí ascendiendo por veredas resquebrajadas y esquivando charcos y baches, en los que chapoteaban niños con perros.

—Doña Margarita de las Flores me contó que usted quería consultarme algo —le dijo a Cayetano Brulé tras abrir la puerta aquella tarde de domingo. Por su maquillaje y su vestimenta moderna más parecía una secretaria que una empleada doméstica.

Conversaron en el livingcomedor, una habitación oscura, de grandes muebles desvencijados, entibiada por un caldero humeante sobre el que descansaba una tetera de aluminio. Desde un sillón, inmóvil cual momia, bien arrebujada en un chal negro, vigilaba doña Ágata. De luto riguroso y rostro de urraca, la anciana había enviudado quince años atrás de un marino mercante, lo que la había obligado a convertir su casa en pensión. Sus exigencias eran precisas: las pensionistas debían ser señoritas de buena presencia y conducta intachable.

—Zoila, discúlpeme que vaya directo al grano —advirtió el detective tras notar que la vieja no daba atisbos de querer participar en la conversación—. ¿Usted trabaja para los Gómez, no es cierto?

—Así es.

—Entiendo que ellos no son los dueños de la casa, ¿cierto?

Se rascó desconcertada la cabeza y observó por unos instantes los mocasines húmedos de Cayetano.

—No, no son los dueños.

—En efecto, el dueño es un tal Mancini, Cintio Mancini —dijo el detective aguzándose el bigote—. ¿Usted lo conoce?

—Sí, sí claro. Es decir, lo conocí —titubeó nerviosa— , pero es que ese caballero murió.

—¿Murió? —repitió Cayetano asombrado, extrayendo cigarrillos y fósforos de su gabardina—. ¿Cuándo?

—¡En este hogar no hay espacio para el vicio! —bramó perentoria la señora Ágata, a la vez que se persignaba.

El detective no vaciló en guardar sus implementos.

—Sí, don Cintio murió hace tres o cuatro meses —enfatizó ella enarcando las cejas, cruzando una pierna sobre la otra. Tenía muslos gruesos—. Murió en su auto, cuando iba al aeropuerto. Yo me enteré por la señora Gómez, y después porque me tocó trabajar unos días en casa de la viuda.

—¿Cómo murió Mancini?

—Lo asesinaron en el camino a unas cabañas parejeras. Parece que llevaba a una mujer que se puso de acuerdo con delincuentes para conducirlo allí y asaltarlo. Le robaron las maletas, el dinero y los documentos.

—¿Lo hallaron de inmediato?

—Eso fue lo peor, lo metieron dentro del maletín y la gente del lugar tardó días en darse cuenta de que había un cadáver dentro.

Recordó haber leído algo sobre el crimen, que después había desaparecido de las primeras planas, seguramente porque la muerte en el motel comprometía el honor del finado.

—Momento, momento —dijo Cayetano arrimando las puntas del bigote a las comisuras de los labios—. ¿Usted me dijo que Cintio Mancini iba en su auto al aeropuerto?

—Bueno, eso es lo que escuché —respondió ella sonrojándose, cambiando la posición de sus piernas. Apoyó las manos enlazadas sobre el regazo—. Viajaba a Estados Unidos, ya se había despedido de la familia en casa y antes de ir al aeropuerto se reunió, al parecer, con una mujer y la llevó al motel. Allí...

—¿Esto no ocurrió a fines de marzo pasado? —tartamudeó Cayetano.

—Sí, creo que a fines de marzo.

—Crimen casi perfecto —comentó—. Durante días los familiares pensaron probablemente que Mancini se hallaba en Estados Unidos. ¿Y la viuda, dónde vive ahora?

—Se fue hace poco a Nueva York, a vivir donde sus hijos. Piensa quedarse allá para siempre, dice la señora Gómez.

—¿Y usted sabe adónde viajaba específicamente Cintio Mancini? —preguntó el investigador volviendo a extraer al rato, de modo automático, los Lucky Strike de su chaqueta.

—¡El único y último ser humano que fumó en este hogar fue mi marido, y eso data de hace quince años! —chilló exasperada doña Ágata.

—Disculpe, abuelita —exclamó el detective escondiendo la cajetilla.

—¡Abuela la tuya, que nunca he parido, cabrón! —alegó doña Ágata antes de seguir rumiando su soledad.

—Creo que viajaba a Miami —continuó la muchacha en tono neutro, probablemente acostumbrada a las expresiones crudas de la vieja.

—¿No sabe a qué iba a Miami? —insistió el detective.

—Me imagino que a comprar repuestos para su empresa.

—¿Tenía una empresa?

—No una, sino dos. La fábrica de juguetes Kindergarten y el hotel Bergantín del Caribe.

14

Dicen que la distancia es el olvido
pero yo no concibo
esa razón porque yo seguiré siendo el cautivo
de los caprichos de tu corazón.
Supiste esclarecer mis pensamientos, me diste la verdad que yo soñé,
ahuyentaste de mí los sufrimientos
en la primera noche que te amé.

De *La barca*
Roberto Cantoral

El lobby del hotel Inglaterra olía a café y perfumes cuando Paloma Matamoros franqueó aquella mañana de verano su entrada. Los policías turísticos no se animaron a impedirle el paso, ya que, encandilados por su belleza, la tomaron por la esposa de algún diplomático influyente o de algún jerarca revolucionario.

—Es igualita a Ifigenia Trinidad en sus mejores años —comentó a media voz uno de los uniformados de guardia junto a la entrada del hotel cuando la vio pasar cimbrando sus caderas.

Y decía verdad. Como el policía superaba con holgura el medio siglo de vida, recordaba el rostro y el cuerpo perfectos de la madre de Paloma, aquella hermosísima mulata de ojos verdes, que los barbudos recién llegados de la sierra Maestra se disputaban como trofeo de guerra al triunfo de la revolución. En aquella época, treinta años atrás, Ifigenia Trinidad había comenzado una maratónica y extenuante carrera por los lechos de los revolucionarios, disfrutando de los privilegios hasta ese momento exclusivos de la oligarquía cubana, ahora refugiada en Miami, y de los placeres que compartía con hombres que se desmoronaban ante ella seducidos por el color tabaco de su cuerpo.

Sin embargo, Ifigenia había terminado lanzándose del último piso del hotel Nacional, donde la mantenía encerrada el Ministro del Interior para que ningún otro miembro del gabinete la viera. Tras su muerte reinó en las altas esferas de gobierno un duelo secreto de tres noches. Ministros, comandantes y jerarcas del partido lloraron en silencio su ida. Fue el titular de la Seguridad del Estado quien estableció la causa precisa del suicidio: Ifigenia Trinidad había descubierto que las extenuantes sesiones de amor en los cuartos de los mandamases revolucionarios comenzaban a esculpir huellas indelebles en su rostro, senos y nalgas. Prefirió la muerte a la ignominia de la vejez.

—¡Son idénticas! —pensó el policía recordando las fotos de Ifigenia en *Bohemia, Granma, Verde Olivo y Juventud Rebelde,* en las que era presentada como innovadora destacada en el campo científico—. ¡Son idénticas! —se repitió destemplado, rascándose la cabeza bajo la gorra, con la camisa desabotonada hasta el nacimiento de su velludo pecho.

Vistiendo una túnica transparente que realzaba su cintura de avispa y sus senos pletóricos, Paloma cruzó a paso rápido el aire frío del hall en que se empinan plantas de tallos gruesos y hojas grandes, y barrió con su mirada la cafetería. Convino en que el cantante debía estar aún en la pensión del paseo Martí.

Plácido del Rosal, quien ensayaba el viejo bolero *Palmeras,* de Agustín Lara, en su cuarto a oscuras mientras el poeta y la pintora dormían, se hallaba preparado para cualquier eventualidad aquella mañana, menos para la aparición de la mulata. Y cuando se acercó sigiloso a la puerta y la vio a través del ojo mágico, se sintió inundado por una mezcla de amor y odio.

Abrió sin pensar siquiera en que podía tratarse de una celada, y temblando de emoción la estrechó entre sus brazos. Paloma se dejó abrazar, besar y guiar por entre los libros y los lienzos que aún olían a pintura hacia el interior de la casa, hacia la oscuridad de la habitación de Romeo.

El cantante no atinó a encender la bombilla, atareado, como estaba, en recostar a la mujer sobre el lecho y desvestirla. Ella no opuso resistencia, y Plácido se estremeció al sentir en medio de las tinieblas que sus manos la despojaban de las prendas y lograban palpar su piel suave, sus vellos, sus sinuosidades compactas, sus honduras húmedas y bien lubricadas. Se desvistió atolondrado y comenzó a amarla sin más preludios.

Pero los bríos por tanto tiempo acumulados lo traicionaron prematuramente entre los recios muslos de la mulata, y cuando se acomodaba en el lecho dispuesto a encender un Lanceros, seguro de que la modorra también se apoderaría de Paloma, ella resucitó con una vitalidad sorprendente en medio de las tinieblas. Con su lengua áspera, las tibias yemas de los dedos y las puntas erguidas de sus pezones lo acarició tan sabia y excitantemente, que terminó por reanimarlo. Y fue así como Plácido descubrió placeres que no había experimentado ni tan siquiera en sus giras por Centroamérica, placeres prodigados por aquel perfumado cuerpo color del ron añejo. Y mientras el cantante se desgarraba en besos, caricias y contoneos, admitió que en materia de amor carnal sólo podía aspirar a convertirse en un modesto aprendiz de la bailarina.

Dos horas más tarde, flotando extasiado en un abúlico sopor que ella estimulaba hurgándole en el cuero cabelludo, se sintió inmensamente feliz porque Paloma Matamoros al fin había sido suya. Encendió entonces la luz y admiró las líneas redondeadas de la mulata, que dormitaba con una dulce sonrisa en los labios, ajena a la lucha que habían librado sus cuerpos. Prendió el Lanceros y siguió con la vista el humo que ascendía hacia la bombilla. Por un instante se preguntó si sería conveniente confesarle que estaba al tanto del plan de los balseros de su cuartería.

—Quiero que nos casemos —murmuró de pronto Paloma Matamoros.

Creyó que sus oídos lo engañaban y esperó a que ella repitiera las palabras.

—Quiero que nos casemos —insistió más alto, mirando hacia el cielo raso, donde ya se desvanecía el humo.

Por toda respuesta, el cantante romántico besó emocionado sus labios.

—¿Me escuchaste? —insistió ella—. ¿No te embullas?

—Desde que te vi quise casarme contigo —reconoció y contempló de soslayo su propio pecho fláccido y sus piernas enclenques, y le regocijó que la mulata de fuego lo aceptara y quisiese como era—. Seremos muy felices, te mostraré el mundo, lo conoceremos gracias al bolero y a los ahorros de que dispongo.

Lo abrazó agradecida y lo montó, intentando que él se pusiera nuevamente en alerta. Era lo que correspondía tras la declaración de amor. Sus ojos verdes refulgieron cargados de satisfacción. Ya a horcajadas preguntó:

—¿Cuándo nos casamos?

—Por mí, nos vamos mañana mismo a Santo Domingo —dijo Plácido del Rosal, recordando que allá podría volver a utilizar su documentación auténtica, cosa ahora imposible, pues había ingresado a Cuba bajo la identidad de empresario paraguayo elaborada por el viejo republicano de Montevideo.

—¡Imposible! —exclamó ella con una mirada fiera.

—¿Por qué?

—¡No me dejan salir de la isla si no estoy casada con un extranjero!

Se le helaron los pies y el miembro. Sin reflejar el desánimo en su rostro, preguntó con voz profunda:

—¿Ni siquiera a Santo Domingo para casarnos? ¡Nos casan en un día! Volveríamos a buscar a tu hijo y nos marcharíamos.

—Imposible —repitió la mulata—. No me dejarían salir. Tenemos que casarnos aquí. Sólo podría salir como tu esposa. ¿No sabes lo que es el socialismo o eres casado?

—Mis papeles —balbuceó y soltó una estela de humo contra la bombilla germano oriental—. Mis papeles no están en regla.

—De ser así, estamos jodidos y podemos olvidarnos del asunto —advirtió ella e hizo una pausa. Luego se ordenó el cabello elevando los brazos y sus pezones apuntaron al cielo—. Aquí la documentación la examina la Seguridad del Estado.

—Tienes que confiar en mí —tartamudeó Plácido. El humo del cigarro orilló los pechos de la mujer—.

Tendrías que esperarme a que vuelva con los papeles verdaderos.

—Algo por el estilo me prometió Yuri y no ha vuelto —recordó ella y se desmontó con la agilidad de un gato del cuerpo del cantante.

—Confía en mí —rogó él, incorporándose en la cama al ver que la mulata se ponía de pie y comenzaba a vestirse con celeridad—. Créeme, yo vuelvo y nos casaremos, y después nos vamos de Cuba.

—¿Crees que soy ingenua? —inquirió con ojos iracundos mientras buscaba su calzón. De un momento a otro echaría a llorar—. ¡Todos, todos los cabrones cuentan lo mismo!

—¡Paloma, te quiero, créeme! No sabes lo que arriesgo por ti —imploró el cantante con voz quebrada, constatando que la misma treta que le permitía evadir a sus perseguidores, le impedía ahora casarse con la mujer amada. De pronto parecía viejo y menguado, como si las innumerables madrugadas ante el micrófono hubiesen esculpido de golpe el paso del tiempo en su rostro.

La mulata terminó de vestirse, se calzó los zapatos y abandonó resuelta la habitación. Plácido del Rosal, en cueros y con el Lanceros en la diestra, salió detrás de ella y tropezó con una tela recién impregnada. La mulata destrababa ya el pestillo para salir al paseo del Prado.

—¡No me dejes! —gritó desesperado antes de que ella cerrase la puerta—. ¡Los vi armando la balsa!

Se volvió como azotada por un látigo. Sus ojos verdes refulgieron amenazantes y preguntó en un susurro:

—¿Me espiabas, cabrón?

—Fue casualidad, te lo juro.

—¿Me seguiste, comemierda? —gritó en la sala de estar, apoyando la espalda contra la puerta.

—¡Créeme, fue casualidad!

—¡Escucha lo que te voy a decir! —agregó la mulata a voz en cuello, gesticulando con ambas manos, sus senos temblaban—. Si te vas de lengua y caen mis hermanos, que son todos santeros, ten la seguridad de que alguien se encargará de hacerte picadillo y de lanzarte después a los tiburones de la bahía.

Y abandonó la casa dando un portazo furibundo.

15

La fábrica Kindergarten es un galpón con techo de zinc que se levanta en el norte de Viña del Mar. Se llega a ella pasando por una deteriorada carretera que cruza entre las dunas del Pacífico y desemboca en el pueblo pesquero de Concón.

—¿En qué podemos servirle, señor? —preguntó el dependiente en la estrecha sala de ventas ubicada a un costado de la construcción.

Era flaco como un huso, no superaba los cincuenta años y en su rostro la monotonía parecía una cicatriz. Observó de reojo los mocasines encharcados del visitante. Hacía frío y el viento se colaba a través de los intersticios.

—Ando en busca de cotizaciones —dijo Cayetano—. Me interesan mesas y sillas para niños.

Extrajo una gruesa carpeta manoseada de una gaveta de su escritorio y anunció en tono doctoral:

—Hay descuentos atractivos en compras al por mayor. ¿Viene de alguna institución? Asiento, por favor, me llamo Tamayo.

Cayetano se acomodó en una silla y desenfundó la cajetilla.

—En realidad ando recolectando cotizaciones para un colegio de la zona —mintió—. Y me han dicho que aquí brindan los mejores descuentos. ¿Un cigarrito?

Tamayo agradeció sorprendido el obsequio y se colocó el Lucky Strike entre sus labios morados mientras Cayetano lo escrutaba con serenidad. Estaba convencido de que gracias al terno y la corbata bajo la gabardina aquel empleado lo tomaba por persona acomodada, más aún cuando había adoptado la precaución de estacionar el Lada lejos de la fábrica.

—Lo mejor es que me dé una lista con los precios de los muebles —propuso al rato—. Así ahorramos tiempo y yo puedo estudiarla con calma. ¿Le parece?

—Sólo si me da unos minutitos para hallar la documentación —dijo aceptando el fuego que le ofrecía Cayetano—. Lo que sí quiero advertirle, señor —titubeó—, ¿cómo me dijo que se llama?

—Román, Wilfredo Román.

—Quiero advertirle, señor Román, que tenemos gran atraso con las entregas, porque estamos exportando y los pedidos han aumentado mucho. No quiero ilusionarlo, casi todo lo que hacemos está saliendo al extranjero.

Reconfortaba un cigarrillo a esas horas. Un puchito o una taza de café en el momento preciso puede abrir hasta las bocas más herméticas, se dijo el detective atusándose el bigote, mientras el empleado hurgaba en los cajones del escritorio.

—Dígame —inquirió de pronto el investigador—. ¿Esta fábrica no era de don Cintio Mancini?

—Así es. ¿Lo conoció?

—Indirectamente.

—Murió hace un par de meses. Lo asesinaron en un asalto. Pobre hombre, con lo sacrificado que era.

Cayetano dejó caer al piso la ceniza y preguntó:

—¿Y usted no cree que después de la muerte de don Cintio se cierre la fábrica?

—Por el contrario —repuso justo en el momento en que una sierra comenzaba a sonar en el galpón—. La fábrica, como le dije, exporta desde hace dos años. Alemania, Estados Unidos y América Latina son buenos clientes.

—Todo el mundo exporta en este país —comentó Cayetano y se asentó el marco de los anteojos—. Claro que sin patrón, la cosa se pondrá de todos modos más dura.

—No creo —respondió Tamayo un tanto picado y comenzó a hacer apuntes en unas listas de precios—. Son varios los socios, que no conozco, y va a llegar un administrador nuevo, que dicen que es muy emprendedor.

—¿Y quién administraba antes el negocio?

—El mismo don Cintio —repuso con tono de admiración—. Pobre hombre, hacía de todo y a toda hora. Pero así es el negocio, hay que estar alerta día y noche. Da lo mismo, lo importante es cumplir con los embarques y dejar satisfecho al cliente.

16

Tras cerciorarse de que nadie lo seguía, el Suizo abandonó alrededor de las once de la mañana la feria de Tristán Narvaja para abordar un taxi que lo condujo de vuelta a su hotel.

El cielo se había despejado gracias al viento frío que soplaba desde el Atlántico barriendo las calles desiertas de la capital uruguaya. Sólo papeles revoloteaban en espirales en la plaza Cagancha, mientras en una esquina lóbrega unos perros se apareaban a vista y paciencia de quienes aguardaban trolebús.

En su cuarto del octavo piso, desde donde se podía contemplar una franja del océano entre edificios descascarados y silenciosos, el Suizo se desnudó, tomó una ducha y se cambió de ropa. Lo acosaba el hambre y pensó en que ya le correspondía comer algo contundente en la cafetería a pocos pasos del hotel. Se trataba de un local amplio, bien iluminado, de ventanales que daban a la avenida 18 de Julio. Un intenso y grato olor a carne asada impregnaba el ambiente. Después se acostaría a dormir una siesta y por la noche visitaría alguna parrillada del puerto con el fin de ligar una mujer. Sonrió barajando su plan y unas arrugas le cercaron los ojos azules.

Salió al viento frío y caminó hasta ubicar una central de llamados. Era más seguro contactar al Jefe desde allí que desde su habitación. Entró a la cabina de madera y marcó el número del hotel Oceanic de Viña del Mar.

—¿Sí? —preguntó con desgano una voz al otro lado.

El Suizo experimentó una sensación extraña al imaginar que en ese mismo instante el Jefe se hallaba en una suite frente al otro gran océano, el Pacífico.

—Soy yo, Jefe. Tengo los datos del nuevo pasaporte que usa el cantante.

—¿No lo pudiste ubicar, entonces?

—No, pero estamos más cerca de él que nunca —aclaró observando a través del vidrio las personas que esperaban su turno. Un niño de mirada díscola, no tendría más de cinco años, intentó abrir la puerta de su cabina—. Tengo el nombre completo con el cual circula en estos momentos.

—¿Sacó pasaporte allá? —interrogó el Jefe exasperado—. ¿Cómo es que obtuvo el documento allá?

Había perdido la calma. Seguramente estaba dormitando, se dijo el Suizo. Desde la desaparición del dinero, prefería mantenerse más bien oculto y salir a la calle sólo a cumplir ciertas actividades imprescindibles. Temía que alguien desde muy arriba intentase vengarse de él.

—Efectivamente, Jefe, obtuvo pasaporte aquí.

—Si tiene pasaporte es para viajar a un país donde se lo exigen —añadió—. Eso es de Perogrullo.

—Así es, Jefe. Son pocos los países de la región que exigen pasaporte a los latinoamericanos —aseveró el Suizo, aferrándose a la manilla de la puerta para que el niño no la abriera—. Pero ahora necesito su ayuda.

—¿De qué se trata?

—De su amigo en el Consulado chileno...

—¿Qué pasa con él? —inquirió cortante—. Dije que había que contactarlo sólo en casos de extrema urgencia...

—Estamos en uno. Jefe.

—No entiendo.

—Ese amigo suyo del consulado nos puede ayudar.

—¿Cómo?

—Usted me dijo que él lleva años aquí y mantiene contactos con el Ejército uruguayo. ¿Me entiende?

—Lógicamente que entiendo, pero no sé hacia dónde apuntamos —protestó el Jefe con voz huraña.

—Fíjese —dijo el Suizo—. Tenemos el nombre completo con el que viaja ahora el cantante, ¿no es cierto? Por lo tanto, sólo nos falta conocer su destino final.

—¡Evidente!

—Y estoy seguro de que, al sentirse protegido por la nueva identidad, salió normalmente del Uruguay.

¿Me sigue? Y si abandonó el país por vía legal, entonces las autoridades deben tenerlo registrado. ¿Me entiende ahora?

—Está claro —masculló el Jefe—. ¿Pero qué esperas que haga mi amigo?

—Que me reciba lo antes posible.

17

En medio de la oscuridad del solitario paraje costero, los focos del vehículo que los seguía, altos y potentes, encandilaron a Cayetano Brulé y a Bernardo Suzuki a través de los retrovisores. El detective redujo la marcha del Lada con la esperanza de que los sobrepasaran, pero aquellos focos continuaban caldeando sus nucas.

—¡Carro del carajo! —protesta Cayetano al notar que su automóvil no responde al acelerador, que ahora oprime a fondo—. Parece que se mojó la distribución.

—¿Tendremos que detenernos? —masculló su ayudante, preocupado por la circunstancia y por el hecho de que habían bebido demasiado.

—La cosa está más que fea, Suzukito —advirtió el detective observando a través del retrovisor central—, es una camioneta con tres tipos dentro.

Era medianoche y llovía. Cayetano y Suzuki habían salido horas antes a echarle un vistazo a la fábrica Kindergarten. El instinto del sabueso le indicaba que ella podía resultar clave para la investigación que tenía entre manos.

Sin embargo, había sido imposible acercarse a la empresa por la presencia de un cuidador que ocupaba una caseta a la entrada del terreno. Ante esto, habían optado por continuar viaje a Concón y cenar en el

Don Chicho, una simpática picada frente a una caleta de pescadores que ofrece mariscos frescos a precios razonables.

—¿Tiene la pistola, jefecito? —preguntó Suzuki con la voz entrecortada. Afuera se confundían la lluvia, la oscuridad y las dunas desiertas.

—Tenía, pero me la robaron unos asaltantes, era algo que estaba a punto de contarte.

De pronto, el vehículo comenzó a adelantarlos por la pista izquierda. Cayetano mantuvo los ojos fijos en la carretera. Estaba claro que planeaban asaltarlos en aquel descampado. El velocímetro del Lada marcaba ochenta y no daba más. Suzuki oprimió el botón del seguro de su puerta al ver emerger la nariz de la camioneta a la altura de la ventanilla de su jefe.

El vehículo siguió ganando trecho y su ventanilla delantera emparejó a la del Lada. Con los músculos tensos y los dientes apretados, Cayetano se aferró al volante, temía que intentara desalojarlos de la ruta para hacerlos volcar. Bajo la luz de los focos que horadaban el agua se perfiló de improviso una curva muy cerrada.

—¡Cuidado! —bramó Suzuki.

Delante de ellos emergía ahora otro par de focos. Se acercaban raudos por la pista contraria, que ocupaba la camioneta en su maniobra de adelantamiento. Cayetano trató una vez más de imprimir mayor velocidad al Lada, pero fue en vano. Lo único que le quedaba claro era que si la camioneta no retornaba de inmediato a la pista que le correspondía, chocarían frontalmente. ¡Tenía que acelerar para evitar el impacto!, se dijo en medio de la sonajera de motores, y presionó una vez más el pedal.

—¡Frene, jefe, frene por lo que más quiera! —gritó Suzuki y soltó una violenta andanada de golpes contra el brazo derecho de Cayetano.

—¡Coño, chino, qué te pasa! —vociferó el detective y no tuvo más remedio que pisar el freno a fondo, con lo que el Lada resbaló, embistió la berma y retornó a la pista, donde quedó detenido.

Aprovechando el espacio brindado por el Lada, la camioneta logró maniobrar hacia la pista derecha y esquivar en el segundo preciso a un gigantesco camión portacontenedores.

—¡Voy a seguir de todos modos a esos carajos! —exclamó Cayetano Brulé, mientras las lucecitas rojas de la camioneta se empequeñecían en la noche—. ¡Ya van a ver!

18

Hipócrita,
sencillarmente hipócrita,
perversa, te burlaste de mí
con tu savia fatal me emponzoñaste
y sé que inútilmente me enamoré de ti.
Y sábelo, escúchame y compréndeme.
No puedo, no puedo ya vivir.

De *Hipócrita*
Carlos Crespo

Cuando trepaba al segundo piso del restaurante Latinoamericano a desayunar, como solía hacerlo a menudo, pues le encantaban el fresco y el olor a madera vieja de aquel local con historia, el cantante romántico se estremeció al encontrarse en medio de la escalera de caoba con Paloma Matamoros, que bajaba.

—Tengo que hablar contigo ahora mismo. Ha de ser afuera —precisó ella asiendo a Plácido del Rosal por la guayabera recién planchada. Había decisión en el fulgor de sus ojos verdes y el cantante, que jugaba nervioso con el sombrero panamá de cintillo floreado entre sus manos, accedió a seguirla, estimulado por las esperanzas, que en el Caribe siempre son desmesuradas.

Bajaron al paseo del Prado, donde los encandiló el espejeo del alquitrán, y caminaron lentamente bajo la sombra de los árboles en dirección al Capitolio. Vieron bodegas y tiendas desgarradoramente vacías y destartaladas cayéndose a pedazos.

—¿Qué sucede? —preguntó intrigado el cantante. Había ganado en aplomo, pues llevaba varios días actuando en el Tropicana con singular éxito. Su bien timbrada voz suscitaba fervorosos aplausos entre los turistas europeos y latinoamericanos—. Hace días que no vas a trabajar y Paquito está molesto y yo apesadumbrado. ¿Qué sucede?

—Quería verte.

—¿Vienes a quedarte conmigo? —preguntó Plácido y sintió que el corazón le daba un vuelco y recordó aquella triste canción de Esparza Oteo que se inicia con: «No puedo comprender por qué me pides que pase yo la vida sin mirarte, si sabes que nací para adorarte».

—Necesito tu ayuda —respondió ella, asiéndolo de la muñeca. El cantante percibió el nerviosismo a través de sus dedos y un candor en sus mejillas morenas.

—Cuéntame.

—Es muy simple —dijo ella e hizo una pausa—. Si realmente me amas y quieres casarte para llevarme contigo, debes ayudarme. ¡Entiéndeme bien, ahora sí estoy decidida!

El desconcierto se apoderó de la frágil alma de Plácido. Con sus bigotes blancos y sienes canosas parecía un hombre más viejo. No soportaba que le hablaran de a jirones y Paloma era una maestra del misterio. Cruzaron una calle ancha, por cuyo pavimento estriado fluían aguas negras, y tras caminar junto a palisandros y jacarandás llegaron ante unas vidrieras en que abundaban pancartas de saludo al Partido Comunista y a su máximo líder.

—¿Qué sucede?

—En realidad se trata de Senén, mi antiguo marido —dijo ella deteniéndose ante una inmensa valla con el barbudo rostro sonriente de un Fidel Castro joven. Alguien le había horadado los ojos—. Es militante del partido y me advirtió que si me propongo abandonar la isla, él se opondrá a que Sasha viaje conmigo. Me privará de la patria potestad por contrarrevolucionaria. ¿Sabes lo que eso significa? Perder a Sasha para siempre.

Lo aturdieron las revelaciones de la mulata. Sintió que su corazón no era nada más que un estropajo. ¿Estaba él acaso condenado a enfrentar una tragedia tras otra en su vida?

—¿No me dijiste que Sasha es hijo de un oficial ruso?

—Así es —repuso ella estallando en lágrimas. Los pasajeros de un bus repleto hasta el techo detenido frente a un semáforo los observaban expectantes—. Sasha es hijo de Yuri Simonov, pero fue Senén, mi ex esposo, quien lo reconoció.

Captó de golpe lo que sucedía. ¡El chantaje de Senén hacía imposible su matrimonio con Paloma, aun si regresaba a Cuba con los papeles en regla! Senén no renunciaría a Sasha y ella tampoco accedería jamás a separarse de su hijo. Posó con suavidad un brazo sobre sus hombros y, esquivando hoyos y pozas de aguas servidas, prosiguieron en dirección a la ruinosa estación de ferrocarriles, que colinda con la muralla de La Habana y la ensenada de Atarés.

—¿Y no hay modo de que cambie? —preguntó hastiado.

—Sólo existe una forma de convencerlo —respondió ella, mirándolo con los ojos incisivos de los conspiradores.

—¿Cuál?

—Que le consigas todo lo que se necesita para abandonar la isla en una balsa.

19

Cayetano Brulé se sobrecogió en medio de la noche: la camioneta que los había sobrepasado peligrosamente minutos atrás, una Luv roja de palangana cerrada, se encontraba ahora detenida ante el portón de acceso a la fábrica Kindergarten.

El investigador y su ayudante descendieron del Lada en las inmediaciones y se parapetaron detrás de un pimiento. Uno de los ocupantes de la camioneta abrió el portón —dos permanecían aún en la cabina— y el vehículo, pasando lentamente ante la caseta del cuidador, ingresó al terreno cercado por alambre de púas. Detuvo su marcha cerca del galpón, donde un reflector bañaba el lugar haciendo centellear las pozas.

—¿Qué estarán haciendo a estas horas? —susurró Suzuki, quien tiritaba de frío y añoraba en esos instantes las singulares caricias que madame Eloise le prodigaba durante las mañanas en que el centro de masajes no atendía.

Cayetano propuso acercarse sigilosamente a la fábrica. El viento trajo un aire fresco amalgamado con lejanos rumores de ciudad. Ya no llovía.

—¿No serán ladrones? —apuntó Suzuki siguiendo a su jefe sobre la gravilla crujiente.

—Ahora hay luz en la caseta —dijo el detective señalando hacia la pequeña construcción de madera—. Si observas bien, verás que en la ventana se dibuja la silueta del cuidador. No son ladrones.

Amparados por las sombras, los investigadores se deslizaron hasta unos troncos de pino y unos arbustos. Desde allí podían espiar el movimiento en aquel patio.

Los hombres descorrieron el pesado portón de la nave, abrieron la portezuela posterior del vehículo y comenzaron a descargar con premura numerosos bultos envueltos en polietileno, que introdujeron al galpón.

—¿Qué llevan? —inquirió Suzuki agazapado. Un perro aulló a sus espaldas, inquietándolos, pero la calle se alargaba desolada.

—Si no me equivoco, muebles para niños y caballitos de balancín —dijo Cayetano agachándose junto a su auxiliar para observar por entre las ramas—. Los pilló la máquina, están exportando como malos de la cabeza a Europa.

—¿Y para eso casi nos matan?

—Vámonos, mejor, pero con cuidado —dijo Cayetano.

—Espere, jefecito —murmuró de pronto Suzuki apretando la muñeca del detective, entornando los párpados para enfocar mejor—. Usted no me va a creer, pero creo ubicar al chofer de la Luv, que ahora está parado bajo el reflector.

—¿Te refieres al joven de la parka roja?

—A ese mismo. Lo he visto dos veces en el salón de masajes de madame Eloise. ¡Juraría que es Bobby Michea, el hijo del famoso diputado Michea! ¿Conoce usted a Cástor Michea?

—¿Y quién no lo conoce en Chile, Suzukito? Es tan popular como los terremotos —repuso el detective sin poder salir de su asombro—. Coño, ¿qué puede andar haciendo aquí y a estas horas el hijo de un hombre tan poderoso?

20

A las nueve de la mañana del día siguiente, Cayetano Brulé ingresó al vetusto edificio del Registro Civil de Valparaíso, situado en las inmediaciones de su oficina, y solicitó a una funcionaria el certificado de inscripción y anotaciones vigentes de la camioneta Luv. Provista del número de la chapa, la mujer buscó en su pantalla durante algunos segundos e imprimió luego una tarjeta con los datos básicos del vehículo.

—¡Suzukito estaba en lo cierto! —exclamó para sí el detective mientras abandonaba el lugar en medio de una nube de personas que le ofrecían fotos para carnet y plastificación de documentos a precios módicos.

En la calle —era el primer día en que los aguaceros habían cedido lugar a un cielo intensamente azul y fresco— releyó con calma el certificado. La Luv, que en la noche anterior había estado a punto de causar un accidente de proporciones, era de propiedad de Roberto Michea Wichmann. Suzuki estaba en lo cierto. Aquel hombre era con toda seguridad el hijo del diputado Cástor Michea. Sumamente satisfecho con la primera pesquisa de la jornada, se encaminó al restaurante Hamburg.

Lo encontró vacío. Recién se iniciaba la actividad en la cocina y las sillas aún descansaban patas arriba sobre las mesas. La luz matinal entraba oblicua a través de la ventana, entibiando el piso del local.

—¡Otra vez tú por acá! —lo saludó Wolfgang desde la gran caja registradora con una huella de inquietud en su frente—. ¿Qué te sucede ahora?

—Ando muy urgido y escaso de tiempo —respondió Cayetano tras ordenar un plato de camarones de río al pilpil acompañados de salsa americana.

—Los camarones bien se comen al pilpil o a la americana —reclamó el alemán con mirada desconfiada—. Esa mescolanza que me pides a horas tan tempranas sin especificar si es desayuno tardío o almuerzo anticipado, no sé cómo se llama y me complica la vida.

—Ponle «camarones a la Cayetano Brulé» —porfió el detective con una sonrisa jovial y encendió un cigarrillo, mientras el dueño del restaurante se perdía en la cocina con un vaivén de marinero viejo—. Lo bueno siempre es resultado de mescolanzas, mi amigo.

—Déjate de filosofía y confiesa el motivo de tu aparición tan temprana —subrayó Wolfgang volviendo al rato con un plato atestado de camarones. Era capaz de reanudar, sin perder el hilo, las conversaciones que minutos atrás había dejado pendientes con su clientela. Se secó las manos en su delantal blanco como la nieve—. ¿Otro lío?

—Necesito saber si conoces a una familia alemana de apellido Wichmann, emparentada con el diputado Cástor Michea.

—¿Wichmann?

—Así es. Una mujer de ese apellido está casada con Michea. ¿Puedes averiguarme algo sobre ella a través de tus contactos con la colonia alemana?

Wolfgang frunció el ceño y apoyó sus palmas sobre el mesón. Escarbaba en su memoria mientras Cayetano recorría con la vista los mascarones de proa y detenía sus ojos miopes en uno que representaba a una exuberante mujer semidesnuda de pechos ubérrimos que parecía tener los ojos clavados en el horizonte. Luego observó brevemente el trazo de calle por donde cacharreaban a la vuelta de la rueda los buses de la mañana y dosificó los camarones con la salsa americana.

—¿Ubicas a algún Wichmann? —preguntó con la boca llena. Estaban frescos y la salsa en su punto.

—¿Crees acaso que tengo una Nixdorf integrada en la cabeza? —repuso Wolfgang—. Déjame pensar al menos un poco. ¿Una cervecita?

—Lo único que necesito ahora es el teléfono y un vaso de agua.

El alemán se alejó refunfuñando algo indescifrable, lo que Cayetano aprovechó para llamar a Margarita de las Flores.

—¿Mi amor? —preguntó al reconocer su tono de voz—. Le habla su «peor es na» para hacerle una consultita. Averigüe, por favor, todo lo que pueda sobre el diputado Cástor Michea, su esposa, de apellido Wichmann, y el hijo de ellos, llamado Roberto. Tengo toda la impresión de que viven en la zona y la certeza de que cuentan con servicio de empleadas domésticas.

21

Tú me acostumbraste
a todas esas cosas
y tú me enseñaste
que son maravillosas;
sutil, llegaste a mí
como la tentación,
llenando de inquietud
mi corazón.

De *Tú me acostumbraste*
Frank Domínguez

Plácido del Rosal aguardó a Paloma Matamoros a la salida de su camarín, en el oscuro patiecito de los artistas del Tropicana. Desde hacía días el bolerista actuaba con singular éxito bajo el nombre de Angelito King Cubillas.

—Ya compré en la diplotienda gran parte de lo que me pediste para Senén —anunció mientras ocupaban una mesa en la platea y ordenaban una botella de Havana Club de siete años y masitas de puerco asado con arroz congrí. El espectáculo de aquella noche tibia y perfumada había finalizado y ahora el público bailaba en el escenario al son de la orquesta del cabaret.

—Dame lo antes posible todo lo que ya tengas —respondió Paloma—. Así nos aseguramos de que desaparezca pronto.

—¿Sabes?, he estado pensando una cosa —dijo el cantante mientras las trompetas y los timbales resonaban estremeciendo a las parejas—. A lo mejor deberías pensar en marcharte con la gente de Senén.

—¡Qué va, mi niño! —exclamó ella desconcertada y se aferró a la mano de Plácido—. ¿Subirme yo a una balsa con Sasha? ¡Nos devoran los tiburones si naufragamos! ¿Y a santo de qué viene todo este cambio de planes ahora?

Estaba enardecida. Una gota de sudor le resbalaba por el cuello y se perdía por el canal de sus senos.

—Lo he pensado mucho —explicó Plácido intentando apaciguarla—. Creo que no me será fácil volver con otros documentos y obtener el permiso para casarnos.

—¿Eres realmente paraguayo o eso también es mentira?

—No, no soy paraguayo —admitió el cantante—. Soy chileno.

—¿Y tu gente también te pondrá dificultades para casarnos? ¿Aun con los papeles en regla?

—En cierta forma. Corro el peligro de que me sorprendan y me encarcelen —mintió el cantante para no confesar que huía—. ¿Por qué no te vas entonces con Senén? —insistió—. Yo les conseguiría un motorcito y cuanto necesiten. Después nos encontramos de alguna forma en Miami.

La mulata guardó silencio durante unos instantes. Sus ojos vagaron por el lugar y buscaron finalmente los de Plácido.

—Lo haría si no existiese Sasha —dijo pensativa—, pero aún es muy pequeño. Si naufragamos, morirá, y si nos descubre la Seguridad del Estado, me lo quitarán. ¡No puedo! —sollozó.

Ahora la orquesta interpretaba *Hablar contigo,* de Carlos Puebla, entonado por un pasable cantante holguinero, mientras las parejas se fundían en furiosos abrazos entre las tinieblas que flotaban sobre las tablas.

—Está bien, Paloma, yo volveré en poco tiempo con mis papeles en regla y nos casaremos —añadió Plácido al rato—. Pero prométeme que si yo no regresara, tú te fugarás a como dé lugar. No olvides, en Miami Beach debes buscar el Waldorf Towers, y si llegas allí, yo lo sabré.

—Y yo quiero ser franca contigo —replicó Paloma, quien olía a pétalos de rosa—, lo único que deseo es irme para el carajo de esta miseria, al igual que todas las bailarinas que trabajan en este cabaret. ¿O por qué crees que tras el show bajamos a acompañar a los turistas? ¿Crees que es para disfrutar sus miradas vacías y sus pieles lechosas? No, muchacho, es para ver si ligamos a uno que quiera casarse con nosotras y sacarnos de la isla.

—Confía en mí —imploró Plácido con una voz tenue. El holguinero interpretaba ahora *Antillana,* de Oréfiche y Vásquez—. Tengo dinero suficiente para que nos vayamos de Cuba a vivir a otra parte, adonde tú quieras, contigo y tu hijo.

—No me convences —dijo ella cortante.

—Cree en mí —insistió Plácido—, me iré en un par de semanas y volveré con los documentos en regla para casarnos. ¡Ten confianza!

—El gran Yuri Simonov me juró hace más de cinco años que volvería, también lo hicieron tres mexicanos, un español y dos chilenos —repuso Paloma Matamoros vaciando de un golpe su medida doble de ron—. ¿Y dónde están?

El cantante de la orquesta anunció un receso y el público lo dejó irse en medio de aplausos. La música, afrocubana, emergía ahora de una grabación. Eran cerca de las dos de la mañana y empezaba a refrescar.

—Las conservas y las cámaras de neumáticos las llevaré adonde ustedes me digan —anunció Plácido al rato.

—Recuerda que faltan gasolina, bronceadores y sogas —dijo ella—. Cuando tengas todo, me avisas y hacemos el trasiego.

22

Cerca de las tres de la tarde, y tras solicitarle por teléfono a Elvio Azócar, el empleado de Impuestos Internos, datos sobre la situación de Kindergarten, Cayetano Brulé se dirigió en su cacharro a la fábrica. Aún le resultaba inexplicable que el hijo del diputado Cástor Michea hubiese estado la noche anterior descargando material en aquel lugar.

En la oficina sólo se encontraba nuevamente el encargado de ventas. Del galpón provenían chirridos de sierras y martilleo.

—Aquí estoy otra vez —dijo Cayetano tratando de caer simpático—. Vine a conversar sobre precios.

—Mayores rebajas son imposibles —advirtió Tamayo después de devolverle el saludo.

Andaba de mal humor. Llevaba una chaqueta de cuero sobre su delantal percudido y el pelo grasiento. Sus manos, tan moradas como sus labios, delataban el rigor del frío y entumían aún más a Cayetano Brulé. Le obsequió un Lucky Strike y se pusieron a fumar. De la cara del flaco, un verdadero gajo de limón con dos pequeñas incrustaciones negras, se esfumó el aire avinagrado.

—¿Seguro que no hay más rebaja? —preguntó el detective—. ¿No tiene posibilidad de maniobra? ¿Mueblecitos de segunda, quizás?

—Difícil, difícil —comentó el dependiente meneando la cabeza. Tenía el cuello lleno de espinillas y la barba mal afeitada, y ahora fumaba con fruición delante del letrero que prohibía fumar—. Pero sígame, veamos lo que queda en bodega.

Pasaron al galpón a través de un pasillo estrecho y se hallaron bajo un techo de zinc, donde trabajaba una decena de personas. Cruzaron en diagonal sobre la virutilla humedecida, flanquearon una sierra y un torno en funcionamiento, y alcanzaron un rincón donde se apilaban muebles infantiles y caballitos.

—¿Y ésos? ¿No son de segunda?

Tamayo se rascó entre las piernas. Luego acarició pensativo el cigarrillo, y preguntó lo mismo a un trabajador.

—La cantinela de siempre —dijo éste con las manos enfundadas en los bolsillos traseros del pantalón—. Fallas de terminación. Cabezas quebradas, colas despegadas...

—Me refiero a las mesas con las sillitas —aclaró el flaco.

—Están reservadas, pero hay que repasarlas. Saldrán para el Alto Las Condes, de Santiago, en cuanto las repasemos.

—Pobres caballitos —comentó Cayetano examinando uno con detención. Su hechura y colorido evocaban a los caballitos de carruseles antiguos. Sus patas traseras estaban sueltas y tras enseñárselas al flaco, inspeccionó otro animal, uno con riendas y espuelas talladas y pintadas en tonos dorados. Advirtió que tenía el cuello desencajado.

—¡Sabiendo que el mercado europeo es tan exigente, esta gente no se ocupa de hacer bien las cosas! —exclamó el flaco.

—¿La partida salió entonces esta mañana con menos caballitos de lo planeado? —inquirió el detective.

—Eso es lo que me extraña —repuso el jefe de ventas con el ceño fruncido. Dio una intensa chupada al cigarrillo y miró en derredor—. Me extraña, porque en mis registros aparecía un embarque completo.

—Bueno, eso lo pueden paliar con el próximo embarque —opinó Cayetano—. ¿Cuándo sale el próximo?

—Este viernes, nuevamente para Hamburgo. Los alemanes se están volviendo locos con nuestros productos.

—Y dígame, ¿qué hacen con los muebles y los caballitos fallados? ¿Los arreglan y los envían al extranjero?

—Se reparan y se venden en el mercado nacional, que es menos exigente —repuso Tamayo dispuesto a volver a la oficina.

23

Un gris oscuro, matizado por nubarrones amenazantes, se había emplazado aquella mañana de sábado sobre Valparaíso. El viento jugueteaba por los pasillos de la feria de las pulgas con hojas y papeles.

Cayetano Brulé se abrió camino entre los puestos y el público, y divisó al lustrabotas tuerto donde siempre, al final de las mesas que ofrecían libros, alcuzas, viejas máquinas fotográficas y planchas a carbón. Leía el diario.

—¡Qué tal, Moshe Dayan! —exclamó encaramándose sobre el sillín de los clientes, bajo el desteñido quitasol de la CocaCola, que en invierno servía de paraguas—. Hoy quiero buen lustre, la mejor defensa del cuero ante el agua.

El viejo —llevaba un parche negro de pirata sobre su ojo derecho— le entregó *La Cuarta* con la dosis de desnudas de la mañana, y apuntó con una sonrisa seca:

—Haremos lo imposible, don Cayetano, para dejarle estos mocasines como nuevos —replicó y se dio a la tarea de limpiar y embetunar el calzado.

Tras esquivar la insinuante mirada de una asiática que cruzaba los brazos sobre su pecho desnudo, el detective hojeó las páginas interiores del diario. Sólo halló crímenes, denuncias de robos y estafas, entrevistas a jockeys y más fotos de espléndidas mujeres sin ropa.

Lo dobló desanimado y fijó sus ojos en la calva y las grandes orejas separadas del lustrabotas. Aquella cabeza llena de manchas y tan escasa de pelo almacenaba la más completa información sobre los bajos fondos de la ciudad y alrededores.

—¿Se enteró, don Cayetano, de que gracias a la nueva ley que aprobaron los caballeros —apuntó desdeñosamente con la boca hacia el edificio del Congreso—, los bolivianos podrán comprar terrenos en costas chilenas?

—Eso se llama integración, Moshe Dayan.

—No me trate de convencer con palabras hueras, don Cayetano —alegó untando con betún los mocasines—. Muchos parlamentarios deberían estar presos.

—¿Y eso a santo de qué?

Un gramófono echó a volar la voz de Carlos Gardel entonando *El día que me quieras* y la feria lo escuchó en silencio.

—¿Sabe? —añadió el lustrabotas interrumpiendo su labor—. En esta plaza yo desconfío de todo aquel que por obtener un puestito pague más de lo que va a ganar con él. Es justo, ¿no?

—Así es, Moshe Dayan.

—Me alegra que me dé la razón —exclamó moviendo su único ojo de un punto a otro—. Me alegra, porque muchos de nuestros políticos gastan en sus campañas varias veces el sueldo que perciben durante su período en el Parlamento. ¿Y quién les suple la diferencia o son masoquistas del billete?

—Buena pregunta —repuso Cayetano sonriendo pensativo.

—A todos esos yo los metía presos por mera sospecha —enfatizó el lustrabotas volviendo a embetunar—. Habría que investigar muy bien la carrera por llegar a ese edificio, en que dejan luces encendidas por las noches para que creamos que se desvelan trabajando.

Cayetano aguardó a que se desahogara. Al menos no despotrica hoy contra los países vecinos, pensó. Su aversión por ellos había surgido treinta años atrás, cuando un marinero boliviano, fenómeno escaso mas no inexistente, le había engarriado el ojo derecho en una riña en el Roland Bar del puerto.

—Escúchame, Moshe —dijo al rato Cayetano al tiempo que disfrutaba del cosquilleo en el empeine—. Necesito tu ayuda.

Se quedó inmóvil, con la boca abierta, paseando su ojo por los del detective.

—Usted dirá.

—¿Conoces a un tal Bobby Michea?

El tuerto rumió unos instantes algo que sólo podía ser su lengua y se rascó la cabeza. Una arruga grande y profunda le surcó la frente.

—¿Michea? —repitió con extrañeza, colocando el trapito sobre una página de diario calzada por los costados con piedras—. ¿Michea, el diputado del norte?

—El hijo del diputado. ¿Has escuchado de él?

—No —respondió resoplando, y agregó—: ¿Qué edad tiene?

—Unos veinticinco. Es idéntico al padre. Vive en la zona.

—¿Y qué quiere?

—Necesito saber dónde diablos anda metido.

—Si es soltero y mujeriego —respondió Moshe Dayan con el ojo en llamas—, se lo ubico fácil por diez lucas, don Cayetano.

24

—¿Pérdidas?

—Pérdidas. En estos dos años sólo han registrado pérdidas —murmuró Elvio Azócar desde su escritorio, que navegaba en el espacioso recinto del tercer piso del Servicio de Impuestos Internos—. Es normal, no hay empresa que registre ganancias en los primeros años, ahí se les va la inversión inicial.

Cayetano Brulé se sintió desconcertado. Echó una mirada al chocolate con nueces que le había traído al funcionario y luego fijó sus ojos en la bahía. El cielo seguía nublado. Soplaba el viento norte y todo, salvo el pronóstico del tiempo, presagiaba que la lluvia arreciaría. Le saldrán escamas a la gente, pensó el detective con alarma, y alegó:

—Pero Kindergarten está exportando.

Azócar se ajustó la corbata azul de florecitas pasadas de moda —si es que las flores pueden pasar de moda— y obturó un botón en el teclado de su computadora. Levantando la vista hacia el detective dijo en tono perentorio:

—Las pérdidas son las primeras ganancias de las empresas.

No sonaba mal, pensó Cayetano, pero no le servía. Dejó pasar unos instantes, después preguntó:

—¿No podrías conseguirme datos sobre el hotel El Bergantín del Caribe?

Azócar tamborileó con sus dedos sobre la superficie de la mesa y resopló.

—Necesito un par de días —dijo—. Ahora tengo mucha pega pendiente, porque estamos reorganizando el servicio. Vivimos de reorganización en reorganización. Al final nos ocupamos de nosotros mismos, nomás.

—¿De quién es Kindergarten? —preguntó el detective cambiando de tema. No le parecía conveniente abrir un nuevo frente, el del hotel, durante la conversación. Tanto trabajo podría enredar aún más las cosas y hacer titubear al funcionario.

Azócar fijó sus ojos en la pantalla, tecleó algo y repuso:

—De la Sociedad Gran Bergantín.

—Está bien, está bien —replicó Cayetano impaciente—, pero lo que deseo saber es a quién pertenece esa sociedad.

—Eso no aparece aquí —respondió encogiéndose de hombros.

—¿Y cómo puedo averiguarlo rápidamente?

—Por medio del RUT puedes ubicar la época aproximada en que fue creada la empresa —precisó el funcionario, y sus manos regordetas, en las que el anillo nupcial asfixiaba al anular izquierdo, se apoderaron del Costa Nuss y comenzaron a desnudarlo—. Después te vas al Diario Oficial de la época y allí encontrarás la constitución de la sociedad comercial.

A Cayetano le pareció un proceso largo y engorroso.

—¿Alguna forma más expedita de lograr esos datos? —preguntó.

Azócar partió la barra y devoró un trozo. Le venía de perilla, pues no había almorzado.

—Escucha, cubano, hay gente que se dedica a eso —gruñó. El chocolate no dejaba huellas en su rostro de quijada protuberante y labios arqueados hacia abajo—. Cualquier corredor de propiedades se encarga del trámite por diez mil pesos.

—¿Conoces a alguno que lo haga por cinco mil?

El funcionario envolvió cuidadosamente el chocolate en el papel de aluminio y lo depositó en una de las gavetas de su escritorio. Luego volvió a teclear. Una pizarra verde con las iniciales del Servicio de Impuestos Internos cubrió la pantalla. Se puso de pie y dijo:

—Dame siete mil y vuelve en un par de días.

25

El Suizo estaba por bajar a desayunar al comedor del hotel, que se extendía en el entrepiso brindando una vista hacia la avenida 18 de Julio, cuando recibió la llamada telefónica. El cielo de Montevideo había amanecido con un oscuro tono azul, presagiando el comienzo de un día frío.

—Buenos días —dijo una voz aguda, con un leve acento rioplatense, al otro lado de la línea—. Habla Humberto, aquí tengo la información que me solicitó sobre su pariente.

—Soy todo oídos —respondió el Suizo.

—No fue fácil cumplir con el encargo, pero por nuestro amigo de Viña del Mar hacemos cualquier cosa —dijo Humberto. Tenía la resonancia infantil de muchos chilenos—. En fin, le tengo novedades sobre su pariente.

—Espero que sean alentadoras.

—En efecto. Salió hace tres meses por el aeropuerto internacional de Carrasco, donde la información está computarizada. Una vez que ubicamos a un amigo que opera allí, pudimos acceder a la memoria. Voló con Pluna.

—¿Volvió a Chile? —preguntó el Suizo con la boca seca.

—No, no. Salió con destino a Buenos Aires.

El Suizo soltó una imprecación. Si el bolerista se sumergía en Buenos Aires con pasaporte paraguayo y el dinero, podía olvidarse de él. Sería imposible encontrarlo allí. Intentó tranquilizarse pensando en que era probable que hubiese optado por retornar en dos etapas a Chile. Preguntó:

—¿Está entonces en Argentina?

—Lo cierto es que viajó a Buenos Aires, pero no para quedarse allá —añadió y dejó escapar un resoplido largo, de esos que presagian un anuncio importante—, sino para volar a La Habana.

—¿A La Habana? —repitió sorprendido el Suizo. El corazón le palpitó con fuerza.

—Así es, a La Habana. Su pariente adquirió aquí uno de esos paquetes turísticos de siete días por mil quinientos dólares, todo incluido: vuelo, hospedaje, media pensión y hasta un par de negras —explicó antes de restallar en una carcajada estentórea.

—¿Y usted cree que esté todavía en La Habana?

—Me temo que no —reconoció la voz, ya calmada—. Usted sabe que por lo general los paquetes turísticos no duran más de tres semanas.

—Y ya han pasado meses.

—Afirmativo —respondió Humberto. Luego soltó un suspiro de tedio—. Estos cubanos están haciendo un negocio bárbaro con el turismo. ¿No ha estado en Cuba?

—No.

—Pues le recomiendo ir lo antes posible —afirmó con una vocecita aguda nuevamente—. Va a encontrar a las mujeres más cariñosas y calientes del mundo. Cuando caiga Castro y vuelvan los gringos, los precios se nos van a ir a las nubes. Usted me entiende, ¿verdad?

—¡Claro! —exclamó el Suizo con desaliento. A través de la ventana podía contemplar el mar liso cubierto a trechos por edificios descascarados—. Dígame, ¿dispone del detalle del paquete turístico que compró?

—Bueno, es el usual. —Hizo una pausa. Seguramente buscaba en algún documento—. Cuatro días en La Habana, tres en Varadero.

—Me refiero al nombre de los hoteles.

—Son demasiados —afirmó rotundo—. Lo único seguro es que si su primo está allá, a esta hora debe andar disfrutando por las asoleadas calles de La Habana o las blancas arenas de Varadero.

26

> Mujer,
> si puedes tú con Dios hablar,
> pregúntale si yo alguna vez
> te he dejado de adorar,
> y al mar,
> espejo de mi corazón,
> las veces que me ha visto llorar
> la perfidia de tu amor.
>
> De *Perfidia*
> Alberto Domínguez

Paloma Matamoros llegó al aire excesivamente frío del Floridita vistiendo saya de volantas y blusa floreada, su cabeza ceñida por un turbante rojo que remataba en un papagayo dorado. Traspuso la puerta en el preciso momento en que el cantante terminaba su frugal desayuno y, angustiado por la inexplicable tardanza de la mulata, se disponía a retornar al calor sofocante de La Habana.

—¿Qué sucedió? —preguntó Plácido del Rosal mientras prendía un tabaco Lanceros y volvía a acomodarse en la barra del bar casi vacío. Los preparativos para la fuga de Senén lo tenían en ascuas, y lo atormentaba la posibilidad de que inopinadamente lo detuviera una brigada volante de la temida Seguridad del Estado.

—Tuve que salir de madrugada a marcar mi puesto en la cola del arroz —respondió ella sentándose a su lado—. Tremenda lucha para obtener una jodida media libra. ¿No me ofreces algo? Estoy por desmayarme.

Plácido ordenó café con leche con bocaditos de queso y jamón, y para él, un Pico Turquino. De un rincón llegaba el sonido prístino de un piano interpretando *Veracruz,* aquel magnífico bolero tropical de María Teresa Lara. No atinó a entonarlo, cosa que solía hacer cada vez que escuchaba canciones que conocía, porque lo inquietaba la presencia de un hombronazo de cerrada barba blanca y ojos azules que fingía escribir sentado al final de la barra, frente a un daiquirí.

—Tengo parte de lo que me pediste para la fuga de Senén —susurró al oído de la mulata—. ¿Todavía quiere irse?

—Claro, más que antes —enfatizó ella mientras recibía el café con leche y los bocaditos tostados—. Si anda hasta la tusa con la miseria y las reuniones del partido y del CDR. ¿Pudiste conseguir más cámaras de neumático? Son imprescindibles. Se va la cuartería casi completa, con excepción de unos viejos comecandelas y yo.

—Compré varios neumáticos —dijo él expulsando una bocanada de humo hacia el cielo. Con su mano izquierda barrió la superficie helada de la barra. Se sentía incómodo, más aún con aquel hombre de cuerpo atlético que de cuando en cuando apuntaba algo en su pequeña libreta y saboreaba con deleite el daiquirí. Añadió desganado—: Compré tres en la diplotienda de Quinta Avenida y Cuarenta y dos, y cuatro más en El Vedado para no despertar sospechas.

—Veo que aprendes —musitó ella afable. La música llegaba a su fin—. Desínflalos y empaquétalos bien. ¿Y el harpón y las latas?

—Conseguí conservas y bastante crema bloquea-
dora de sol. Por el harpón hay que esperar hasta la
próxima semana.

La pianista, una negra voluminosa, cruzó el bar
en dirección a los baños. Se bamboleaba con gracia y
lentitud.

—¿Y la brújula?

—Ya la tengo, se la entrego mañana. ¿Cuándo
piensa hacerse a la mar?

—En estos días. No hay señal de ciclones —susurró Paloma al tiempo que probaba un bocadito—. Por
lo tanto, lo antes posible.

De pronto sintió la mirada incisiva del barbudo.
Siempre la habían entusiasmado hasta la locura los
ojos azules, y aquel hombre, maduro y experimentado, tenía los más bellos que había visto en años. Creyó percibir una sonrisa insinuante mientras bebía su
trago.

La pianista volvió a acomodarse ante el teclado y
comenzó a ejecutar *Aquellos ojos verdes,* de Nilo Me-
néndez, una canción que encendió el alma del cantante, haciéndolo olvidar los riesgos y evocar las actuaciones en los escenarios de Valparaíso, San Pedro Sula,
Puerto Limón, Guayaquil, Escuintla, Puerto Barrios y
Callao. Y junto con los recuerdos placenteros, lo embargó una emoción tan delirante e intensa, tan amal-
gamada con el amor que experimentaba por Paloma
Matamoros, que estuvo a punto de ponerse de pie y
entonar a viva voz aquel bolero que dice: «Fueron tus
ojos los que me dieron el tema dulce de mi canción,
tus ojos verdes, claros, serenos, ojos que han sido mi
inspiración», y que luego desliza el estribillo que todos conocen y cantan a coro: «Aquellos ojos verdes,
de mirada serena, dejaron en mi alma, eterna sed de

amar, anhelos y caricias, de besos y ternuras, que sabían brindar».

Paloma Matamoros apoyó la barbilla en su puño cerrado y sondeó el rostro de Plácido del Rosal, imaginando su nostalgia por su patria lejana, sumergiéndose en una marea de aprecio por aquel hombre de cincuenta años intensamente vividos, de rostro ajado y filudo, de envergadura demasiado menguada para sus predilecciones de jacarandosa hembra del color del tabaco.

—¿En qué piensas? —preguntó el cantante y se rascó la nariz inseguro. El hombrón los seguía observando con disimulo.

—En que el próximo jueves, a las siete en punto, debes estacionar el De Soto, con todo lo que Senén requiere, ante la gran escalinata de la universidad.

27

Dio con la casa de Elvio Azócar a fuerza de preguntar. Se erguía modesta, como queriendo pasar inadvertida, frente a la salida del ascensor del Espíritu Santo, del cerro Bellavista, donde lo abofeteó el olor a fritanga de alguna cocina. Eran las ocho de la tarde y de los techos de calamina goteaba la lluvia.

El funcionario de Impuestos Internos lo recibió en la puerta de su vivienda con cara somnolienta. Vestía chaleca abotonada, pantalones de salida de cancha y pantuflas de lana. En la mano llevaba el diario de la tarde.

—Tengo todo —informó haciéndolo pasar a un living pequeño, que se comunicaba con un comedor minúsculo. Lanzó *La Estrella* contra el sofá en que se repatingó el detective, y desapareció por un pasillo orlado con cuadritos de paisajes sureños.

Regresó al rato portando un maletín plástico, del cual desenvainó un legajo de hojas corcheteadas, que colocó sobre las rodillas de Cayetano.

—Aquí está —puntualizó y aprovechó para cruzar una pierna y escrutar la reacción del detective—. La fábrica de juguetes Kindergarten y el hotel El Bergantín del Caribe pertenecen a la Sociedad Gran Bergantín, que a su vez es de propiedad del diputado Cástor Michea.

—Eso es interesantísimo —exclamó Cayetano acariciándose el bigote. Ahora entendía la presencia nocturna de Bobby Michea en la fábrica de muebles y juguetes.

—Verás —continuó Azócar—, las sociedades fueron creadas hace cuatro años. El diputado controla el ochenta por ciento de todo. Su hijo, Bobby, tiene el diecisiete por ciento, y el resto, un miserable tres por ciento, pertenece a Cintio Mancini.

—¿Un palo blanco? —preguntó el detective.

Azócar alargó los labios como para hacer un puchero y escondió las manos en su chaleca. Se encogió de hombros y dijo:

—Puede ser.

Los ojos miopes de Cayetano revisaron los documentos a la rápida.

—Pero el gerente y representante legal era Mancini, el hombre que murió en la carretera —exclamó—. ¿Por qué el socio mayoritario no maneja la empresa?

—Es usual —aseveró el funcionario cruzando sus manos sobre la barriga, además que intentaba demostrar calma y conocimiento de causa—. Seguramente el diputado no quiere aparecer en el manejo de sus empresas.

El detective encendió un cigarrillo y ofreció otro al dueño de casa, que lo aceptó gustoso.

—Y dime —preguntó inflando un carrillo con la lengua—, ¿quién administra las empresas desde la muerte de Mancini?

Azócar soltó un bufido, eructó y luego dijo:

—Según los documentos, a Bobby Michea le corresponde hacerlo en caso de que Mancini estuviese impedido. ¿Una cervecita?

—Buena idea.

Volvió minutos después de la cocina, que estaba separada del living sólo por una delgada pared de tabiquería, a través de la cual se colaba el rumor de un refrigerador.

Sobre la bandeja traía dos vasos altos y una botella de a litro de Becker.

—Lo que me llama la atención es lo mal que va Kindergarten —comentó el investigador dibujando en círculos con su mano derecha mientras Azócar servía la cerveza—. Y lo bien que marcha el hotel.

—Así es. Una mano lava la otra —replicó el funcionario sentándose y lanzando un bostezo que dejó al descubierto unos dientes con base metálica—. Kindergarten registra pérdidas, pero El Bergantín del Caribe es una mina de oro con ochenta por ciento de ocupación anual. ¡Una locura!

28

Cayetano Brulé ingresó aquella noche a un Hamburg atiborrado de gente y humo, y se acomodó en la barra del bar junto a la enorme campana de un barco alemán. Ordenó un schop con una pichanga y aguardó a que Wolfgang terminara de conversar con unos marinos escandinavos que ocupaban la mesa frente a los mascarones de proa.

—Te tengo malas noticias —anunció el dueño del restaurante detrás del mesón. Había brillo intenso en sus ojos, lo que el detective atribuyó a la gran afluencia de comensales aquella noche—. Tu diputado estuvo casado con una Verena Wichmann Fuhrmann hace bastante tiempo, pero se separó de ella quince años atrás.

Cayetano picoteó un suave trozo de pemil rosado y lo bajó por el gaznate con ayuda de la cerveza. Desde el fondo del local llegaban las resonancias militares y nostálgicas de una canción del mar Báltico entonada por un grupo de clientes. El detective paseó sus ojos por los cientos de billetes de todo el mundo que tapizan una pared y las columnas detras del mesón y preguntó:

—¿Y qué es del hijo de ellos, Roberto? ¿Dónde vive ahora?

—Eso sí que no lo sé.

—¿Se divorciaron entonces hace mucho?

—Doce años —repitió Wolfgang—. ¿Sabes lo que son doce años en la vida de un hombre?

Cayetano no estaba para divagaciones nostálgicas e insistió:

—¿Y dónde puedo hallar ahora a la señora Verena Wichmann?

Wolfgang se acodó en la barra pensativo, recordando que doce años atrás recorría los mares del mundo como cocinero de una nave germano oriental matriculada en Rostock, y dio un palmazo a la campana. Su corte de pelo a lo puercoespín le confería un aire de chico travieso.

—A Verena Wichmann no le podrás hablar —repuso con calma y bajó la voz para que no lo escucharan quienes bebían arrimados a la barra—. Ella murió hace tres años.

—¿De qué?

—Nada espectacular, sabueso. Lo de casi siempre. Cáncer.

Cayetano meneó la cabeza, descendió compungido de su taburete y se acercó a la caja, donde descolgó el teléfono y marcó un número. Era uno de aquellos aparatos negros y pesados, de disco, populares hasta los años setenta.

—¿Mi amor? —preguntó al reconocer la voz adormilada de Margarita de las Flores al otro lado de la línea—. ¿Me pudo averiguar algo sobre Michea?

Se cubrió la oreja libre con un dedo y escuchó con atención lo que Margarita le informaba, mientras el Hamburg hervía en medio de carcajadas, coros y el olor a pernil, repollo colorado, salsas y cerveza. Colgó al rato con el alma excitada.

—¿Qué pasa, Cayetano? —inquirió Wolfgang restregándose las manos en su delantal albo tras llenar media docena de gigantescos vasos de schop.

—Dunia Dávila se llama la actual mujer del diputado y vive en Jardín del Mar —comentó el detective entre los compases de una canción hamburguesa—. Un matrimonio mal llevado, según Margarita. Habrá que ir a conversar entonces con doña Dunia.

29

Dunia Dávila había sido una mujer hermosa. Ya no lo era. Ahora, al filo de los cincuenta, sólo perduraban en su rostro el metálico resplandor de su mirada y el vigor de sus labios carnosos. Su espectacular belleza juvenil de morena norteña se había desdibujado durante los últimos años de matrimonio.

—Disculpe la hora, pero necesito conversar unas palabritas con usted, señora, si fuera tan amable —dijo Cayetano Brulé desde el zaguán.

Había llegado hasta allí tras franquear la puerta de la reja del jardín. El poderoso foco de luz de acceso a la casa de dos pisos se proyectaba en diagonal hacia la entrada, iluminando la lluvia tupida, clareando los ojos de la mujer. Percibió de inmediato su aliento etílico.

Eran las ocho de la tarde, y ante él tenía a la sorprendida esposa del diputado apenas arropada en una bata que permitía adivinar la redondez de sus caderas y la opulencia de sus senos. Se esforzaba por mantener abiertos los párpados.

—¿Periodista? —preguntó ella. Bostezó y se llevó una mano fina a la boca—. La conferencia de prensa la brindaré en los próximos días. Por favor, discúlpeme. —Se disponía a cerrar.

Cayetano opuso resistencia suave, pero resuelta ante el avance de la hoja. Las pupilas de Dunia se agrandaron irritados.

—Por favor —rogó—, estaba por irme a la cama.

—Me urge conversar con usted, señora. Tiene que ser ahora —insistió vehemente el detective. La súplica de la mujer lo alentó. Revelaba que su resistencia estaba minada.

Ella cruzó un brazo hacia el marco de la puerta, y el escote de su bata pareció profundizarse, dejando al descubierto el nacimiento de sus senos. Respondió:

—Ya se lo dije, esta semana conversaré con los periodistas para que el mundo conozca la verdadera historia del diputado Cástor Michea. Antes no.

—Le conviene recibirme hoy —porfió el detective acomodándose los anteojos que resbalaban por el caballete de su nariz. Lo estimulaba la confusión de que era objeto—. Es sólo un ratito, podemos hablar aquí mismo, si usted quiere.

Los ojos de ella contemplaron deleitados la corbata lila, la gabardina raída y los mocasines blancuzcos de Cayetano. Al rato soltó un resoplido y agregó:

—Está bien. Diez minutos, no más.

El living era acogedor y moderno: alfombra beige, óleos naïfs enmarcados en madera, sillones de cuero blanco, mesitas de cristal. Una espaciosa escalera conducía al segundo piso. En la alfombra de motivos persas, el detective vio una botella de Johnny Walker destapada, un vaso donde se derretían cubitos de hielo y más allá, volteado, un frasco de diazepan.

—Siéntese —ordenó Dunia indicando un sillón. Se acomodó en el sofá y se llevó el dorso de la mano a la frente—. No sé por qué lo dejé entrar. Lo achaco al efecto del trago. ¿De qué diario me dijo que era?

—No se preocupe, tenga confianza, señora. Nada de lo que conversemos trascenderá —aseguró el investigador peinándose los bigotazos perlados.

La mujer cruzó una pierna y la bata resbaló unos centímetros, los suficientes como para dejar al descubierto la parte inferior de su muslo. Cayetano secó con un pañuelo sus cristales. Se mantiene en forma, pensó admirando la solidez de sus piernas.

—¿Un whisky? —preguntó ella de pronto, aceptando el Lucky Strike que le ofrecía Cayetano, como si lo hubiese conocido desde siempre.

—Me vendría bien para combatir el frío.

—Entonces, traiga un vaso de la cocina y cuelgue allá su impermeable —ordenó ella y señaló hacia la puerta a sus espaldas—. La luz está a la izquierda y en el lavavajillas hay suficientes vasos. En los días sin criado me las arreglo con el lavavajillas.

Probablemente llevaba semanas sin criado. Desde un rincón, al otro lado del caos de platos y tazas sucios, murmuraba un refrigerador de dos cuerpos y hielera. Colgó la gabardina en una silla y regresó al livingcomedor premunido de un vaso bajo y bastante hielo. Antes de tomar asiento, se sirvió una medida doble del Johnny Walker fiscal.

—Usted cree que el diputado Cástor Michea vive sencillamente, ¿eh? —preguntó ella, mientras lanzaba una gran bocanada hacia el techo, hacia una lámpara que no era nada más que una placa circular de opaco vidrio verde—. Ciento cuarenta metros cuadrados en Jardín del Mar, terrazas, garaje, un criado puertas afuera...

—En verdad imaginaba que al menos tendría una mansión —replicó el detective saboreando el reconfortante whisky.

—No se olvide —Dunia cerró por un instante los ojos con coquetería— que Casto es del norte, y esta casita la tiene sólo para permanecer en la ciudad durante las sesiones del Congreso. El resto del tiempo lo pasa en el norte, en Santiago o Miami.

—No está mal entonces —comentó Cayetano balanceando la cabeza y prendió los cigarrillos.

Se sentía demasiado observado. Pero ella no lo sondeaba como una mujer que enviara mensajes o aguardase reacciones, sino como la maestra indolente que imparte la clase y añora a la vez escuchar el campanazo del recreo. Bebió un sorbo largo. Era excelente el whisky predilecto del diputado.

—Pero igual es un perro —masculló la mujer con la mirada fija en la alfombra—. Después de quince años de matrimonio desea dejarme en la calle. Se niega a entregarme lo que me corresponde.

—Esas cosas siempre se pueden arreglar, señora.

—¿Y sabe por qué? —continuó ella imperturbable—. Porque le pedí la separación, pero él la rechaza, pues anhela seguir así, como estamos ahora: él con sus mujercillas, yo guardando las apariencias por el dinero que me entrega. ¿Y sabe por qué no quiere separarse? —preguntó con una mueca desconsolada—. Porque sería el fin de su carrera política. Lleva años vendiendo la imagen de padre ejemplar, excelente marido y empresario exitoso.

Cayetano asintió en silencio. Estaba seguro de que todo aquello lo tenía reservado para los periodistas, pero el whisky y el nerviosismo la distanciaban probablemente del itinerario que se había trazado.

—Y si él no acepta la separación, ¿qué piensa hacer?

—Tendrá que dármela y entregarme lo que legalmente me corresponde, o voy a formar un escándalo que acabará con él.

—¿Va a hacer declaraciones?

—Así es —agregó ella enfática—. Lo antes posible. Será su fin.

30

Luna que se quiebra
sobre la tiniebla
de mi soledad,
¿adónde va?,
dile que la quiero,
dile que me muero
de tanto esperar, ¡
que vuelva ya!

De *Noche de ronda*
Agustín Lara

Tras la puesta del sol, refrescó. El De Soto con sus parachoques niquelados y su gran cola de pato aguardaba en la calle L, frente a la espaciosa escalinata de la Universidad de La Habana. Desde arriba, sentados en las gradas y ocultos por las sombras, el cantante y el poeta observaban en silencio. En algún lugar las campanadas marcaron las siete y media.

—Ahí llegan —comentó Virgilio Castilla mientras mascaba el último trozo del Lanceros del almuerzo—. Para pirarse, estos negros son de una puntualidad británica —agregó recordando con nostalgia sus años de corresponsal de Prensa Latina en Londres, cuando distaba mucho de sufrir el rigor de la Seguridad del Estado y vivía enamorado de una bella camarera de Hamburgo.

Un minúsculo PolskiFiat blanco se detuvo detrás del De Soto. Sus ocupantes, dos mulatos jóvenes y Paloma Matamoros, bajaron con prontitud, abrieron el maletero del vehículo norteamericano y trasladaron la carga depositada allí previamente por Plácido y Virgilio al asiento trasero del PolskiFiat. Un par de transeúntes acertó a pasar por allí en dirección al hotel Habana Libre. Oscurecía.

En un par de segundos, Paloma y los hombres se hallaron nuevamente en su vehículo, dispuestos a abandonar el lugar. Pero el motor se negó a arrancar. Un grupo de uniformados de las milicias de tropas territoriales apareció por la calle L y, picado por la curiosidad, acudió a observar lo que sucedía.

—¡Coño! —exclamó Virgilio Castilla poniéndose de pie inquieto. Mascaba ahora obstinadamente el tabaco. Entre los quejidos del motorcito podía escuchar los gritos de los uniformados—. ¡Si los sorprenden con las cámaras de neumáticos y lo demás, vamos a terminar todos presos!

Plácido del Rosal sintió que se le congelaban la espalda y los pies. Si las tropas descubrían la carga, detendrían no sólo a los ocupantes del Polski, sino también al poeta, a Sinecio Candonga, que a esa hora andaba en Huira de Melena comprando malanga y yuca para revenderla en el mercado negro, y, con toda seguridad, a él mismo. Con el pecho oprimido vio que Paloma y sus cómplices descendían del carro para revisar el motor. En medio de carcajadas y bromas, los uniformados comentaban la falla mecánica.

—Diría que asistieron a algún acto de reafirmación revolucionaria —apuntó ilusionado el poeta—. Probablemente vengan con sus tragos. Si bebieron más de la cuenta y andan ahítos de puerco, yuca y moros con cristianos, sólo les interesará la mulata.

—¡No puede ser, carajo, no puede ser que los sorprendan justo antes de que se fuguen! —se lamentó Plácido del Rosal.

—Lo más conveniente es que nos escondamos detrás de las columnas —sugirió el poeta sin perder la calma, indicando hacia el pórtico neoclásico que se levanta detrás de la estatua del Alma Máter—. ¡Subamos!

Treparon la escalinata y se internaron por entre los pilares en penumbras. Divisaron un prado verde y árboles exuberantes y a un joven que examinaba un documento sentado bajo la tenue luz de un farol. Delante de un edificio vieron un gigantesco retrato de Fidel Castro demandando mayor intransigencia revolucionaria contra los enemigos del pueblo.

—¿Qué buscan aquí los compañeros? —los increpó de pronto alguien a sus espaldas.

Al virarse, los encandiló por unos instantes el haz de una linterna. Estaban frente a tres guardias. Llevaban pistolas, pantalón y gorra verde olivo y camisas azul de mezclilla.

—El caballero es un empresario extranjero interesado en invertir en el turismo, compañeros —explicó Virgilio Castilla esbozando una sonrisa amplia—. Lleva varios meses en nuestro país.

El que parecía ser el jefe, un hombre grueso y alto, estudió de arriba a abajo al cantante y luego posó el rayo sobre el poeta. Le preguntó:

—Pero tú eres cubano, ¿no?

—Así es, compañero, habanero para ser más exacto —repuso forzando una nueva sonrisa—, y he servido a la revolución en el extranjero, en el área capitalista, por años.

—¿Y qué hacen aquí?

—Le enseñaba al caballero nuestra universidad. En su patria no hay nada que se le parezca.

—Muéstrame tu carnet de identidad.

Virgilio Castilla hurgueteó en los bolsillos de su pantalón, luego en los de la guayabera, aprovechó de extraer de ella dos Lanceros para impresionar a los uniformados, y exhibió finalmente el documento, que el guardia revisó con parsimonia, a la luz de la linterna, en medio de un silencio sobrecogedor.

—Sabes —dijo al rato golpeando el carnet contra su arma—, es mejor que se larguen y vengan durante el día. Coge tu carnet, chico.

El poeta y el cantante comenzaron a descender apurados la escalinata. Abajo, en la calle L, solitario y abandonado, el De Soto de Sinecio Candonga lanzaba destellos contra la noche.

31

El Ilushyn 62-M de Cubana de Aviación aterrizó con estruendo bajo el cielo cuajado de nubes blancas de la tarde habanera.

Tras cruzar las secciones de inmigración y aduana, el Suizo abandonó el aire acondicionado del aeropuerto José Martí para sumergirse en la espesa humedad en busca de un taxi. Lo saludó la algarabía de gente en prendas de verano, el verde alto de las palmas y el olor a alquitrán reblandecido.

Un negro viejo, tocado con un quepis grasiento, se adueñó de su equipaje y lo introdujo jadeando en el portamaletas de un pulido taxi estatal último modelo, que aguardaba en las inmediaciones.

—¿Adónde viaja, compañero? —preguntó abriendo la puerta trasera.

—Al Habana Libre —respondió el Suizo detrás de sus enormes anteojos calobares, y se acomodó en el asiento.

El chofer hizo arrancar el motor y el vehículo vibró como si se propusiese echar a volar.

—Me llamo Barbarito. ¿No le molesta la música? —preguntó al rato mirando a través del retrovisor. Tenía la cabeza chica como un tordo y había pronunciado su nombre como Babbarito.

—No.

Los dedos largos y amarillentos del chofer encajaron un casete en la radio. La canción *Muévete,* interpretada por Rubén Blades y Son del Solar, colmó el interior del taxi, que se desplazaba raudo en dirección a La Habana por avenida Rancho Boyeros. Numerosa gente trepaba de un lado al otro de la ruta cargando palos y cajas de cartón, otros viajaban en carretas tiradas por bueyes, bicicletas, rishkas o camiones atestados. Y a medida que se aproximaban al centro de La Habana, aumentaba el número de ciclistas y raleaba el de los vehículos motorizados.

La Habana de Castro, se dijo el Suizo incrédulo. Nunca había soñado con llegar a un país comunista. En las paradas o bajo las vallas que llamaban a resistir el asedio norteamericano, miles de pasajeros aguardaban locomoción y, por todas partes, colas interminables se agolpaban frente a almacenes desabastecidos.

—¿Le gusta la música tropical? —preguntó al rato Barbarito, quien continuaba manejando a toda velocidad, sin importarle que el coche diera grandes barquinazos sobre el alquitrán.

—Prefiero el bolero —dijo el Suizo.

—Bueno, el bolero también es cubano. Nació en Santiago de Cuba. En realidad toda la buena música viene de Cuba —explicó el chofer—. Usted es europeo, ¿no?

—Alemán. Me gustaría visitar un local donde se puedan escuchar boleros.

—Hay varios —respondió el chofer y aumentó el volumen de su música—. Famoso es el Gato Tuerto, pero también existen bares y hoteles, como el Riviera, el Capri o el Habana Libre, donde tocan filin y bolero. Allí todo se paga en dólares. ¡Pero por ningún motivo puede dejar de visitar el Tropicana, que es el cabaret al aire libre más bello del mundo!

La percusión de Blades a través de los altoparlantes instalados a la altura del asiento trasero torturaba ahora sus oídos. Pidió al chofer que bajara el tono, cosa que éste hizo sin chistar.

Ahora enfilaban por un barrio de calles orladas por árboles altos y copiosos, en el que las fachadas mejoraban paulatinamente. Unas cuadras más adelante, después de cruzar una rampa, accedieron a un sector residencial.

—Nos vamos por la Quinta Avenida —anunció el viejo. Rubén Blades invitaba ahora a los pueblos americanos a moverse contra la represión—. Es un poquitín más largo por aquí, pero más bonito. La Quinta Avenida es la avenida más bella de Cuba, cruza el barrio de Miramar, donde viven los diplomáticos y nuestros gobernantes.

El Suizo quedó admirado con las mansiones de aquella avenida. Unas se alzaban imponentes bajo el sol, pintadas todas de blanco, rodeadas de grandes jardines bien mantenidos, mientras otras se veían desplomadas y abandonadas, como si hubiesen sido víctimas de un sorpresivo bombardeo.

Algo más llamó de pronto su atención. Entre los bien conservados jardines de la avenida avizoró de trecho en trecho a bellas muchachas en pantalones ajustados o minifaldas que conversaban alegre y despreocupadamente bajo las palmas, los flamboyanes, las jacarandás y los cocoteros.

—No se engañe, caballero, son todas jineteras.

—¿Jineteras?

—Guaricandillas —gritó el chofer enfurecido—. Se van con cualquiera por un par de medias o una invitación a comer. Unas malagradecidas con la revolución. Cuídese —advirtió con el índice en alto y el espejo recogió su ceño fruncido—, el sida hace nata entre aquellos muslos.

—Gracias por el consejo —repuso el Suizo admirando a través del vidrio trasero a las jineteras, que florecían exuberantes entre los árboles y las plantas de la maravillosa Quinta Avenida.

—Mire, compañero —añadió el negro al rato, muy serio, ya sedado, pese al ritmo de los timbales—, si realmente necesita compañía, no corra peligros, yo le consigo una dama de su nivel.

32

—¿Y por qué no me adelanta lo que denunciará en la conferencia de prensa? —suplicó Cayetano Brulé.

La suerte parecía acompañarlo aquella noche de lluvia cerrada. Dunia Dávila, aturdida por el alcohol y la depresión, lo confundía con un periodista, y si bien estaba decidida a revelar sólo en los próximos días la vida y milagros de Cástor Michea, bien podría anticiparle algunos detalles en ese momento.

—Aguántese un par de días.

Admitió que no tenía sentido insistir. Ella podría sentirse presionada y echarlo de casa o, lo que era peor, podría comenzar a proferir gritos, con lo que aparecería Carabineros.

—¿No le parece demasiado riesgoso combinar calmantes con bebida? —preguntó al rato. Dunia vertía alcohol nuevamente en su vaso.

—No hay peligro —respondió ella restando importancia a la consulta—. Se me acabaron los diazepan y no puedo dormir, por eso recurro al whisky.

Cayetano echó una mirada fugaz al pomo de diazepan y comprobó que estaba vacío. Hincó su lengua en un carrillo, impaciente.

—¿Y qué es de Bobby? —preguntó al rato.

Ella alzó la vista y miró al detective.

—¡Ese! —exclamó—. ¡Ese es un fracasado, vive del padre, es un inútil y un ambicioso al igual que su madre, que en paz descanse!

—¿No administra acaso la empresa Kindergarten? —preguntó el detective jugueteando con el pomo vacío sobre su regazo.

—En el papel, pero lo hacía en realidad un tal Mancini, quien murió hace tres meses en un asalto.

—¿Y a qué se dedica Bobby?

—Desde la muerte de Mancini administra la empresa —repitió ella e intentó apoderarse del Johnny Walker, dispuesta a volver a llenar su vaso.

—Vamos, señora, vamos —dijo Cayetano alejando la botella—. Está bebiendo en exceso.

—Usted me cae bien —dijo de repente la mujer soltando una sonrisa—. Se preocupa por mí y ni me conoce. ¿No será mormón? ¿Cómo dijo que se llamaba?

—Cayetano.

—Harto raro el nombre. ¿Y de qué diario viene?

—No soy periodista, señora, soy detective.

—¡Detective y con ese nombre! —exclamó ella divertida—. Es como si una agencia de pompas fúnebres se llamara El Carnaval. ¡Vamos, Cayetano, tráigame al menos una ginger ale, que me muero de sed! Están en el refrigerador.

Al ponerse de pie para dirigirse a la cocina, Cayetano creyó vislumbrar de refilón una sombra en el segundo piso.

—¿Quién está arriba?

—Nadie. Estoy sola —repuso ella alarmada, cubriéndose las piernas con la bata—. ¿Por qué?

—Me pareció ver a alguien arriba.

—¡Imposible! Estoy sola.

De pronto resonó un estruendo en el segundo piso. El detective colocó el vaso sobre la superficie de cristal y subió corriendo los peldaños.

33

Cayetano Brulé desembocó en el segundo piso de un pasillo sumido en penumbras, al que daban varias puertas cerradas. Sólo una de ellas permanecía entornada, como sutil indicio de que la silueta podía haberse escabullido por ahí.

Se plegó a la pared y comenzó a deslizarse sigilosamente en dirección a la puerta. Se detuvo en su umbral, temiendo que alguien pudiera aguardarlo detrás de la hoja, y le propinó un puntapié tan violento que la abrió de par en par con una crujidera de cristales rotos.

—¡Mi espejo italiano! —escuchó gritar a Dunia—. Está adosado a la puerta.

Ingresó como un bólido al cuarto a oscuras y el cristal crepitó bajo sus suelas. El lugar olía intensamente a neoprén. Al fondo alcanzó a divisar una tenue luminosidad entrando por la ventana y unos visillos en movimiento. Dio unos pasos y tropezó con un bulto que se le incrustó en la rodilla y lo derribó. Comenzó a palpar el suelo en busca de sus espejuelos mientras sentía un dolor agudo en la ingle.

Un mazazo tan sorpresivo como demoledor en la cabeza le azotó el rostro contra el suelo. Vislumbró un par de piernas ágiles que danzaban en torno a él y de pronto un puntapié feroz en su mandíbula lo lanzó de espaldas.

Despertó al rato, mareado. Desde el cielo una lámpara irradiaba claridad en la habitación. Arrodillada junto a él, Dunia Dávila le humedecía la frente con una toalla.

—Menos mal que volvió en sí —suspiró—. Estaba por llamar a los carabineros. El tipo se escabulló por la ventana, afuera lo esperaba alguien en automóvil. Aquí tiene sus anteojos, es un milagro que estén enteros.

Cayetano se los calzó y con la punta de la lengua detectó un objeto duro que daba vueltas en su boca.

Lo extrajo con los dedos y lo depositó sobre la palma de su mano.

—¡Dios mío! —chilló Dunia—. ¡Le sacaron un diente!

—No se preocupe —respondió el detective incorporándose con el puño cerrado—. Es un provisional de plástico que me pegó hace meses el doctor Madariaga para hacerme una corona definitiva, que al final no pudo implantarme por falta de plata. Con la patada que me propinó el fulano, se desprendió.

La cabeza amenazaba con estallarle y le ardía la quijada. Caminó hasta la ventana pensando en que tendría que comprar un tubo de pegamento para colocarse el provisional. Por fortuna, se trataba de un lateral. Un tubito en el Santa Isabel le resultaría más económico que cancelar un diente definitivo. Descorrió el visillo y asomó la cabeza por la ventana.

Ante sus ojos el jardín se extendía desierto, húmedo y silencioso. Una estructura de madera adosada a la casa servía de guía a una exuberante bignonia.

—Trepó y se descolgó por ahí —explicó a Dunia, asomada junto a él.

El intruso ya se encontraría en medio del tráfico nocturno, pensó Cayetano y giró sobre sus talones y cruzó la habitación seguido por Dunia. En el suelo, junto a un banco carpintero, yacían numerosos caballos de balancín arrumados. Contra ellos se había propinado, al igual que el ladrón, el feroz golpe en la rodilla.

La pieza, bañada ahora por una luz opalina, había sido convertida prácticamente en un pequeño taller de carpintería, aunque sus paredes seguían estando revestidas por anaqueles repletos de libros. Junto a los caballos, siete en total, vio numerosos carros y locomotoras de madera, así como sillitas de colores. Sobre la alfombra descubrió aserrín y en un rincón un estante con herramientas. Al rato examinó los lomos de los libros.

—¡Me lo imaginé! —sollozó Dunia a su espalda—. ¡Mi finísimo espejo biselado italiano!

—¿Quién trabaja aquí? —preguntó Cayetano.

—Bobby —respondió con voz entrecortada—. En este tallercito, antes la biblioteca de Cástor, repara muebles y juguetes. Muchas terminaciones vienen defectuosas.

Revisaron el resto de los cuartos. Dunia parecía haber recuperado parte de su sobriedad por efecto del susto. A primera vista, las piezas no habían sido registradas.

—Creo que no alcanzó a llevarse nada. ¿Quiere que llame a Carabineros? —preguntó Cayetano—. Ya es hora de que me retire y creo que es inconveniente que la policía me encuentre aquí. Además, al diputado le disgustaría hallarme en estas circunstancias en su propio hogar.

—No se preocupe, que ahora seguro está con alguna de sus mujercillas —masculló Dunia y se sentó en el borde de la cama.

—Mejor me retiro, pero le recomiendo que llame a la policía.

Ella se echó a llorar. Suave en un comienzo, desconsoladamente después. Se cubrió el rostro con ambas manos. Cayetano vaciló inquieto. Nada desconcierta tanto a un caribeño como el llanto de una mujer. Bajó rápido a la cocina para volver con un vaso de agua fría.

—No me deje sola —suplicó ella tras apaciguar sus sollozos—. No me deje, que alguien me mandó a matar.

—¿Cómo? —preguntó el detective estupefacto y se sentó junto a ella, cubriendo con la bata sus piernas desnudas—. ¿Quién la quiere matar?

—Por favor —suplicó una vez más Dunia enjugándose las lágrimas que escurrían por sus mejillas—, lléveme ahora al hotel Gala y vaya a verme mañana muy temprano para que citemos a la prensa. Pero, por favor, condúzcame ahora mismo al hotel.

34

Fue imposible para Cayetano Brulé conversar al día siguiente con Dunia Dávila. Había muerto en su habitación.

A la llegada del detective, el lobby del hotel se encontraba atestado de periodistas, policías, curiosos y algunos pasajeros que deseaban abandonar el establecimiento. Intercambió algunas palabras con miembros de la Brigada de Homicidios y después subió en el ascensor hasta el décimo piso.

—¿Husmeas ahora por aquí, cubano? —le espetó Pedro Canales, un antiguo inspector de Investigaciones de la zona. Había cruzado su grueso corpachón en el umbral del baño para impedir que Cayetano ingresara—. Esto es para policías chilenos, no para sapos extranjeros.

—¿Qué pasa, Canales? —respondió el detective, ignorando la bravata. No estaba para bromas. Detestaba el cinismo que solían exhibir sus colegas frente a los cadáveres. Le ofreció un cigarrillo—. Estoy aquí para aprender un poco de sabuesos experimentados como tú y ser útil algún día en mi tierra.

Cayetano conocía bien al gordo Canales. No era una figura muy transparente, se comentaba que podía acelerar o retardar trámites a cambio de algunos billetes. Le encantaba además controlar a muchachas del ambiente, de las cuales exigía jugosas retribuciones en servicios personales. Pero no era un mal tipo, después de todo. Había otros peores.

—¿La conoces? —inquirió Canales haciéndose a un lado para permitirle la entrada. Se clavó el cigarrillo entre los labios a la espera de fuego—. Es la mujer del diputado Cástor Michea.

—Ojalá.

Entró al baño. Era estrecho. Posó sus mocasines sobre unas toallas mojadas. Se estremeció: Dunia Dávila yacía desnuda y rígida en la tina a medio llenar. Un funcionario tomó varias fotografías con flash antes de salir. Ahora parecía serena y más joven. Sus senos emergían como dos volcanes por sobre el nivel del agua. Cayetano extrajo sosegadamente un cigarrillo y fósforos, y Canales se inclinó en procura del fuego.

—Se echó casi medio frasco de diazepan y un par de whiskys —apuntó el inspector aspirando el humo con las manos en los bolsillos de su vestón—. Después se introdujo en la bañera, echó a correr el agua y se quedó dormida. Murió por inmersión. Un suicidio casi de película. La descubrió una mucama alarmada por la inundación del pasillo. No había nada que hacer.

—¿Y el diputado?

—Está inubicable —respondió el inspector y, tras examinar el cigarrillo, barruntó—: ¿Y qué haces tú aquí?

—Me comentaron que aquí yacía un pez gordo y subí.

—¿Tan temprano por el centro de la ciudad? —preguntó el policía con suspicacia.

Por la gordura le costaba hablar de corrido. La grasa le formaba un collar en torno al cuello y le achinaba los ojos. Cualquier día lo despachará un infarto, se dijo Cayetano.

—A veces acostumbro levantarme temprano para tomar un café pasable en el Oxford, que está al frente —repuso. Luego agregó—: Dime una cosa, ¿encontraron las tabletas aquí, en el baño?

—Aquí —repuso señalando al vanitorio. Tomó el frasco de diazepan, que descansaba entre unas cremas, y lo entregó al detective—. Está semivacío.

Lo recibió con la punta de los dedos, irritado por el hecho de que Canales lo manoseara. Tuvo la certeza de que no se trataba del mismo envase con que había jugueteado en casa de Dunia. Éste era otro y no estaba vacío. Se atusó los bigotes: recordaba perfectamente que a Dunia Dávila se le habían acabado las tabletas en la salita de estar. ¿Dónde había comprado entonces un nuevo pomo si él mismo la había conducido hasta las inmediaciones del hotel, desde donde se había cerciorado de que ella consiguiera habitación?

—¿A qué hora falleció? —preguntó en voz alta.

—Alrededor de las tres de la mañana. Según el recepcionista, llegó medio entonada —repuso Canales con una risita insidiosa—. Esto va a significar un escándalo de proporciones para el diputado, uno de los buenos políticos de Chile. ¿No te parece?

Asintió serio, con la vista fija en el perfil de la muerta. Inhalando el humo contempló una vez más las toallas que rezumaban agua en las baldosas y el pomo de tabletas. Concluyó que sólo calzaban dos explicaciones: que Dunia hubiese vuelto a salir, después de su despedida, con el ánimo de adquirir diazepan en alguna farmacia de turno del sector, o que alguien la hubiese obligado a tragar los calmantes para simular un suicidio.

—¿Cuándo llegó al hotel? —preguntó con las manos en su gabardina. El cigarrillo le colgaba de una esquina de la boca.

—Se registró poco después de medianoche.

—¿Y volvió a salir?

—No —afirmó Canales—. Los de la recepción dicen que no salió.

35

Dunia Dávila fue enterrada en el Parque del Recuerdo, en las afueras de Viña del Mar, bajo un cielo sin pájaros, pero cuajado de nubarrones grises. Desde la costa soplaba un viento frío.

Cayetano Brulé se guareció bajo el gigantesco arco de concreto que se alza frente al centro ceremonial del cementerio. Desde allí espió el arribo del cortejo, formado por una fila de automóviles, que se detuvo en la playa de estacionamiento, arrojando gran cantidad de personas cabizbajas y silenciosas. La procesión la encabezaba el diputado Cástor Michea, quien ocultaba su rostro detrás de anteojos calobares. Vestía un abrigo azul oscuro, entre cuyas solapas descollaba una corbata negra.

—¡Coño! —exclamó Cayetano, el cabello y los bigotazos estilando—. Bobby no vino. ¡Qué cosa!

Intentó varias veces encender un cigarrillo, la lumbre solía brindarle siempre una leve sensación de calor en los días fríos, pero el viento se lo apagaba. Volvió a guardar la cajetilla.

A ratos la calma de aquellas colinas verdes le recordaba el cementerio central de La Habana, sus elegantes mausoleos de mármol de Carrara resplandeciendo bajo el sol, las perfumadas coronas de flores que marchita el beso ardiente del aire, y el intenso olor a alquitrán reblandecido ondeando entre las tumbas. Tuvo una vez más la absurda sospecha de que en los sombríos cementerios andinos los hombres estaban más muertos que en los de las Antillas.

Ahora que el cortejo pasa a pocos metros suyo, obedeciendo el serpenteante sendero de gravilla, Cayetano es incapaz de aceptar que aquel féretro negro, emplazado sobre un carro con ruedas de goma que remolcan hombres de uniforme y gorra gris, encierra el cuerpo sin vida de la mujer que había conocido tres días atrás. Y, sin embargo, allí yace ella ahora, rígida, fría, a la espera de un lugar bajo la tierra.

La autopsia no había detectado violencia física alguna contra la mujer, y Canales descartaba la tesis de Cayetano de que se había tratado de un asesinato.

Un editorial del diario *El Siglo* especulaba con que podía existir una relación entre el suicidio de Dunia Dávila y la escandalosa vida íntima del diputado. La publicación comunista lo acusaba de llevar una vida doble, al tiempo que pronunciaba en el Congreso encendidos discursos moralistas. Por otra parte, y en su acostumbrado tono cauteloso y humanitario, la Iglesia Católica advertía a la población sobre la inconveniencia de aprovechar políticamente las desgracias familiares. Mientras tanto, juntas vecinales del norte, favorecidas con la construcción de canchas deportivas y centros de primeros auxilios con recursos del diputado, expresaban a través de la prensa sentidas manifestaciones de dolor y solidaridad.

Cástor Michea, el hombre que aspira a la reelección y sueña con convertirse algún día en presidente del país, avanza ahora cabizbajo frente al detective. Avanza aferrándose al ramo de rosas que alguien ha colocado en sus manos. Lo rodean familiares, parlamentarios, representantes empresariales y un público curioso, que llora en silencio. Hasta el momento, Michea ha sido parco en declaraciones. La noticia del suicidio lo sorprendió en el exclusivo balneario de Cachagua, donde discutía la estrategia futura del movimiento que organizaba.

—En este momento de profundo dolor por la partida de mi mujer, con quien compartí los sueños más puros y nobles de engrandecimiento de Chile —había afirmado, horas más tarde, frente a la escalinata principal del Congreso—, no me interroguen sobre mi vida privada. Todos cometemos errores, nadie está libre de ellos, pero lo importante es saber enmendarlos. Sólo me queda dedicarme ahora a mi hijo, a ese gran tesoro que Dunia me ayudó a formar, y a mi labor de servicio público en beneficio de la patria. Espero que el pueblo chileno y el Altísimo me brinden el respaldo para cumplir mi misión, que no consiste en otra cosa que la de servir. Les ruego, por lo tanto, que me permitan vivir mi dolor en soledad.

Y tras pronunciar estas palabras ante una nube de reporteros, Cástor Michea había abordado el Mercedes Benz negro de la Cámara que lo aguardaba frente a la escalinata para desaparecer a toda velocidad por las calles de Valparaíso.

Ahora, mientras el cortejo comienza a perderse colina abajo, envuelto en un murmullo sordo, haciendo crujir acompasadamente la gravilla, en pos de la pequeña laguna donde nadan cisnes de cuello negro, Cayetano Brulé busca de nuevo con la mirada al hijo del diputado. Pero Bobby Michea no se halla en aquel lugar.

36

Esta tarde vi llover,
vi gente correr
y no estabas tú;
la otra noche vi brillar
un lucero azul
y no estabas tú.

De *Esta tarde vi llover*
Armando Manzanero

Al abrir aquella mañana la puerta de la casa del poeta para ir a desayunar, Plácido del Rosal tropezó con un fornido hombre de ojos verdes y barba roja, cuyos labios finos sonreían socarronamente. Víctima del pánico, intentó cerrar la hoja, pero el visitante ya había introducido un zapatón en el dintel.

—¿Plácido Rosales? —preguntó calando sus ojos claros en los del cantante.

A través del intersticio el bolerista echó un vistazo hacia el paseo del Prado aún en sombras, donde un grupo de negros conversaba estruendosamente bajo un flamboyán.

—¿Qué desea? —consultó sin dejar de presionar la puerta, con la voz aflautada de los que cantan boleros en países andinos.

—Hablar con usted —respondió el visitante llevándose la mano al bolsillo trasero. Vestía una guayabera celeste, por cuyo bolsillo superior se asomaban un tabaco y un bolígrafo plateado, pantalones de mezclilla y zapatones. Extrajo un carnet que blandió en el aire por unos instantes y dijo—. Seguridad del Estado.

Plácido del Rosal lanzó una maldición. ¡Ya estaban al tanto de los planes de fuga de Senén y de su cooperación con él a través de Paloma Matamoros! Decidió mantener la compostura. ¿O no sería uno de sus cazadores? Cayetano Brulé se lo había advertido, el día en que lo encontraran tratarían de secuestrarlo para obtener la información sobre el paradero del dinero. Ahora ya nadie podría ayudarlo.

—Pase —masculló resignado. Dio unos pasos atrás y se despojó del sombrero panamá con cintillo floreado que acostumbraba llevar, más por necesidad que por placer, y lo lanzó sobre el sofá.

El hombre olía a un perfume eslavo pasado de moda y portaba un reloj Poljot ruso tan barato que parecía de mentira. Avanzó lentamente por la salita de estar de la vivienda, examinando con desdén los libros del poeta. Caminaba con las piernas abiertas, como un buen vaquero norteamericano. Finalmente ocupó un sillón.

—Me llamo Ibrahim Regueiro, soy oficial de la Seguridad del Estado cubana —precisó gesticulando con sus manos largas y gruesas, en las que brillaba un gran anillo dorado, dos veces más grueso y llamativo que el del cantante—. Vine a conversar un asuntico que nos interesa sobre su persona.

—Usted dirá —respondió el cantante temblando. Se sentó al otro lado de la mesita de mimbre que hacía de centro, y cruzó las manos sobre su regazo. Ahora estaba convencido de que se trataba de un policía cubano. Virgilio Castilla le había enseñado a reconocer su estilo.

Regueiro extrajo ampulosamente el tabaco que asomaba en su guayabera y lo encendió con gesto sensual. Habló pausadamente, con los párpados bajos, serio, acariciándose la barba, ejercitando un profundo tono nasal.

—Usted lleva más de tres meses en Cuba y lo hemos estado observando desde entonces, cuestiones de rutina, ¿entiende?

El cantante asintió en silencio, hurgó en sus bolsillos en busca de algún Lanceros. Preguntó desconsolado:

—¿Hay algo ilegal que yo haya cometido?

—Como simples mortales, infringimos a diario la ley —sentenció Regueiro.

—¿Pero hay algo en concreto?

—No me interrumpa, por favor —advirtió el policía con gesto cortante, como si tuviese un machete en su mano y rebanara una caña de azúcar—. Le hemos prorrogado la visa cada vez que la solicita, porque nos interesa que los turistas conozcan bien nuestro país, pero usted sólo parece interesado en hacer conexiones con —aspiró profundo, jugueteó con el tabaco y soltó una sonrisa mientras miraba hacia el cielo— bellas mulatas.

—¿Algo malo en eso? —preguntó. Ahora estaba seguro de que habían detectado el intento de fuga de Senén.

—Eso es lo que yo deseo saber de usted —repuso Regueiro.

—No entiendo.

—Para serle franco —puntualizó elevando histriónicamente el índice de su mano derecha como solía hacerlo Fidel Castro—. Para serle franco, Rosales, nos intriga mucho que usted permanezca tanto tiempo en nuestro país.

—¿No sabe acaso que tengo un contrato para cantar en el Tropicana? —replicó dando por descontado que el policía desconocía aquella información.

—Vamos, vamos, no nos leamos la suerte entre gitanos, que la miseria que se gana aquí no entusiasma ni a un cantante haitiano —advirtió el policía—. Aquí la gente viene a lo sumo por dos o tres semanas. Los estudiantes y quienes se someten a tratamiento médico —allá ellos— son los únicos que permanecen por largo tiempo. Pero un turista, Rosales, nunca. ¿Huye usted de alguien en el Paraguay?

El bolerista se escabulló en el silencio por un rato. Hubiese querido encender un tabaco o beber algo para ganar tiempo, pero sólo atinó a rascarse la oreja. A fin de cuentas, pensó con alborozo, creen que sí soy un empresario paraguayo.

—Me gusta estar aquí —replicó. Ahora debía actuar con máxima serenidad o se convertiría en rehén de los cubanos—. Además, me resulta barato. Necesito mucho tiempo para reflexionar sobre mi futuro y este país es conveniente por su tranquilidad.

El policía se puso de pie y comenzó a pasearse nuevamente. Se dirigió hasta la ventana para contemplar pensativo los árboles frondosos del paseo del Prado.

—Si es así, no se moleste, Rosales —agregó antes de volver a sentarse, ya menos tenso, con el tabaco humeando entre los dedos—. En serio, no se moleste.

—Gracias —susurró el cantante.

—Y una última cosita, Rosales, si piensa invertir recursos en actividades rentables —agregó antes de salir—, queremos que tenga en cuenta nuestras empresas turísticas y citrícolas.

—Gracias —repitió Plácido desconcertado—. Lo haré.

—Y lo más importante —añadió Regueiro con el índice alzado—, aquí nadie preguntará por el origen de sus recursos. ¿Estamos?

37

Barbarito apareció al día siguiente, poco antes de las ocho de la tarde, en el frontis del Habana Libre con su Chevrolet. El Suizo lo esperaba en el lobby admirando las plantas que se empinan buscando la claridad de una cúpula transparente. Lo divisó a través de los cristales.

—Deme una vuelta por La Habana Vieja antes de ir al Gato Tuerto, que aún es muy temprano —ordenó tras acomodarse en el asiento trasero, que hervía.

—Ahora le tengo una sorpresa —anunció Barbarito virando su cara magra y risueña hacia él—. Tengo un casete de Pérez Prado. ¿Le gusta el mambo?

El Suizo asintió, pero no estaba de buen humor. Durante el día había consultado en varios hoteles de la ciudad por el cantante y no aparecía en los registros de ninguno de ellos. Tendría que seguir investigando. También era posible que Plácido del Rosal utilizase actualmente una nueva identidad, distinta a la del empresario paraguayo. Todo presagiaba que ubicarlo sería un trabajo lento, detallista, que demandaría paciencia.

Pero estaba seguro de que el cantante se hallaba aún en Cuba, que había escogido a la isla como refugio más o menos estable. Lo indicaban su gestión para conseguir pasaporte en Montevideo y su posterior viaje a La Habana vía Buenos Aires. Reestudiando su periplo por el continente, tenía que concluir en que Cuba era el único lugar al que Plácido del Rosal había llegado voluntariamente. Valparaíso, Mendoza y Montevideo habían sido refugios momentáneos, a los que había recurrido para planificar una fuga definitiva.

Por vez primera tuvo la plena certeza de que daría con el cantante y de que dejaría fuera del juego al Indio, quien, estaba seguro, aunque el Jefe lo ocultara, ya había iniciado la caza del bolerista. El Indio, como ex militar, era de pocas palabras y sólo sabía recurrir al corvo, pensó. ¡Pero le ganaría al Indio! Intuía que recorriendo los principales locales habaneros donde se interpretaban boleros, aumentarían sus probabilidades de hallar al cantante melódico. Si aún vivía en La Habana, tendría que llegar a uno de ellos en algún momento.

Las trompetas de la orquesta de Pérez Prado inundaron de golpe el vehículo con un mambo embriagador y Barbarito arrancó el motor.

El coche giró frente al hotel y enrumbó hacia la Rampa, una avenida amplia que cruza El Vedado y muere frente al mar. La noche estaba cayendo y los faroles de las calles permanecían aún apagados, anunciando una nueva jornada nocturna sin luz. Barbarito condujo hasta el paseo del Prado, se internó por él y a la altura del Capitolio se devolvió hacia el Malecón.

—Mire, la música del Gato Tuerto no siempre es buena, y malita quizás para alguien como usted —puntualizó mientras el taxi se sacudía despiadadamente—. Pero ya irá mejorando, allí tocan filin y boleros, y de vez en cuando canta algún émulo de Beny Moré, Daniel Santos o Bola de Nieve.

El Suizo respondió que no importaba, que necesitaba sentarse un rato a echarse unos tragos y escuchar música romántica. Transitaban a gran velocidad por el Malecón, ahora en dirección al oeste. Atrás los vetustos edificios de La Habana Vieja, teñidos de una tonalidad opalina, parecían irreales. Aunque destruida, es una ciudad bella, se dijo el Suizo.

—Disculpe, compañero, ¿pero a qué vino a Cuba? —preguntó Barbarito con una sonrisa ruin—. Los hombres vienen a Cuba solamente a buscar una cosa. Hembras. ¡Y aquí están las más bellas y apasionadas del mundo! ¿Usted anda en eso?

—Una cosa no quita la otra —comentó el Suizo—. Bien se puede combinar el trabajo con unas horas de esparcimiento.

Al correr junto al mar con la ventanilla baja, podía aspirar la fresca brisa nocturna fragante a salitre. Sobre los rompeolas, acariciada por las primeras sombras, descansaba una muchedumbre de espaldas a la costa, contemplando las luces de embarcaciones lejanas, mientras miles de ciclistas cruzaban tintineando el Malecón.

—La cubana no debería andar en bicicleta —opinó Barbarito—. ¿Sabe por qué? Porque se ve muy feo el asiento de cuero incrustado en sus grandes fondillos. ¡Mire cómo se menean esos culos, no están hechos para montar aquello! ¡Enferman a los hombres!

—Usted me habló de unas niñas que conoce —balbuceó el Suizo contemplando a una negra que avanzaba a duras penas en su bicicleta. Lucía realmente un trasero fenomenal, redondo y duro, pictórico—. Dígame, ¿son limpias y baratas?

El viejo soltó una gran risotada que se fundió con el mambo. Después se introdujo la mano derecha en el pecho, por entre la camisa desabotonada hasta la cintura, y se rascó una tetilla, diciendo:

—Limpias como el mar Caribe, y el precio, bueno, depende de cada una, mi amigo, pero le advierto que si vino a Cuba por unos días, no se fije en gastos. Por cien dólares le puedo conseguir a la mujer más bella de La Habana.

38

Nunca había visto a Moshe Dayan tan abatido como aquel atardecer. Se guarecía bajo el alero del teatro Velarde, sentado en las escalinatas junto al lustrín, con su silla para clientes y el quitasol plegados, mientras la lluvia repiqueteaba furiosa contra los techos de los automóviles.

—Cuando llegue a mi mejora, voy a poner al santo contra la pared —comentó el tuerto. Cayetano Brulé se acomodó a su lado, sobre los fríos peldaños marmóreos y le ofreció un Lucky Strike, que recibió con un gruñido—. Las lluvias largas son malas para el gremio. La gente sólo vuelve a lustrarse en época de seca.

En un santiamén estuvieron fumando.

—Ya vendrán días mejores —pronosticó Cayetano—. Esto es por la corriente del Niño, los inviernos nunca son tan lluviosos.

—Odio las botas, las sandalias y las zapatillas deportivas que ahora llevan hasta las viejas —dijo Moshe Dayan y se acomodó el parche de pirata que ocultaba la cuenca vacía de su ojo derecho—. Hay cosas que deberían prohibir los políticos —añadió alargando el labio inferior hacia el Congreso, más allá de los árboles—. Yo prohibiría zapatos de gamuza, botas de goma, sandalias, alpargatas y zapatillas deportivas. ¿Sabe cuánto perdemos los lustrabotas por esos inventos?

Una pareja joven sin paraguas buscó refugio bajo el alero. Estaban empapados y nerviosos.

—La libertad tiene que comenzar por las patas, al menos —replicó Cayetano—. Y da gracias de que en este país ya no queda gente sin calzado, que sería mucho peor.

Se miró de reojo los mocasines, orlados por unas hebras blancas de humedad. Seguramente el ojo experto de Moshe Dayan las había registrado. Los zapatos del lustrabotas eran viejos, pero estaban pulidos como bota de militar en día de parada. Echó luego una mirada a las carteleras de las próximas películas. Gozó el cigarrillo sin decir palabra durante largo rato. La pareja se alejó aprovechando que escampaba.

—¿Pudiste averiguar algo sobre el hijo del diputado Michea? —inquirió Cayetano—. Lo necesito con urgencia y está desaparecido.

Entre los labios de Moshe Dayan aparecieron un par de dientes disparejos y manchados. Dijo:

—Dos luquitas más y el dato es suyo.

Extrajo dos billetes de a mil, húmedos como hojas de primavera, que Moshe Dayan guardó entre sus ropas impregnadas de humo y sudor.

—Soy todo oídos.

—Se sabe poco del nene —precisó—. Vive del padre, le hace al trago, a la juerga y de vez en cuando a la droga. Se iba a casar con la hija de un coronel del Ejército, pero ella lo dejó por un tenista argentino.

—Esas son migajas, Moshe. Estás perdiendo imagen ante mí.

—Estudió literatura en la Universidad de Playa Ancha —agregó el lustrabotas amoscado, dando una chupada al cigarrillo—. Por ahí puedes buscar a gente que lo haya conocido.

—Eso también lo sé, Moshe. Me estarías devolviendo unas cinco lucas a menos que me digas dónde anda el Bobby Michea ahora.

—De saberlo, nadie lo sabe —respondió serio. Se pasó una mano por la calva cubierta de pecas y luego hurgó con un dedo en su nariz—. Sí averigüé que anda con la Mitzi, una ex bailarina del topless Submarino Amarillo. La visita de vez en cuando.

—¿Vive con ella?

—Lo han visto en su casa —farfulló. Se rascó debajo de la ropa y luego se examinó las uñas—. Anda por los cuarenta, una colorina de gran delantera, la única mujer de buen cuerpo entre las gordas que bailaban en el Submarino Amarillo.

—¿Y a esa prima bailarina la ubico en el Bolshoi?

El lustrabotas dio una chupadita a su cigarrillo y luego lo contempló entre sus dedos negros. Murmuró taciturno:

—Vive en la calle Cajilla del puerto, tiene una guagua, y por las mañanas va a la misa de ocho a la iglesia La Matriz.

39

La Mitzi no asistía a la misa de ocho, sino a la de diez. Cayetano Brulé y Bernardo Suzuki la divisaron cuando trepaba por las amplias escalinatas de la iglesia de La Matriz, la más antigua de Valparaíso, bamboleando unos senos generosos y el cabello ahora negro resplandeciendo bajo el sol. Vestía falda ancha, suéter cuello de tortuga y encima una chaleca desabotonada.

Aguardaron el término del servicio entre los puestos de pescado, verduras y frutas, y luego —para no despertar sospechas— compraron un bolígrafo y un pequeño cuaderno de apuntes. Después pasearon por un costado de La Matriz, llegaron hasta la calle Cajilla y desanduvieron el camino apresurados, inquietos por la posibilidad de que la Mitzi hubiese salido antes de tiempo.

Pero ella emergió poco después de las once en medio de un grupo de viejitas vestidas de luto y se encaminó hacia los puestos, donde adquirió jureles, hulte, naranjas y una mano de plátanos. Al rato entró a una panadería. La seguían a cierta distancia. En las inmediaciones del local, atestado de público, ondeaba olor a pasteles y a pan fresco.

Luego la vieron emprender el ascenso por Cajilla al ritmo excitante de sus caderas. El cabello suelto, negro y rizado, así como la curva de sus hombros, la hacían parecer más joven y salerosa de espaldas. Media cuadra más arriba, ella ingresó a una enorme casa amarilla de tres pisos y ventanales.

—Observa con disimulo el Daewoo azul —indicó Cayetano a su ayudante en voz baja.

Suzuki paseó la vista por Cajilla hasta ubicar el vehículo detenido frente a la puerta que Mitzi acababa de trasponer.

—¿El que tiene los tres tipos adentro? —preguntó.

—El mismo.

—Registrado, al igual que el número de su patente.

—Bien. Camina ahora hasta el quiosco de diarios y vigílalo desde allí —ordenó Cayetano—. Yo voy a echarle un vistazo de más cerca.

Al aproximarse al Daewoo constató que sus tres ocupantes eran matones del ambiente. No tendrían más de treinta años y vestían chaquetas de cuero. La presencia de aquellos hombres en el lugar sólo confirmaba sus presunciones.

Siguió cerro arriba hasta detenerse ante la vitrina de una carnicería vacía. Mientras contemplaba la carne colgando de los ganchos, descubrió que el carnicero lo espiaba a través del vidrio con cara de pocos amigos. Minutos después se asomó al umbral del negocio acompañado de un perro grande como un doberman y grueso como un bulldog. El animal gruñó junto a las rodillas del detective.

—Me toma por un inspector de Sanidad o de Impuestos Internos —se dijo Cayetano emprendiendo la retirada.

Mientras bajaba pudo ver a la Mitzi que abandonaba la casa y se acercaba al vehículo. Llevaba un paquete consigo. La vio intercambiar algunas palabras con el chofer y luego entregar el paquete.

Cayetano continuó descendiendo y pasó junto al automóvil en el momento en que la Mitzi volvía a entrar a la casa amarilla. En el interior del Daewoo, los hombres se repartían unos sándwiches y huevos duros.

—La cosa está más que clara —pensó el detective.

40

El Suizo percibió a sus espaldas el motor del taxi que se alejaba raudo, y se internó con un sentimiento de desconfianza por un sombrío pasaje de La Habana Vieja. Detestaba citas en lugares desconocidos.

Se halló en medio de un patio de muros altos, que servían de marco a las nubes blancas de las diez de la mañana. Comenzó a subir por una escala de madera podrida y los peldaños crujieron bajo su peso.

De pronto un temor irrefrenable se apoderó de su cuerpo. ¿Y si todo aquello estuviese preparado por el cantante romántico o el Indio? Por un instante pensó en escapar de aquel conventillo, pero luego se sosegó y respiró profundo. Debía seguir adelante. La cubana que lo aguardaba bien podría convertirse en una informante decisiva. Si Plácido del Rosal llevaba semanas en la isla, tenía que recurrir tarde o temprano a mujeres semejantes.

Se detuvo en el descanso de la escala. Sus consultas en hoteles y locales nocturnos habaneros habían sido infructuosas, temía tocar fondo. Y como si eso no fuera suficiente, ahora perdía el escaso tiempo de que disponía entre los brazos de una mujer. Se juró que sólo permanecería tres días más en La Habana y, en caso de no lograr resultados, se batiría en retirada. Presentía que la desaparición definitiva de Plácido del Rosal implicaría el fin del Jefe. Los de arriba jamás le perdonarían la pérdida del dinero y él tendría que saber cambiar a tiempo de caballo.

—En este oficio —se dijo el Suizo— es fatal jugar a placé.

El tono almibarado de flautas y violines lo sacó de sus reflexiones. Era una grabación de la orquesta de Enrique Jorrín en su mejor época. Animado por el ritmo y el resonar alegre de los metales, se decidió a cruzar el balcón orlado de begonias, malvas, galanes de la noche y claveles, y de pronto se halló ante una puerta entornada.

Empujó suave y la hoja cedió con un chirrido. Sus ojos azules escudriñaron la oscuridad sin distinguir nada preciso.

Sorpresivamente la mujer emergió como por arte de magia de entre las penumbras, ataviada de punta en blanco: saya de lino larga y ceñida, blusa ancha, cabeza envuelta en un pañuelo de seda. Tenía unas cejas arqueadas, los ojos verdes, los pómulos altos y unos labios finos que le permitían sonreír como una niña. Su piel era del color del café con leche. El Suizo supo de inmediato que era la mujer más bella que había visto en su vida.

—Pasa, mi niño, pasa. Sácate los zapatos y deja adentro el dinero —ordenó ella radiante y aguardó a que él se despojara de su calzado y depositara el billete de cien dólares en él.

Luego lo condujo de la mano por el departamento hacia una empinada escalerilla de madera. Arribaron a un cuartito de mobiliario escueto: una mesa de caoba en el centro, más allá una mecedora, en un rincón un sillón de mimbre colgaba del cielo, y en el otro extremo, cerca de la única ventana del cuarto, que se abría hacia techos de tejas españolas y la torre donde resplandecía La Giraldilla, flotaba una hamaca nicaragüense.

—Vete al baño —ordenó la mujer, indicando hacia una puerta bien disimulada, tras lo cual se llevó las manos al pañuelo para asegurar el nudo—. Lávate bien la pinga y los fondillos y después me llamas.

El Suizo ingresó a un baño de cerámicos tan blancos que la luz lo hubiese enceguecido de no mediar los vitrales. Se sintió inmerso en un mundo irreal. Es la magia del Caribe, se dijo desnudándose y entró a la reconfortante ducha fría.

Ella reapareció al rato trayendo una toalla blanca. Fijó por unos instantes sus ojos en el miembro encogido del hombre y sonrió. Se acercó por fin a él y envolvió su cuerpo fibroso y bien formado con la toalla. Una brasa ardiente escaldó al Suizo entre las piernas mientras ella lo secaba.

—Tranquilo —advirtió la mujer. Olía a yerbas frescas.

Sus manos lo frotaban con una ternura que él desconocía. Primero recorrieron su cabello rubio, luego bajaron por aquel cuello grueso y su espalda fornida, para internarse finalmente por los vellos del pecho y hundirse en su bajo vientre. Percibió la caricia agreste de sus uñas, el tacto suave de sus yemas, la lozanía de sus palmas blancas y sus ojos verdes auscultando en silencio los suyos.

—¿Dónde está la cama? —susurró el Suizo.

—La cama sólo la uso para dormir —respondió ella.

Lo guió hasta un rincón del cuarto, donde le propinó un suave empujón que lo hizo derrumbarse sobre la hamaca. Y allí quedó el Suizo, desnudo, inmóvil, balanceándose en el espeso aire sofocante de la mañana mientras exhibía con desvergüenza aquel miembro que comenzaba a tensarse.

Ella se despojó con movimientos gráciles de sus prendas. Sus ancas de hembra antillana, su cintura de avispa y la turgencia de sus pechos erguidos se recortaron en el juego de luces y sombras del cuarto. A través de los párpados entornados, el cazador de Plácido del Rosal constató de inmediato que era la mujer más perfecta que había visto. La sintió inclinarse ante él.

—Me enloqueces —murmuró ella cercando con sus labios húmedos la mata de pelo claro que emergía entre los muslos del Suizo—. Eres idéntico a Yuri Simonov.

41

El inspector Horacio Zamorano, de la Brigada de Homicidios, no era un santo de la devoción de Cayetano Brulé. Versiones bien fundadas aseveraban que durante el régimen militar había tenido activa participación en la persecución de estudiantes universitarios.

Pero gracias a sus dotes camaleónicas y siniestras vinculaciones, el inspector se mantenía aún en la Policía de Investigaciones, aunque siempre perseguido por la incertidumbre de que de un momento a otro las denuncias en su contra cobraran consistencia y echaran por la borda su trayectoria funcionaria. Más de alguno especulaba con que Zamorano le conocía demasiados secretos a gente de influencia en política y negocios. Sin embargo, al ser un hombre sensible ante los apremios, resultaba útil para Cayetano Brulé, quien era un convencido de que para lograr sus objetivos, un modesto detective privado sólo puede arar con los bueyes que tiene.

—Te traigo un dato de primera, que te va a consolidar en tu institución —anunció Cayetano tras tomar asiento en la pequeña oficina y guardar la bufanda en la gabardina. Era una sala gris, donde el eco deformaba las voces.

El inspector sondeó al visitante con desconfianza. También sabía cuánto calzaba el cubano, por el que sentía una indisimulada aversión. Sin embargo, prefería tenerlo de aliado, puesto que estaba al tanto de los rumores de quienes deseaban destruirlo. Preguntó con voz avinagrada:

—¿Te sirves un cafecito?

Cayetano asintió. Sobre la cabeza de Zamorano, adosado a la pared, colgaba un reloj antiguo de péndulo. Con las ventanas altas que dejaban ver las palmeras de la avenida Brasil eran lo único acogedor en aquel recinto. El inspector, excedido de peso para sus sesenta años, se irguió, salió de la pieza y volvió con una taza de café aguachento y unas bolsitas de azúcar.

—No será café cubano, pero al menos calienta las tripas —comentó acomodándose en el sillón—. Dime qué te trae por acá.

Cayetano sabía que Zamorano requería exhibir logros ante las autoridades del gobierno democrático. Estaba entre la espada y la pared. La pared era su pasado bajo la dictadura militar; la espada, los universitarios que exigían una investigación independiente de su trayectoria.

—Te traigo un soplo seguro —dijo Cayetano con calma después de saborear el mejunje—. En los próximos días se va a producir un envío de cocaína a través del puerto.

La mano del inspector se apoderó de un juego de llaves que yacía sobre su escritorio y comenzó a jugar con ellas. Tintineaban, combinándose con el tictac del reloj. Sus ojos desconfiados sondeaban fijamente al detective. En su fuero interno, Zamorano admitía que el cubano no fallaba cuando venía con sus cosas. En el pasado le había suministrado pistas que le habían permitido presentarse como funcionario eficiente, pero era la primera vez que arribaba con un caso de contrabando de drogas.

—¿Es mucha? —preguntó paseándose la punta de una llave por los labios.

—Bastante. Creo que viene de Bolivia. De aquí la reexportarán a Alemania.

—¿Y quién te pasó el dato?

—Se cuenta el milagro, pero no el santo.

—¿Y cómo quieres entonces que opere? —preguntó el inspector malhumorado.

—No te preocupes, te puedo entregar la fecha, el lugar y la forma de envío.

—No suena mal.

Cayetano encendió un Lucky Strike, se cruzó de piernas y sintió el tirón del pantalón, una advertencia de que las comidas de Margarita y el alcohol continuaban haciendo estragos en su humanidad. Tendría que bajar de peso, pero para ello se requiere dinero para las dietas, el gimnasio y las clasecitas de tenis, pensó desmoralizado.

—La cosa es absolutamente segura —añadió—. Darías el palo del año y yo no te cobraría un centavo. Aprovecha, aquí es llegar y llevar.

—¿Y quién está detrás? ¿Un pez gordo?

—Es un cargamento importante, está en una fábrica cercana, pero no creo que se trate de un pez gordo.

—Uno nunca sabe —comentó Zamorano meneando la cabeza algo constreñido—. Cuando vas a detener a un proxeneta o a un monrero, sabes que no puede tener santos en la corte, pero cuando se trata de estos negocios... —hizo una pausa durante la cual sus dedos dispusieron las llaves en orden sobre la mesa—. Pero cuando se trata de estos negocios —repitió—, uno nunca sabe con lo que se va a encontrar.

—Si te acobardas, olvídate de lo hablado —picaneó Cayetano—. Los aplausos se los llevará otro. Imagínate la noticia en todas las primeras planas del país, tú haciendo declaraciones junto al director nacional...

—Pásame los datos, maldito cubano —exclamó finalmente el inspector buscando a tientas lápiz y papel en una gaveta.

42

Era una mañana de aquellas en que las nubes bajas devuelven los graznidos lastimeros de las gaviotas, los objetos carecen de sombra y el rumor del mar parece lejano.

Con un violento resuello de elefante enfermo, el antiguo camión Ford de la empresa Jones y Cía. se detuvo ante el portón de la fábrica de muebles Kindergarten portando un container oxidado.

Un hombre grueso, de gorra bencinera, abandonó la caseta que se alza a un costado del portón, traspuso una puertecilla metálica para peatones y se acercó al vehículo.

—Vamos al galpón, venimos por la carga —anunció el chofer desgañitándose para que el trepidar del Ford no ahogara su mensaje.

Instantes después, dos grúas horquillas comenzaron a introducir cajas de madera en el contenedor, las que iban siendo acomodadas en su interior por una cuadrilla de hombres. Cuarenta minutos más tarde finalizaban la tarea sin percances.

Al rato, el chofer y un obrero de boina negra se encaramaron a la plataforma e ingresaron al contenedor, donde contabilizaron los bultos. Luego saltaron a tierra y ordenaron el cierre de las puertas y su aseguramiento con candados. Poco después el motor del Ford volvió a horadar el silencio matinal.

En ese instante, varios automóviles Fiat Tipo, de color azul, y un destartalado Lada blanco se detuvieron frente al terreno de la fábrica. Del primer vehículo desembarcó espectacularmente un grupo de hombres de terno y corbata, que portaban metralletas y usaban anteojos ahumados.

—¡Todos quietos! —bramó uno de ellos abriendo de un puntapié la puertecilla de la reja que custodiaba el cuidador—. ¡Policía de Investigaciones!

El resto de los agentes se apostó en un santiamén en varios puntos del patio, detuvo a los obreros e imposibilitó el avance del camión.

Mientras tanto, desde el Lada, el detective Cayetano Brulé, su ayudante Bernardo Suzuki y el inspector Zamorano observaban en silencio la operación de la Brigada Antinarcóticos.

—Si no hay cocaína en tus famosos caballitos, cubano, me puedo ir despidiendo de mi pega y tú de Chile —dijo el inspector a su bigotudo vecino sin dejar de mordisquearse la uña del pulgar.

43

Descubrieron quince bolsas plásticas conteniendo cocaína en polvo en cinco de los primeros cuarenta caballitos de balancín que aserrucharon. La droga estaba disimulada en el cuerpo de los animales, que habían sido ahuecados por el cuello.

—Pasen por el cedazo a todos los pingos y hagan lo mismo con los muebles, por si acaso —ordenó el inspector Zamorano y palmoteo con indisimulado afecto la espalda de Cayetano Brulé.

Estaban en el galpón de la fábrica. Reinaba un ajetreo endemoniado y estruendoso. Mientras un grupo se daba a la tarea de aserruchar las maderas y almacenar los paquetes de polvo blanco sobre una lona extendida en el suelo, otros policías procedían a chequear la documentación de los empleados de la empresa, que mantenían detenidos detrás de una gran sierra eléctrica.

—La clave consiste ahora en establecer dónde prepararon los caballitos —agregó el inspector dirigiendo su mirada entusiasta de Bernardo Suzuki al detective—. Me parece improbable que los obreros hayan estado al tanto del negocio. ¿Quién es el dueño de esto para registrar su casa y detenerlo en el acto?

—No te caigas de espalda —anunció Cayetano—. Es el diputado Cástor Michea.

—¿El diputado Michea? —balbuceó el inspector lívido—. ¿Hablas en serio? ¿Pero tú sabes lo que eso significa?

—Me lo imagino —replicó Cayetano ajustándose el nudo de su corbata de guanaquitos—. La ley pareja no es dura, ¿o haces diferencia entre sospechosos?

—Para, para, cubanito —alegó el inspector elevando sus palmas hasta la altura de los bigotazos de Cayetano—. No te olvides de que estamos en Chile, donde los parlamentarios han sido intachables, y no en una república bananera.

—No hay que dar a nadie cheques en blanco, mi amigo.

Zamorano se aclaró la garganta y escupió malhumorado. Luego extrajo un caja de cigarrillos, y dijo lentamente, como quien extrae una carta maestra de entre la manga:

—Michea goza de inmunidad parlamentaria y su domicilio es inviolable.

—¡Pero, Horacio, no seas pendejo! —alegó el detective asiéndolo por las solapas. El inspector miró con ojos inyectados, sorprendido por el arrebato de repentina violencia—. Estamos ante un caso in fraganti. ¡Tienes que atreverte! ¡Vamos a esa casa!

Los policías hallaron en aquel instante nuevas bolsas de cocaína dentro de los caballitos. Zamorano aceptó el cigarrillo, lo encendió él mismo y aspiró profundo. Comenzó a pasearse por el galpón como bestia enjaulada.

—No es seguro de que él tenga alguna responsabilidad —dijo al rato mientras mordía un fósforo—. Como dueño puede no tener idea de lo que sucede en su empresa. Tú no eres responsable por lo que puede estar ocurriendo ahora en tu auto.

—Eso es cierto —admitió Cayetano—. Pero en los papeles aparece su hijo Bobby Michea como administrador de la fábrica, y él sí que tiene que dar la cara. Vamos a registrar su casa, que es la misma del diputado.

Zamorano resopló con el fósforo clavado entre los dientes. Lo paseó de una comisura a otra y preguntó:

—¿Ya habías metido entonces tus narices en el asunto sin avisarnos? —se restregó la cara como para liberarse de una tela de araña y arrojó el fósforo al piso—. ¿Crees que estás en tu mierda de isla, cubano? ¡Este es un país serio!

—Déjate de bravuconadas y actúa, entonces —masculló el detective y se acomodó con gesto mecánico los anteojos sobre la nariz—. ¡Vamos, actúa, Zamorano, olvídate de que Michea es diputado! ¡A ver, demuestra que tienes los timbales bien puestos!

—¡Intruso del carajo! Habría que revisar tu permiso de residencia —balbuceó Zamorano y se alejó en dirección a sus hombres, que seguían descuartizando animales.

—¡Y si piensas hacer lo que corresponde —gritó el detective por encima del ruido de sierras y serruchos—, no le anuncies a nadie tus planes! ¡Te pueden datear al fulano!

Cayetano Brulé encendió un Lucky Strike y lo aspiró con fruición, necesitaba sosegarse.

—Jefecito, no se olvide de mí, pues —escuchó decir de pronto a Suzuki.

Le estaba ofreciendo un cigarrillo, cuando reapareció Zamorano. Caminaba con los puños cerrados y el rostro encendido. Le temblaba la barbilla. Dos policías jóvenes lo seguían con sus metralletas.

—Vamos —anunció.

Cayetano, Zamorano y Suzuki se embarcaron en el Lada. La pareja de jóvenes se introdujo en uno de los Fiat y ambos vehículos dejaron atrás las casas de Concón y enfilaron por una recta mal asfaltada.

—¿Pero estás seguro, cubano, de que Michea está detrás de todo esto? —preguntó una vez más el inspector. Suzuki fumaba en silencio en el asiento trasero mientras el vehículo daba feroces barquinazos.

—Por lo menos es el principal accionista de la empresa y yo vi caballitos, aserrín y viruta en su propia casa.

Zamorano se restregó la frente y las mejillas. Dijo:

—A estas alturas de la vida, lo único que no puedo permitirme es meter las patas.

—Tú tranquilo, muchacho, que Cayetano nunca te ha defraudado —insistió tomando una curva cerrada que el Lada atacó tosiendo. El parabrisas se empapó de gotitas y sal. Avanzaban ahora a lo largo de la costa embravecida—. La fábrica es del diputado y los caballitos fueron cargados en su propia casa.

—No te creo nada, cubano.

El vehículo corrió junto al estero de Reñaca, subió por Cladonia, una calle sinuosa y empinada por la que fluía a raudales agua enlodada, y se detuvo ante una mansión verde, construida junto a una curva. Estacionaron a distancia prudente.

—Aquí es —dijo el detective silenciando el motor—. Y ahora, muchacho, ¿vas a tocar el timbre para que te inviten a un tecito o vas a actuar como corresponde?

44

En la cuartería de negros de La Habana Vieja el Suizo experimentó durante tres días completos todos aquellos placeres que sólo es capaz de deparar el arte amatorio de una mulata bailarina y sandunguera. Fue tan intenso su goce que terminó llorando de dolor por no haber conocido antes a una mujer de verdad.

—¡Con tu parafernalia olvidé hasta la razón que me trajo a Cuba! —reconoció exhausto durante una de las brevísimas treguas que le dispensaba Paloma, y contempló con atención la pluma de pavo real con que ella acariciaba espaldas, la mermelada de guayaba con que untaba tetillas, la vaselina americana que aplicaba para disfrutar el amor arrabalero y el cáñamo húmedo con que embridaba los deseos contundentes de sus clientes más fogosos.

En el amor era una diosa inagotable. El tono mate de su piel, la cintura de sompopo, los muslos duros, los senos turgentes, el endemoniado movimiento de sus caderas generosas y el inocente rostro de niña, así como su variado repertorio de posiciones, terminaron por convertir al Suizo en un péndulo sin voluntad, capaz sólo de oscilar entre el deseo encendido y aquella languidez profunda, parecida a la muerte, que inunda el cuerpo y el alma después de que se hace el amor como se debe.

—Eres un nene, mi niño, eres un nene —le decía ella mientras lo balanceaba desnudo sobre la hamaca y lo rozaba con la pluma verdiazul.

Y para rescatarlo de la profundidad del pozo en que se desplomaba tras cada lance, Paloma lo agasajaba con daiquirís muy dulces, trozos de puerco asado aderezados con yuca y mojito, malanguitas hervidas, boquerones fritos, arroz congrí, lascas de guayaba sobre queso cremoso, guarapo y unas minúsculas tacitas de café muy fuerte, todo ello adquirido en las atestadas tiendas para extranjeros de La Habana.

Fueron días rejuvenecedores para aquel hombre cuyos ancestros provenían de una región donde la sensualidad no existe y la gente deja que los días transcurran monótonos y apacibles en el campo y el lecho. Sin embargo, en medio del Caribe húmedo, eléctrico y sofocante, el Suizo cayó en la cuenta de que nunca había sido joven, aunque vislumbró que en su sangre danzaban lenguas de fuego para rato.

Pese al inmenso placer, al Suizo nunca se le pasó por la mente que la entrega furiosa y sin cuartel de aquella mujer canela no se debía a los dólares que le pagaba, sino a su increíble semejanza con el soldado ruso, su primer y único amor, que la había desvirgado en la noche de su despedida definitiva y prometido que volvería a casarse con ella.

—Todo lo que aprendas aquí, enséñalo en tu país, bobo —decía Paloma batiendo sus caderas sobre el

Suizo al ritmo endemoniado de una rumba—. Te vislumbro medio pasmado en lo físico y más bien escueto en materia de fantasía, cosa que atribuyo a que careces de alguien que de cuando en cuando te zumbe el mango con todas las de la ley.

Le hacía el amor como si se tratara de Yuri Simonov. Le resultaba fácil, pues ambos eran idénticos y apetitosos en su belleza masculina. Durante años la mulata se había reprochado no haber sido ya experta en amores la noche en que se entregó al ruso. Si hubiese conocido entonces la mitad de lo que hoy dominaba, se decía, Yuri no la habría dejado y vivirían en Petersburgo o Moscú, lejos del régimen castrista. En realidad ella se había dedicado al amor con tarifa no sólo para sobrevivir en medio de la eterna crisis de la isla, sino también para dispensarle a Yuri lo mejor de los repertorios carnales del trópico cuando regresara. Él nunca se enteraría de sus trotes por los lechos de turistas extranjeros. Y mientras se dejaba poseer en la hamaca, experimentaba un acrecentado placer al acariciar a un hombre que era el anticipo del que realmente esperaba.

Sólo las campanas de la catedral barroca de La Habana, que tañeron con intensidad de fin de mundo el jueves a las siete de la mañana, en los instantes en que la mulata volvía a cabalgar a galope tendido sobre el Suizo, aplastando frenética toda resistencia a su paso, los hizo percatarse de que llevaban demasiado tiempo en la refriega corporal. Amanecía el cuarto día.

El Suizo se incorporó con pánico y recordó desolado que no era nada más que un cazador de hombres.

—A partir de mañana alojarás en mi habitación del Habana Libre —dijo buscando sus calzoncillos en el piso, ansioso por reportarse a su Jefe antes de que descubriera que naufragaba entre los recios muslos de Paloma Matamoros—. No te preocupes de trabajar, que yo te mantendré.

Ella, agradecida, apaciguó su ímpetu matinal con un tibio baño de tina fragante a vicarias, yerbabuena y violetas, y lo frotó como a un niño y le brindó café, jugo de toronja, rodajas de mango maduro, huevos fritos de guineo y tostadas. Y antes de que el Suizo traspusiera la puerta para lanzarse a las calles aún sombrías de La Habana Vieja en busca del cantante, envuelta en una gran toalla blanca, le preguntó:

—¿Y no te animarías a casarte conmigo, bobito?

45

Cayetano Brulé, Bernardo Suzuki y los tres agentes brincaron el muro de la casa del diputado Cástor Michea apoyándose en un poste de la luz y avanzaron sigilosos por una amplia terraza hasta la entrada principal.

El investigador no pudo más que recordar la noche en que Dunia Dávila había emergido en aquel umbral aceptando conversar con él por unos minutos. Mientras dos policías, premunidos de sus respectivas metralletas y chalecos antibalas, se apostaban entre los arbustos, Cayetano, Zamorano y Suzuki se arrimaron a la puerta. El detective pulsó el timbre.

Aguardaron tensos y al rato escucharon el ruido de unos pasos que se aproximaban. La magnífica hoja de encina se abrió de improviso y en su marco apareció un hombre joven y moreno.

—¡Manos arriba! ¡Policía de Investigaciones! —gritó el inspector Zamorano blandiendo el arma.

El joven, vestía jeans y un suéter gris muy largo y ancho, retrocedió con las manos en alto, cediendo el paso. A los ojos caribeños de Cayetano aquel tipo nortino era un mulato, testimonio de que en el pasado los negros se habían asentado en el norte de Chile.

—Bobby Michea, queda detenido —afirmó Zamorano apuntándolo sin esperar respuesta, e ingresó al amplio living de la vivienda—. Debe acompañarnos a Investigaciones. ¿Hay alguien más en casa?

—Estoy solo y no soy Bobby Michea —aclaró el joven con un hilillo de voz.

—¿Cómo que no? —vociferó Zamorano.

Cayetano viró bruscamente la cabeza hacia el muchacho y escudriñó su rostro con detención.

—Soy el mayordomo y estoy solo en casa —repuso con sosiego.

Los policías se miraron desconcertados. Un agente se acercó al joven para registrarlo en busca de armas y sólo encontró una desnutrida billetera en su bolsillo trasero.

—Por la cédula de identidad, éste se llama Germán Ramírez —dijo—, y nació en Calama, pero por la cara más me parece que está para limpiar las tazas de los baños.

—Esto sí huele a meado de perro —comentó Zamorano.

Cayetano paseó tranquilo su mirada por la planta baja. Lucía limpia, clara y ordenada. Incomparablemente más limpia y ordenada que la noche en que había hablado con Dunia Dávila. De los parlantes llegaba *Yesterday,* de Lennon y McCartney, cantada por The Beatles.

—¿Y usted está solo? —preguntó el inspector enfundando el arma—. ¿No hay nadie más?

—Estoy absolutamente solo.

—¿Y dónde están el diputado y su hiJo?

—Casi nunca vienen a casa —respondió—. A menudo andan en Santiago o el norte —hizo una pausa y preguntó—. ¿Puedo bajar las manos, al menos, y ofrecerles algo, un agüita de perra, quizás?

Zamorano se paseaba mordiéndose los labios en medio del living.

—Si las vas a bajar, aprovecha para servirme un whisky a las rocas —dijo Suzuki, estimulado por la invitación, y tomó asiento en un sofá de cuero cruzando una pierna.

—Esta es la casa de una persona que acaba de fallecer y aquí no va a beber nadie —ordenó circunspecto Cayetano. Luego se dirigió a Zamorano y le dijo:

—Echémosle un vistazo al segundo piso. Subieron por los peldaños alfombrados y desembocaron en un pasillo al que daban varias puertas blancas cerradas. El inspector soltó un resuello y se aligeró el nudo de la corbata. El sobrepeso lo tumbaría en algún momento.

—No olviden que es la casa de un diputado de la República —chilló desde abajo el mayordomo—. Ya me veo visitándolos a todos ustedes en la cárcel pública de Valparaíso.

—Déjate de pendejadas y sígueme —dijo Cayetano. Le escocían las manos y la tensión lo hacía tartamudear—. Te mostraré el lugar donde rellenaban los caballitos con cocaína.

Seguido por el inspector, Cayetano abrió una puerta del pasillo e ingresó a la habitación donde días atrás había quebrado el espejo italiano y recibido la pateadura en el rostro.

—¡Qué es esto, por Santa Bárbara! —exclamó Cayetano Brulé.

Ante ellos se extendía una biblioteca con anaqueles rebosantes de libros y una alfombra impecable.

46

—¡Ahora tenemos que volar a Valparaíso! —gritó Cayetano Brulé y salió a toda carrera de la biblioteca, seguido por Zamorano—. ¡Que nos aguarde gente en la plaza Echaurren. ¡Haz lo que te digo!

El inspector ordenó a sus hombres permanecer en la vivienda y coordinó por celular para que seis agentes los esperaran en la plaza del puerto. La infructuosa irrupción en la casa del diputado, la inexistencia de huellas que la justificaran y la desaparición de Bobby Michea parecían haber minado su fortaleza.

—Yo sabía, a los caribeños no hay que creerles ni las mentiras —comentó el inspector tras dar un portazo furibundo en el Lada y sentarse junto a Cayetano. En el asiento trasero, Suzuki se acomodó sin dejar de refunfuñar por no haber disfrutado un trago.

Salieron de Viña del Mar dando sacudidas y patinazos, y entraron a Valparaíso salpicando agua y barro a peatones y vendedores ambulantes que reaccionaban con insultos de grueso calibre. Veinte minutos más tarde, tras cruzar calles de edificios antiguos, timbiriches y mendigos, arribaron a la plaza Echaurren. Los vehículos de Investigaciones allí apostados comenzaron a seguirlos de inmediato. El detective maniobró sobre el empedrado irregular, pasó frente a bares de mala muerte y prostíbulos, y detuvo el Lada ante una panadería. Desde allí se apreciaban las líneas tranquilas de la histórica iglesia La Matriz y un retazo de mar grisáceo.

—Bobby Michea está en esa casa —afirmó resuelto el detective indicando hacia la construcción amarilla de tres pisos y descendieron del Lada.

Cajilla se alargaba recta por unas cuadras y más allá iniciaba su serpenteo por entre casas de adobe y lata. Varios perros se disputaban un trozo de hueso sobre hojas de periódico.

—¿Y qué hacemos, cubano? —preguntó el inspector elevando el cuello de su abrigo, sintiendo tranquilidad por la presencia de sus hombres—. ¿O estás por proponer un nuevo paso en falso?

—Que un par de tus agentes detengan de inmediato a quienes ocupan aquel auto —dijo Cayetano indicando hacia el Daewoo estacionado frente a la casa amarilla—. Si no se identifican, los van a colar a balazos. El resto debe lograr la rendición del hijo del diputado, que se oculta en la casa amarilla.

—¿Quiénes son los del auto? —preguntó el inspector.

—Guardaespaldas de Bobby Michea —replicó Cayetano en voz baja.

El inspector se alejó hacia sus hombres.

Dos agentes se acercaron al vehículo estacionado y encañonaron a sus ocupantes que conversaban en el interior. Absolutamente sorprendidos, entregaron las armas sin oponer resistencia.

Acto seguido, varios policías corrieron hacia la casa amarilla y dieron fuertes golpes a su puerta, despertando la atención de los escasos transeúntes que acertaban a pasar por allí. Zamorano extrajo de un Fiat un altoparlante y su voz resonó como una chicharra:

—Bobby Michea, sabemos que se oculta allí dentro. Le habla la Policía de Investigaciones de Chile. Le tenemos completamente rodeado. Entréguese en el acto o de lo contrario nos veremos forzados a utilizar todo el poder de nuestra institución.

Un silencio expectante se apoderó de la calle Cajilla. Hasta los perros dejaron de gruñir. Los curiosos comenzaron a congregarse rápidamente en el lugar, obstaculizando la labor policial. Desde los balcones contiguos, señoras, niños y perros contemplaban en silencio. Un vendedor de maní llegó a ofrecer bolsitas a precio de promoción.

—Oye, Michea, sabemos que estás en tu madriguera —repitió el inspector impaciente al rato—. Entrégate ahora mismo, cabrón, o te sacamos de ahí a patada limpia en el culo!

La puerta de la casa amarilla cedió lentamente y en el umbral surgió, con las manos en alto, un hombre fornido y moreno. Era Bobby Michea.

47

Toda una vida me estaría contigo,
no me importa en qué forma,
ni dónde ni cómo,
pero junto a ti,
toda una vida te estaría mimando,
te estaría cuidando
como cuido de mi vida
que la vivo por ti.

De *Toda una vida*
Osvaldo Farrés

El cantante romántico y el poeta llegaron a la intersección de Egido con la avenida San Pedro cuando caían los primeros rayos de sol en La Habana Vieja y por sus calles soplaba un aire tibio y apelmazado.

—Dejemos el auto aquí mismo, en Egido —recomendó Plácido del Rosal al poeta, quien manejaba—, y nos vamos a pie hasta la casa de Paloma, porque puede haber soplones.

Virgilio Castilla estacionó el De Soto frente a un edificio en ruinas. Desde hace tres días era dueño del carro de elevada cola de pato y parachoques de níquel bruñido. Sinecio Candonga se lo había legado antes de hacerse a la mar en una precaria balsa con su familia y vecinos del barrio La Víbora, con la condición de que lo cuidara como hueso de santo. Aquella misma mañana, a través de radio Martí, el poeta se había enterado de que los balseros se hallaban a salvo en Miami.

—¿No te dieron ganas de marcharte cuando te pasó las llaves? —le preguntó Plácido del Rosal mientras caminaban a lo largo de la costa hacia la cuartería de Paloma Matamoros, a quien había visto por última vez frente a la escalinata universitaria, cuando traspasaba los materiales del De Soto al PolskiFiat. Ni Paquito Portuondo conocía su paradero y temía que hubiese sido sometida a juicio por intentar abandonar la isla.

—Soy sólo un poeta y no tengo pasta de mártir —repuso Virgilio Castilla aspirando con deleite el primer Lanceros de la jornada—. Y los poetas, al igual que los boleristas, estamos jodidos, mi hermano, sólo servimos para escribir o cantar y cagarnos de miedo ante la autoridad. Es muy simple, Plácido, no me dan los huevos para embarcarme con mi mujer en una balsita y confiar en que algún día llegaré a tierra firme.

—Hace falta valor y fe para eso —repuso animado el cantante tras avistar la cuartería refulgiendo sin vidrios contra el sol. Se acomodó adecuadamente su sombrero panamá de cintillo floreado.

—El valor es un mito manipulable y la fe la perdí hace mucho, cuando me torturaron —dijo el poeta lanzando una gran bocanada contra las nubes espumosas de la mañana—. Digo la fe en causas humanas, no en Dios, que es la que me mantiene vivo.

Traspusieron en silencio el portón de la cuartería. En su patio interior un niño descamisado pateaba contra los muros una pelota desinflada, mientras de algún rincón llegaba el ritmo contagioso de la orquesta Aragón y sus violines. Una negra maciza y vieja, que cargaba un cubo de aluminio vacío, les preguntó:

—¿Buscan a alguien?

—Sí, compañera —se apuró en responder el poeta, convencido de que, por las guayaberas resplandecientes y el fino tabaco, la mujer los tomaba por extranjeros, cosa por cierto riesgosa—. Venimos del Tropicana y buscamos a la compañera Paloma Matamoros.

—Ah —exclamó pronta a continuar su camino—. Ya estuvieron compañeros preguntando por ella y otra gente de aquí. De vez en cuando se refugia donde su madre, que vive en Matanzas y se encarga del fiñe rubito que le hizo un bolo.

—¿Cuál es la vivienda de Paloma? —preguntó Plácido del Rosal impaciente.

La mujer, bordearía los ochenta años, escrutó infructuosamente los grandes anteojos calobares y el bigote del cantante, y dijo:

—Suban al segundo piso. Es la puerta donde muere el pasillo.

Treparon presurosos los peldaños podridos y cruzaron el balcón entre flores perfumadas y pájaros enjaulados. Plácido tocó suave a la puerta, sin obtener respuesta, pero al rato volvió a insistir con golpes recios.

—Parece que es efectivo que no está —comentó el poeta. Fumaba acodado en la baranda del balcón, observando la torre de la iglesia La Merced y los techos de tejas coloniales.

El cantante romántico volvió a tocar.

—¿No estará detenida? —balbuceó de pronto arrimándose al poeta en busca de consuelo, recordando a los miembros de las tropas territoriales que rodeaban aquel día al Polski-Fiat. Abajo un golpe encendido de timbales inundaba el patio—. Recuerda lo que pasó en la escalinata.

—¡Imposible! —dijo el poeta y descargó con un toquecito la ceniza del tabaco. Un papagayo desplumado graznó sobre sus cabezas—. Si los hubiesen detenido aquella noche, ya nos habrían ido a buscar a casa. ¡Vamos a ver si encontramos a los balseros!

Bajaron a la carrera, cruzaron el patio entre los niños que jugaban y se acercaron a la puerta de la sala donde semanas atrás habían descubierto al grupo. El tam-tam de los timbales se hizo ensordecedor bajo el cielo abrasante.

—Está tapiada —comprobó el cantante romántico al intentar abrir la puerta.

—¿Qué pasa ahí, compañeros? —preguntó de pronto una voz a sus espaldas.

Se viraron aterrados.

Era un negro enjuto y muy viejo, tan viejo que ya tenía la cabeza completamente blanca. Sólo vestía un pantalón raído, zapatos de plástico y una minúscula gorra de miliciano. Estaba en los huesos y portaba un trozo de caña que parecía una tibia. De su boca colgaba un Vegueros apagado. Se acercó rengueando.

—¿Buscan a alguien, compañeros? —insistió. Era ciego del ojo derecho, que exhibía el color turquesa de las playas antillanas.

—A Senén y a Paloma —dijo el poeta tranquilo.

—¿Al cañero de vanguardia Senén Cienfuegos y a la destacada bailarina Paloma Matamoros?

—Exacto.

—¿Qué son ustedes de ellos? ¿Parientes?

—Compañeros del centro de trabajo.

—Ellos están muertos —respondió de pronto el viejo con tristeza y el tam-tam y el bullicio se apagaron como por arte de magia. Sólo se escuchó el graznido del papagayo desplumado.

—¿Muertos? —repitió el cantante incrédulo.

—Están muertos —agregó el viejo en tono seco, acercándose más—. Para quienes restamos en esta isla están muertos todos aquellos que traicionan a la revolución huyendo a Miami.

III
Yo guardo tu sabor

1

—¡Los diarios publican en primera plana la detención de Bobby Michea! —anunció Suzuki con *El Mercurio* en la mano al ver arribar a su jefe—. ¡Y Zamorano está convertido en una estrella, pese al allanamiento de la casa del diputado!

—Un café, que vengo entumido —respondió Cayetano y se desprendió de su gabardina mojada y la colgó de la puerta de la oficina. Luego se acomodó en su silloncito y sobrevoló los titulares mientras su ayudante ponía a calentar la cafeterita sobre la Primus—. Las cosas parecen ir saliendo bien, pero no hemos avanzado un ápice en nuestro caso, el del cantante romántico.

—De todas formas, ¡se pasó, jefecito, se pasó! —gritó Suzuki—. Ahora quiero ver cómo el diputado elude el bulto que se le viene encima.

—El asunto en sí no era difícil —reconoció Cayetano con modestia—, pero lo advertí por casualidad. Fue la noche en que vimos a Bobby Michea descargando en el patio de la fábrica. La operación nocturna sólo podía indicar que necesitaba urgente caballitos para exportar al día siguiente.

—De acuerdo.

—Y cuando acudí al día siguiente a la fábrica, el container, como era de suponer, ya había sido despachado —agregó sacudiéndose unas gotas de la corbata—. Pero sobraban una veintena de caballitos. Pregunté por qué y me respondieron que tenían fallas. Me sorprendió que fuese un número casi idéntico al de los caballitos que descargaba aquella noche Michea. Sólo podía tratarse de una sustitución de caballitos.

—¡Como en las películas, jefecito, deme un Lucky para celebrar! —exclamó Suzuki—. ¡Igualito que en las películas!

—Pero sustituir objetos idénticos no tiene sentido, a menos que tengan una diferencia. Y si exteriormente eran iguales, la diferencia sólo podía estar en su interior.

—¡Al puro estilo Sherlock Holmes!

—Y ahora déjate de tanta guataquería y pásame el café, que ya está colado, mi hermano.

—Disculpe, jefe —dijo Suzuki y encendió el cigarrillo—. Continúe, que yo me deshago por usted.

—Recordé que en la casa del diputado había tropezado con caballitos en el improvisado taller de carpintería —añadió el detective, revisando las fotografías de *El Mercurio*—. Me extrañó que hubiese un taller, si tenían fábrica. Sólo se explicaba si es que allí introducían algo valioso en ellos, cosa que en estos tiempos sólo puede ser droga.

Risueño y feliz, Suzuki colmó la tacita de su jefe y la colocó sobre el escritorio, junto con el azucarero. Reclamó:

—Sin embargo, el taller no existía ayer, jefecito.

—Es cierto, pero eso sólo se debe a que alguien les pasó el dato a los Michea.

—¿Al diputado?

—No sé si al diputado o a su hijo, pero por ahora eso da lo mismo. Lo cierto es que hoy están detenidos Bobby Michea y varios empleados de la empresa.

—¿Y también caerá el diputado?

—No creo —repuso Cayetano revolviendo el café—. Él, si bien es dueño de la empresa, no aparece involucrado directamente en el narcotráfico. Como declaró esta mañana a la radio, él no puede responder por los delitos que cometan sus obreros o su hijo, que es mayor de edad y administrador de Kindergarten desde la muerte de Cintio Mancini.

—El cabro va a pagar los platos rotos —sentenció Suzuki. Tomó asiento frente a Cayetano y aspiró el cigarrillo—. El diputado se lavará las manos y seguirá luchando por llegar algún día a la presidencia. Dinero no le faltará.

Cayetano buscó a tientas en la gaveta de su escritorio y extrajo el sobre en que guardaba la carta y el pasaje aéreo enviado semanas atrás por Plácido del Rosal. Revisó cuidadosamente el pasaje y cayó en la cuenta de que podría exigir la devolución del trecho La Habana-Santiago, no utilizado, puesto que su regreso a Chile lo había realizado sin escalas desde Miami.

Prendió el cigarrillo y colocó los pies sobre el escritorio. La lluvia rasguñaba la única ventanilla de la oficina. Meneó la cabeza varias veces y dejó escapar el humo por la nariz mientras contemplaba el Pacífico, cuyas crestas se alborotaban bajo el viento obstinado.

—Tengo el cuadro más o menos claro —añadió al rato, su ayudante lo escuchaba con atención—. Creo que Michea, digamos Bobby, sólo prestaba el servicio de exportar la cocaína en juguetes y de traer el dinero a Chile. Por ello recibía fuertes comisiones.

—Un camello grande.

—De regular tamaño —asintió y, tras dar una chupada y lanzar el humo contra el cielo raso, añadió—: Eso explicaría por qué la fábrica registraba sólo pérdidas y el hotel Bergantín del Caribe sólo utilidades. ¿Me entiendes?

—Más o menos, jefecito, para qué le voy a decir una cosa por otra, las finanzas y las contribuciones, que nunca he pagado, no son mi fuerte.

—Escucha, el dinero que ingresaba ilegalmente al país lo lavaban a través del hotel, presentando a Impuestos Internos ingresos elevados gracias a una supuesta ocupación muy alta. Después de pagar los impuestos, el dinero quedaba limpio. ¿Quién puede controlar si los huéspedes registrados en los libros de un hotel corresponden o no a personas reales?

—Me queda más claro.

—De ese modo, la fábrica Kindergarten podía operar a pérdida, ya que su fuerte verdadero era el narcotráfico, mientras que el hotel lavaba el dinero que hacía Kindergarten.

Cayetano se puso de pie y comenzó a pasearse. Cerró las hojas del antiguo ropero en que almacenaba los archivos y sobrevoló con nostalgia su diploma de detective obtenido en un instituto de la Florida de estudios a la distancia, que colgaba de la pared.

—Pero hay cosas que no encajan, Suzukito —continuó—. Una es la muerte de Dunia Dávila. Sé que no fue suicidio. Ella no disponía aquella noche de calmantes. Lo sé mejor que nadie. Entonces, ¿quién la asesinó y por qué poco antes de que se dispusiera a liquidar supuestamente la carrera de Cástor Michea?

—Interrogante terrible, jefecito.

—Pero hay más —añadió gesticulando—. ¿Por qué Bobby Michea no acudió al funeral de su madrastra y se mantuvo refugiado en casa de la Mitzi? ¿Por miedo? ¿Y a quién temía como para usar guardaespaldas?

No había respuesta. Se rascó la calva y luego bostezó. Habría preferido sentarse a dormir un rato. Sorbió otro poco del café con el ánimo de espantar el sueño. Tenía los dedos regordetes y amarillentos a causa de la nicotina.

—¿Y todo esto tiene que ver con el cantante? —insistió Suzuki con un hilillo de voz.

—Para mí la conexión es obvia —respondió—. Cintio Mancini, quien murió poco antes de volar a Miami, era en realidad el que traía regularmente el dinero para Michea. ¿Está claro? Eso explica sus reiterados viajes al extranjero.

—La historia queda clarita, así como usted me lo explica.

—Todo estaba ideado para que Mancini recibiera una vez más, en la pasada noche del 30 de marzo, en el hotel Waldorf Towers, el medio millón de dólares por el pago de envíos de cocaína. Como era un traspaso ilegal, se hacía sin mediar contacto directo entre quien entregaba y quien recibía el dinero.

—Entiendo.

—Era lo usual. Todo se basaba en la confianza mutua que reina entre delincuentes, y la que al ser traicionada se paga con la vida.

—Siniestra historia, jefecito, al pobre cantante lo harían mortadela si lo pillaran...

—Así es, Suzukito. Como Mancini murió antes de viajar a Miami —agregó Cayetano—, el correo de la droga pensó en el Waldorf Towers que el maletín del cantante, que se hallaba en la misma habitación reservada por Mancini, correspondía a este último, y depositó el dinero en ella.

—¡Puchas, jefecito, es más de lo que yo podría imaginar!

—No, si lo revisas bien, era muy lógico.

—¿Y Bobby Michea está al tanto de todo?

—Estoy convencido —precisó el detective—, y es el único que puede ayudarnos a salvar al cantante de la muerte, por lo que tendré que visitarlo en la cárcel.

2

Bésame, bésame mucho
como si fuera esta noche
la última vez,
bésame, bésame mucho,
que tengo miedo a perderte,
perderte después.

de *Bésame mucho*
Consuelo Velásquez

«¡Damas y caballeros!, respetable público de los cinco continentes que se dan cita en nuestra isla: en el siguiente número del fabuloso espectáculo al aire libre bajo las estrellas del Tropicana, el cabaret más bello del mundo, nos complacemos en presentar a un intérprete del bolero que emprende rutilante vuelo en nuestra América, a una voz varonil que acaricia y sugiere, que hace palpitar intensamente los corazones y los arrastra al amor con el que todos soñamos. Basta de palabras, damas y caballeros, aquí con ustedes, directamente desde Lima, una de las capitales mundiales del bolero, tengo el honor de presentar nada más y nada menos que a... ¡Angelito... King... Cubillas!».

Aplausos. Explosión de metales y tambores en medio de la noche trémula. Los reflectores resbalan enloquecidos sobre el escenario hasta hallar a Plácido del Rosal, quien, bañado ahora en luz radiante, emerge sobre las tablas esbozando bajo su bigote falso una amplia sonrisa de dientes grandes. Todo es prestancia y ritmo en él, nada delata el dolor que lo corroe. Se ha peinado a la gomina, los cabellos hacia atrás como solía hacerlo Carlos Gardel, y viste traje oscuro, camisa alba con humita, y en su mano derecha lleva una rosa.

A pasos cortos y con los brazos en alto ocupa el centro del escenario, incitado por el sonido prístino de metales y tambores, el mensaje hueco de las claves y el toque seco del cencerro bajo el cielo perfumado. Sonríe y se mueve sensualmente, atento a la entrada que le indica el piano. Y pese al encandilamiento de los reflectores y al estruendo de la orquesta, desliza sus ojos inquietos por los escotes profundos y los labios pintados de aquellas mujeres que lo contemplan expectantes, por entre los hombres que disfrutan largos habanos junto a un vaso de ron, sin ser capaces de disimular su ansiedad por ver aparecer a las esculturales bailarinas sobre las tablas.

Y su voz, la voz del falso Angelito King Cubillas, se adueña de pronto del cabaret con una fuerza y un timbre a lo Bienvenido Granda que estremece a más de alguna europea en busca de la compañía temporal de un mulato de caderas ágiles y sonrisa fácil antes de regresar a la monotonía gris de Francfort, Ottawa o Zurich. Sólo a retazos distingue los rostros de quienes atestan aquella cálida noche el Tropicana, mas eso le basta para cerciorarse de que está llegando, de que está cautivando con el bolero *En una noche así,* de Ernesto Lecuona. Ni siquiera el temor a ser identificado, bajo el bigote blanco y las sienes cenicientas, le espanta esta noche, una noche terrible, pues si bien le han contado que Paloma Matamoros huyó con su hijo en una balsa, ignora si logró cruzar sana y a salvo el estrecho de la Florida.

Huele la aprobación en el aire mientras canta. Y tras el primer bolero, el público lo premia con una ovación tan cerrada que hiere los oídos y confunde a los pájaros que duermen en los árboles del Tropicana, con lo que despiertan y sueltan sus cantos de la madrugada. No, no está soñando en su fría y húmeda vivienda de Valparaíso. No, hoy triunfa en el mejor cabaret de La Habana, sobre las mismas tablas en que en el pasado actuaron artistas de la talla de Leo Marini, Nat King Cole, Lucho Gatica, Olga Guillot Bola de Nieve.

Ahora brinda «ay, si tienes alma de quimera, lo que más me desespera es saber que no me quieres y me dejas que te quiera», una canción que escuchó por primera vez en la voz de Bienvenido Granda, acompañado de la Sonora Matancera, y al cantar avanza hasta el borde del escenario con el ánimo de echar un postrer vistazo a las mesas del fondo en busca del fantasma de Paloma. Necesita su rostro de niña y sus ojos verdes para saber si aún goza con los boleros, quiere rogarle que confíe en él, repetirle que la llevará lejos, adonde ella desee y puedan disfrutar lo que el destino ha puesto en sus manos.

Y mientras canta, reconoce a varias bailarinas sentadas entre el público. Beben con extranjeros que las abrazan y manosean sin disimulo. Actúan en escenarios y lechos, aumentando así sus escuálidos salarios. Y mientras su voz brota con aquel acento sensual, Plácido busca también entre las bambalinas, bajo los cocoteros y las ceibas, pero sólo divisa a los extenuados integrantes de la orquesta de mambo, a los estrepitosos faranduleros, a la tradicional Conga de Jaruco y al bailarín maricón de guaguancó, que se pinta las cejas.

Un dolor agudo le oprime el pecho al constatar que la mulata nunca más volverá. Recibe estruendosos aplausos por su segunda interpretación, pero el reconocimiento no le reconforta, necesita a Paloma. Y ahora canta aquella joya de Agustín Lara, ¿Por qué ya no me quieres? Y cuando entona con toda el alma «¿por qué ya no me nombras?, ¿por qué ya no me besas?, ¿por qué, con mis tristezas, siempre solo he de vivir, pensando, pensando sólo en ti?», teme que se le quiebre la voz y se eche a llorar.

Y de pronto, entre la masa del público, que ha dejado de beber y conversar para escucharlo con arrobo, avizora, bajo un caprichoso haz de luz, los ojos verdes, la boca ancha y carnosa y el nacimiento de los senos turgentes de Paloma. El corazón le da un vuelco y le palpita con fuerza. Mira una vez más, pues no logra dar crédito a sus ojos. ¡Y ella está allí! ¡No ha dejado la isla, ni está detenida! Aún cree en él, sólo por eso puede estar ahí. Entonces con un susurro ronco, pero melodioso, comienza a entonar: «Atiéndeme, quiero decirte algo que quizás no esperes, doloroso tal vez, escúchame, que, aunque me duela el alma, yo necesito hablarte y así lo haré».

Pero cuando los reflectores vuelven a juguetear por entre el público y se posan un instante sobre Paloma Matamoros, el bolerista descubre a su lado a un hombre rubio y nervudo, de una belleza fría y distante, que sonríe satisfecho. ¡La sangre se le congela! Sin cesar de cantar, contempla una vez más a Paloma y le parece que su acompañante acaricia ahora su mano y le susurra algo al oído, y ella sonríe y él aprovecha su alegría para estamparle un beso furtivo en el cuello, y Plácido sigue entonando, pero ya sin fuerza, casi sólo con un sollozo, «nosotros, que nos queremos tanto, debemos separarnos, no me preguntes más».

Adolorido y triste, porque imagina que las manos de Paloma se enlazan debajo de la mesa con las de aquel hombre, vuelve a escudriñar el rostro del rubio. Y al descubrir sus intensos ojos azules y sus pómulos marcados, se estremece por completo y su voz se esfuma, pues intuye que finalmente el círculo fatal se ha cerrado en torno a él.

3

—Hotel Waldorf Towers, de Miami Beach —murmuró Cayetano Brulé en medio de la sala desierta—. Conozco a un hombre que encontró muchos verdes en su valija. ¿Le dice algo todo eso?

Bobby Michea lo miró con desconfianza desde su asiento en la lóbrega cárcel de Valparaíso. Fornido, moreno y cejijunto, era la fiel estampa del padre. Cruzó las manos sobre la mesa y luego posó sus ojos en la gabardina del detective.

—No entiendo de qué habla —dijo al rato, hastiado y chasqueó la lengua contra los dientes. Llevaba una chaqueta gruesa y una camisa blanca con el cuello abierto.

—Me miente —advirtió Cayetano con frialdad. Hizo una pausa y extrajo un cigarrillo, que encendió y aspiró sosegado—. ¿Se sirve uno? —Michea rechazó la oferta con la cabeza—. Estoy hablando de un hombre que encontró millones en su maleta.

—No entiendo a qué se refiere —insistió Bobby Michea. Profundas ojeras azules empequeñecían sus ojos, y en la frente le palpitaba una gran vena horizontal—. Estoy detenido por una confusión. —¿Quién lo dejó entrar a usted sin más ni más? ¡Guardia! —gritó.

—Cálmese —dijo Cayetano en voz baja—. Nadie vendrá. Yo participé en su detención y dispongo de pruebas suficientes para demostrar que usted manejaba el asunto de los caballitos y que tenía hasta un taller en su casa para ocultar la droga. ¡Usted estará a buen recaudo por años!

—Eso lo veremos —replicó Bobby. Sus mejillas se encendieron—. Alguien utilizó la empresa de mi padre para exportar droga. El objetivo es claro: destruir su carrera. Pero todo se aclarará y saldré libre de polvo y paja.

Cayetano se rascó la calvita en silencio y se acomodó los anteojos. El frío de la mañana le calaba los huesos. Dijo con una tranquilidad que en un inicio pensó no era de él:

—No creo que su padre venga a dar con su humanidad a la cárcel, pero como confío en la justicia chilena, pienso que la situación suya sí es muy complicada.

—Usted es extranjero, ¿no es cierto? —preguntó el joven acariciándose la barbilla—. ¿Centroamericano?

—Norteamericano de adopción, cubano de nacimiento. —Como buen gringo, es ingenuo, y como cubano conoce la corrupción —sentenció el joven con sonrisa cínica—. ¿Es de los que todavía se tragan el cuento de que no existen playas privadas en Chile? ¿Y el de que todos somos iguales ante la justicia? Por favor, no me haga reír.

—Déjese de boberías, Michea, atiéndame —aclaró Cayetano elevando la voz—. Mi cliente quiere devolver el dinero...

La sonrisa burlona desapareció abruptamente del rostro mal afeitado del joven. Clavó sus negros ojos de nortino en los de Cayetano.

—Entregaría todo de vuelta, a cambio de que lo dejen en paz —continuó el detective con parsimonia. Apenas se percibía su voz emergiendo bajo el bigote—. ¿Puede darle garantías?

—Ya es tarde —dijo Bobby y se puso de pie y comenzó a pasearse por el pavimento de la sala de visitas. Era un ambiente sórdido y de ecos perturbadores. De algún lado goteaba una cañería—. Ya venció el plazo.

—¿Qué quiere decir con eso? Volvió a sentarse.

—Desde hace unos días sus cazadores trabajan para otra persona —aclaró en voz baja—. Ahora esa persona está fuera de mi alcance. Ella se encargará de recuperar el dinero a través de los cazadores, cosa que se tornó fácil, pues ya sabe que su cliente anda en Cuba.

—¿Qué le harán? —Imagíneselo —musitó mirándolo fijo. —El dinero no le pertenecía a usted, ¿verdad? —susurró Cayetano—. ¿Quién es el dueño? —Aunque lo supiera, no podría decírselo. —Puede significar su salvación.

Michea resopló como un perro viejo sin amo y meneó la cabeza.

—Mientras calle, hay esperanza —precisó muy bajo—. Si hablo, soy hombre muerto. A final de cuentas, también soy una víctima.

Cayetano entendió todo de golpe. Preguntó:

—¿Y no hay forma de ubicar a esa persona tan importante?

Sacudió la cabeza varias veces y extrajo un Lucky Strike de la cajetilla que el detective había dejado sobre la mesa.

—Ya le dije todo lo que podía decirle.

Cayetano lo vio encender el cigarrillo con manos temblorosas. Su rostro se recortaba contra la única ampolleta de la sala.

—¿Y qué puede hacer mi cliente?

—Desaparecer o de lo contrario lo van a matar —afirmó con mirada ácida—. Ya no hay diálogo posible. Pensarán que es un truco, que está arreglado conmigo. En este oficio los errores se pagan con la vida. Lo perseguirán hasta el fin del mundo.

—Hay algo que no me queda claro —añadió el detective golpeando el cigarrillo. La ceniza se desplomó sobre la mesa y él la sopló—. ¿Por qué usted no comunica nuestra oferta a esa persona? Si mi cliente devuelve lo que resta, que es bastante, sería un excelente arreglo para todos.

—Ya no hay contacto posible —insistió Michea con la vista baja y guardó silencio. El caño seguía goteando. Alzó los ojos muy lentamente. Dijo al rato—: Ellos asesinaron a Dunia.

—¿Qué dice? —exclamó Cayetano con escalofrío—. ¿Está seguro?

—Fue una advertencia. Así actúan. Si no hallan a su cliente, continuarán conmigo o con mi padre, el hotel o la fábrica.

Cayetano Brulé se despojó de sus anteojos y se restregó los párpados resoplando. Volvió a calzárselos.

—Entonces usted no fue al funeral de Dunia Dávila por miedo a que lo asesinaran, ¿no es cierto?

Michea asintió en silencio. Una lluvia cerrada comenzó a tamborear sobre el techo de latas de la sala de visitas. Permanecieron callados escuchando.

—Tengo una última pregunta —dijo Cayetano al rato—. Y me interesa que me la conteste honestamente, sólo para mi información personal. ¿Es cierto que su padre ignoraba todo este asunto o usted está haciendo de cabeza de turco para salvar su carrera política?

El joven se contempló las uñas por unos instantes.

—¿Sabe, señor Brulé? —musitó con voz ronca y una mueca a modo de sonrisa—. Dedíquese mejor a lo suyo. Dígale a su cliente que si devuelve el dinero, se lo aceptarán gustosos, pero a los pocos días lo ejecutarán para aleccionar a todo el ambiente.

4

A Virgilio Castilla lo despertó la presión de un filo muy frío contra su garganta. Abrió los ojos y, en la oscuridad, más allá del mosquitero, vislumbró la silueta de un hombre hincado junto a él, que portaba una navaja. A su derecha roncaba Leticia, rendida tras una jornada de interminables colas para conseguir pan, chícharos y arroz.

—¿Dónde está el cantante? —susurró el hombre posando una palma de hierro sobre los labios de Virgilio. Su voz se confundía con el sonido de las aspas del ventilador chino.

El poeta creyó que aquella palma lo asfixiaría. En la oscuridad y sin sus espejuelos, apenas alcanzaba a divisar los contornos imprecisos de una cabeza pequeña perfilándose contra la tenue claridad que se filtraba por la ventana.

—¿Dónde está el cantante? —insistió el hombre.

La navaja le hincaba ahora en la yugular. Era un punto fatal. Lo conocía de su época de guerrillero, de cuando integraba la columna rebelde del comandante Camilo Cienfuegos y sorprendía y neutralizaba así a los casquitos batistianos. Ahora el metal se le incrustaba en la piel. ¿Qué podía decir? Plácido se había marchado repentinamente, tras cancelar todos sus gastos y dejar en un platillo quinientos dólares, diez Lanceros y una acuarela Pelikan. Los habanos alcanzarían para veinte días de sobremesa, los dólares para comprar arroz y pollo en el mercado negro durante cuatro meses, y los colores para que su mujer pudiese pintar toda una vida.

—Se fue. Se marchó hace tres días —musitó Virgilio Castilla y cerró los ojos.

La navaja intensificó la presión.

—¿Adónde?

Se dijo que no era la Seguridad del Estado cubana. No era su estilo. Los policías acostumbraban a actuar a plena luz del día, sin importarles testigos, haciendo ostentación de la impunidad. ¿Pero por qué el cantante romántico le había ocultado algo tan delicado como el hecho de que era perseguido?

—No sé —murmuró el poeta. Su cuerpo comenzaba a bañarse en sudor, como si fuese mediodía—. Desapareció así nomás.

—¿Adónde fue?

Su mujer hablaba en sueños. Posiblemente despertaría al día siguiente empapada en su sangre ya fría.

—Desapareció simplemente —dijo tratando de descorrer el mosquitero—. Hace tres días.

—¡Quieto, mi amigo, quieto!

—Se lo juro, hace tres días y no sé adónde fue.

El hombre guardó silencio por unos instantes. Afuera cruzó tronando una caravana de camiones. El Ejército nuevamente, pensó el poeta. Se prepara desde hace treinta años para la invasión anunciada por el máximo líder, que jamás tendrá lugar. El futuro de nuestra isla no es ser invadida, sino quedar deshabitada.

—¿Cómo llegó a tu casa? —Por recomendación de un taxista. —¡Dame sus señas! —Sinecio Candonga —respondió. No pudo reprimir un temblor de sus miembros.

—¿Dónde puedo hallarlo? —insistió la voz—. Piénsalo bien. Si mientes, volveré a conversar directamente con tu mujer.

—Era el dueño del De Soto que tengo parqueado afuera —dijo el poeta de corrido—. No lo encontrará, huyó en balsa.

Volvió a sumirse en el silencio de la noche tropical, sin soltar el cuello del poeta.

—¿El cantante dejó algo aquí? ¿Una maleta, un bolso?

—Nada. Revise su pieza y se convencerá.

—¿Te pagó?

—Más de lo que debía.

—Ni se te ocurra moverte, que vuelvo en el acto —amenazó al rato en un susurro. Virgilio Castilla sintió que el hombre retiraba la navaja de su pescuezo y se deslizaba como un felino fuera de la habitación. Amanecía.

5

El aeropuerto internacional José Martí de La Habana está —al igual que todas las mañanas de domingo— atestado de pasajeros extranjeros y de cubanos que concurren a despedirlos en medio de escenas desgarradoras. Policías de civil, que pese a sus guayaberas, safaris y grandes anteojos ahumados no logran pasar inadvertidos, deambulan con ojos vigilantes y oídos atentos por entre los grupos que se forman ante los mesones de las líneas aéreas.

Paloma Matamoros se aferró con desesperación al cuerpo del Suizo y besó varias veces su rostro tenso y preocupado. Las mejillas del hombre quedaron tapizadas con las huellas de un lápiz labial delicadamente rosado.

—¡Si no vuelves, me lanzaré al mar como sea! —balbuceó ella en la oreja de Max. No cesaba de acariciar su rostro apuesto con ambas manos y de restregarse contra su cuerpo fibroso, como si de esa forma pudiera marcharse con él—. Si me abandonas, me lanzo al mar con mi hijo.

El Suizo calzó aquella cintura de avispa con una de sus manazas y la arrimó aún más hacia él, sintiendo que ella se estremecía como un pájaro aterrado. La piel ahora bronceada de Max destacaba con fuerza sus ojos de azul intenso y su cabellera rubia y lacia.

—Espérame, son tan sólo dos semanas —atinó a decir, ya que la tristeza ceñía su garganta—. Ya verás que en tres domingos apareceré nuevamente en tu vivienda de La Habana Vieja y nos casaremos y nos marcharemos de Cuba. ¡Créeme!

La mulata necesitaba creerle, pero no lo lograba. Eran demasiados los hombres —desde Yuri Simonov, su primer y único amor— que le habían prometido que retornarían para llevársela muy lejos, mas con el transcurrir del tiempo su existencia se había convertido en una espera irresistible.

A Max le había brindado todo cuanto él deseaba, y le había enseñado a hacer el amor como ni siquiera lo había soñado en toda su vida. Incluso había llegado al extremo de relatarle detalles de su singular experiencia con el cantante de boleros y su contradictoria personalidad. Algo inusual, ya que nunca solía comentar las intimidades de sus clientes. Hasta había llegado a revelarle a Max que Plácido no era peruano, sino chileno, y que vagaba por el mundo con documentos falsos.

Por unos instantes la mulata había sospechado que Max andaba tras las huellas de Plácido y que sólo había caído en la cuenta de que el cantante del Tropicana era la persona que buscaba gracias a sus comentarios. Debía existir algún motivo serio para una persecución de ese tipo y para que Plácido viviera asustado y hubiese desaparecido de la isla, pero prefirió dejar de especular sobre asuntos de extranjeros, que de por sí no comprendía, y concentrarse en su vida y en la posibilidad de abandonar para siempre Cuba. Ahora la laceraba que Max, al igual que Yuri o Plácido, emprendiese el vuelo con la promesa en los labios de que volvería.

El tercer llamado de Ladeco interrumpió sus reflexiones y temores. El Suizo le estampó de pronto un último beso —largo, eléctrico y jugoso— en lo más profundo de su boca y fue como si le introdujera un pez en ella. Aquel beso no le despertó las pasiones que le había desatado en la cuartería de La Habana Vieja o la habitación del Habana Libre, sino que la dejó sumida en la más profunda de las soledades de su vida.

—Espérame —alcanzó a pronunciar el Suizo, sonriéndole con su mirada azul, ahora húmeda, antes de desaparecer tras la caseta de Inmigración.

6

Tanto tiempo disfrutamos este amor
nuestras almas se acercaron tanto así,
que yo guardo tu sabor
como tú llevas también
sabor a mí.

De *Sabor a mí*
Álvaro Carrillo

Cuando el cantante romántico ingresó aquella tarde a la galería comercial donde se halla la recepción del hotel Prat, en pleno centro de Valparaíso, se cercioró a través de las vidrieras y los espejos de que nadie lo seguía.

—Necesito una habitación por un par de días. Con ducha, televisión y teléfono —dijo al recepcionista fingiendo una leve sonrisa bajo sus bigotes blancos. La Habana y Paloma Matamoros, la mujer traidora, habían quedado atrás para siempre. Ahora lo corroían la soledad del despechado, el temor a ser descubierto y el intenso frío de su ciudad natal.

El empleado lo examinó con desconfianza. Le resultaba sospechoso que aquel hombre tostado, de sombrero tropical, terno claro y corbata ancha, anteojos ahumados en pleno invierno, cargando una gran maleta Samsonite, estuviese interesado en una habitación. ¿No se tratará de un suicida?, pensó inquieto.

—¿Hay habitaciones libres? —insistió Plácido del Rosal con impaciencia.

—Claro que sí. Su nombre y carnet, por favor —respondió el recepcionista paseando su mirada por la galería.

Extrajo de su chaqueta el carnet de identidad y, con las manos enlazadas sobre el mostrador, esperó a que lo apuntaran en el libro de registros.

—Sabe —agregó antes de que el otro terminara de copiar los datos y deslizó un billete de cinco mil pesos sobre el mesón—. Anote mejor Raúl Covarrubias y olvídese del primer apellido.

El hombre, de ojos aindiados y malas pulgas, levantó la cabeza con un gruñido, aireando el carnet entre sus dedos. Llevaba una chaqueta verde desteñida, en cuyo bolsillo superior destacaban unas letras bordadas en hilo de oro con las siglas del establecimiento.

—Me complica, jefe, me complica —advirtió—. Si lo notan, tengo problemas. Usted bien sabe que aquí los alojamientos se informan a la autoridad.

El cantante colocó otro billete de cinco mil en el mostrador.

—Bueno, tenga —accedió finalmente el recepcionista entregándole una llave amarrada a un trozo de madera—. Pieza número 21.

Un botones se hizo cargo del equipaje y de guiarlo hasta la habitación.

—¿Viene solo el caballero? —preguntó mientras subían en el antiguo ascensor de jaula.

—Así es —repuso Plácido del Rosal.

La puerta se abrió ofreciendo un pasillo alfombrado de puntal alto. En la pieza, que olía a naftalina, al cantante le bastó un vistazo somero para situarse en el lugar: a la izquierda se encontraba el baño, a la derecha, formando un estrecho pasillo y casi oculto por la puerta de acceso, un enorme clóset de puertas de corredera. Al frente se extendía la habitación misma, con televisor y teléfono, cortinas gruesas y paredes pintadas de verde.

7

Cayetano Brulé se encontraba solo en su oficina saboreando un café y unas sopaipillas pasadas de la pequeña fuente de soda Bosanka, cuando recibió el telefonazo del cantante romántico.

—¿Dónde está? —preguntó ansioso—. Lo busco con desesperación desde hace semanas y nadie sabe de usted ni en la cafetería del hotel Inglaterra. ¿Dónde está ahora?

—En Valparaíso —respondió con desparpajo—. Y Sinecio Candonga en Miami.

—¿Qué? ¿Usted está aquí, en la ciudad?

—En Valparaíso de nuevo —aclaró—. Paloma me traicionó. Es una mala mujer. Mala mujer, no tiene compasión —agregó entonando el son de Morrillas y

Carmona—. ¿Conoce esa canción de la Sonora Matancera?

Cayetano lanzó un bufido cargado de humo. Plácido parecía no entender nada. Las mujeres, el clima y el alcohol habían terminado por perturbarlo en el Caribe. Era de prever, se dijo, no hay chileno que sobreviva en Cuba mucho tiempo sin sufrir efectos dramáticos.

—¡Déjese de comer gofio! —alegó irritado a la vez que engullía de un tarascón media sopaipilla—. Pero dígame, ¿dónde diablos está usted ahora?

—No se preocupe por mí. Me va muy bien. Mañana quiero verlo en cierto lugar de la ciudad.

Dejó de lado el plato de sopaipillas y encendió un Lucky Strike.

—¡Usted juega con su vida! —advirtió—. Sus perseguidores lo saben todo. Tenemos que vernos de inmediato o lo van a liquidar.

—¿Conoce el hotel Prat de Valparaíso? —prosiguió el cantante con una calma que sacaba de quicio—. Lo necesito allí mañana.

—Atiéndame. Tenemos que vernos ahora mismo, tenemos que hacer una oferta. Tengo todo claro. La cosa está que arde para usted.

—Ya me enteré de todo por los periódicos —respondió lacónico—. Y lo felicito. Hizo un gran trabajo. Ahora debe llevarlos a todos a la cárcel.

—La cosa es muy seria —alegó Cayetano poniéndose de pie—. En fin. ¿Aún es partidario de la oferta para olvidar el asunto? Le recomiendo hacerlo para salir con vida de esto. ¡Los afectados son gente muy, pero muy peligrosa!

—Mañana lo aguardaré en el hotel —continuó el cantante—. Pregunte por la habitación de Covarrubias. A las siete de la tarde en punto.

—¡Oiga! —volvió a gritar el detective y gesticuló con impotencia—. Si todavía quiere que continúe con su caso, entonces obedézcame. Ocúltese y no se exponga. Ellos ya se enteraron de su paso por la isla. Deben estar pisándole los talones. ¡Y estoy hablando nada menos que de la mafia!

—Eso ya lo sé gracias a la prensa —repuso—. Creo que mi salvación es estampar la denuncia ante la policía. ¡Denúncielos ahora a todos, pero hasta las últimas consecuencias!

—Oiga...

—Mañana a las siete en punto, no lo olvide.

8

Cinco minutos antes de las siete de la tarde, Cayetano Brulé cruzó a paso rápido la galería Condell, y preguntó en el mesón del hotel por la habitación de Covarrubias.

En tanto el recepcionista revisaba los registros, el detective se cercioró de no tener sombra. Se había lanzado a la calle una hora antes, dando varios rodeos para despistar a eventuales seguidores y estaba seguro, por los chequeos realizados, de que nadie lo espiaba.

—Pieza 21, cuarto piso, señor —dijo el recepcionista e indicó hacia el ascensor de jaula.—. El hotel ocupa las plantas número cuatro, cinco y seis. Es mejor subir por el ascensor.

Cayetano prefirió la escala. Trepó los peldaños alfombrados y alcanzó el cuarto piso sin aire. Se dio un breve respiro en un sillón y luego cruzó un pasillo verde bañado por una luz mortecina que desdibujaba los contornos. En un dos por tres dio con la habitación y pegó su oído a la puerta. No escuchó nada. Golpeó y aguardó expectante. El rumor de la ciudad llegaba apagado hasta allí.

Esperó unos segundos, que le parecieron una eternidad y volvió a golpear, esta vez con vehemencia. El piso rechinó bajo sus pies. Escuchó toses y luego el fluir del agua de un estanque.

—Plácido —susurró y sus labios besaron la madera pintada de blanco. Volvió a tocar.

—Plácido.

Alguien se duchaba. Cayetano posó su mano sobre la manilla de la puerta y la presionó. La hoja cedió y chirrió estremeciéndolo. Adentro reinaban sólo oscuridad y silencio.

—Plácido —susurró una vez más al entrar.

Cerró con cautela a su espalda mientras el corazón le palpitaba con furia. Buscó instintivamente su Tanfoglio y recordó que se la habían robado en el cerro Polanco. Arrimando el hombro a una pared, avanzó unos pasos, pero su respaldo desapareció sorpresivamente y Cayetano se desplomó con estruendo.

Logró aferrarse a un trozo de tela, que cayó sobre él y lo cubrió. Adoptó la posición fetal anticipándose al ataque, pero nadie se abalanzó sobre él. En el cuarto seguían imperando la calma y la oscuridad. Azorado, se despojó lentamente de la tela, era un impermeable, y se irguió buscando a tientas un interruptor.

No tardó mucho en descubrirlo. Una lámpara iluminó tenuemente el cuarto desde el cielo raso y a dos pasos de él, arrimado a la cama deshecha, vio a un hombre tendido de bruces en medio de un charco de sangre. Una frazada cubría su cabeza.

—¡Plácido, coño! —exclamó con un nudo en la garganta.

Se arrodilló. Había recibido un balazo en la parte posterior del cráneo y otro en la espalda, a la altura del corazón. Descorrió la frazada y volteó el cadáver. El espanto aún se reflejaba en los ojos intensamente azules del Suizo.

9

Cayetano Brulé cruzó presuroso la galería comercial y salió a la lluvia de la calle Condell. Necesitaba un teléfono y lo encontró en un centro de llamados repleto de gente. ¿A quién llamaban tanto estos chilenos? Esperó a que una muchacha terminara de pololear y ocupó el aparato. Nervioso marcó el número de la oficina. Suzuki contestó enseguida. —Soy Cayetano. Acaban de secuestrar al bolerista.

—¡Ave María! —exclamó Suzuki—. ¿Y ahora?

—Te necesito urgentemente con el Lada. Espérame lo antes posible frente a la Parrilla de Pepe, en la Pedro Montt. ¿Ubicas el restaurante?

—¡Cómo no, jefecito! Ahí se baila tango y se comen buenos burros. Voy ahora mismo.

Colgó y hojeó con desesperación la guía telefónica.

—¡Si vas a comenzar a leer la letra chica con esos anteojos, mejor sueltas el teléfono, que para eso es público! —comentó un hombre a su espalda. Olía a vino del malo, llevaba gorra de lana y un bolso de plástico por el que asomaba una escuadra.

—¡Te vas a tener que aguantar un tantico, mi hermano, si no quieres bronca, que yo tengo los timbales bien puestos, soy comecandela y no quiero acriminarme contigo un jueves por la noche! —bravuconeó Cayetano sin dejar de hojear la guía.

El hombre soltó una imprecación en contra de los venezolanos y sus telenovelas y le viró la espalda murmurando.

Echó una nueva moneda en el aparato y discó. Una amable voz femenina, que se identificó como Claudia, anunció que estaba conectado con TNT.

—Mira, Claudita —dijo el detective—, necesito hablar ahora mismo con Óscar Knust, que es el que ronca ahí. Dile que es de parte de Cayetano Brulé, viejo socio de él.

—¿Y él lo ubica a usted?

—Si aún no se lo consume la arteriosclerosis, seguro.

—Un minuto, por favor.

Lo dejaron aguardando inmerso en una música insípida.

Había conocido a Óscar Knust en una recepción ofrecida por su antiguo cliente Carlos Kustermann, un acaudalado empresario de Viña del Mar, para quien había esclarecido con éxito el asesinato de su único hijo.

—¡No tengo plata, por si acaso! —resonó aguda y perspicaz la voz del ejecutivo en el auricular.

—Ni la necesito —repuso el detective—. Pero ando en busca de una información y con toda celeridad.

—Se supone que ésa es nuestra especialidad.

—El 7 de abril pasado, un mensajero tuyo me entregó en casa un sobre muy importante. Y ahora necesito saber quién envió ese sobre y desde dónde.

—Espera, espera —suspiró el jefe de TNT.

Lo escuchó teclear en un computador.

—Ya pos, bigote —insistió el hombre del bolso con escuadra—, cómprate un celular, mejor.

—¿El 7 de abril te entregaron esa carta?

—El 7 o el 8, o el 9, da lo mismo —aclaró Cayetano, sintiendo que las sienes le latían con fuerza. Se acomodó los espejuelos y comenzó a atusarse el bigote.

—No, no hay nada con tu nombre en todo abril —afirmó Knust desconcertado y eructó.

—¿Estás seguro de que no aparezco como receptor de correspondencia en abril? —inquirió Cayetano carraspeando.

—Absolutamente. En la pantalla no apareces. ¿Recibiste la carta a tu nombre?

—Sí.

—Imposible —insistió Knust—. Y es más, en el transcurso de este año no figuras para nada en nuestros registros. ¿Algo más, mi amigo?

10

Cayetano Brulé aguardó bajo las ramas cimbrantes de un acacio. Un microbús con escape libre cruzó enloquecido la avenida Pedro Montt y salpicó su gabardina con agua. Luego el bocinazo de Suzuki lo sacó de sus reflexiones. Abordó el Lada a la carrera.

—Al cerro Polanco —ordenó—. Y a todo lo que dé este motorazo. La mafia tiene en sus manos al cantante y creo saber adónde lo llevan.

Suzuki apretó a fondo el acelerador y el coche dio un par de sacudidas antes de emprender la marcha. Varios buses lo sobrepasaron escupiendo densas nubes negras. Inmutable, Suzuki avanzó por la principal arteria de Valparaíso, alcanzó la avenida Argentina y se internó por el atestado pasaje Quillota.

—Apúrale, Suzukito, carajo —gritó Cayetano mientras las ruedas del Lada mordían los adoquines de la empinada y sinuosa calle que los conducía a la cima del cerro Polanco.

Diez minutos más tarde se detuvieron en la intersección de las calles Carlos Antúnez, que ciñe al cerro como un cinturón, y Simpson, que muere en la parte plana de Valparaíso.

—Espérame en la entrada del túnel del ascensor, que está al pie del cerro —ordenó Cayetano a su ayudante antes de dejar el vehículo. Abajo resplandecía inmensa la ciudad—. No te muevas de allí por ningún motivo. ¿Entendiste?

—Estaré allá en cuanto logre estacionar, jefecito —respondió Suzuki serio—. Pierda cuidado.

Bajó a la carrera por el centro de Simpson, una angosta callejuela de adoquines, a esa hora desierta, hasta llegar a Cirujano Videla. Contempló la casa verde que hacía esquina y que estaba a oscuras. A su espalda la torre del ascensor se erguía contra el cielo negro. Más abajo divisó el local donde semanas atrás había ordenado un sándwich y café con leche.

Se arrimó a la puerta. Una plancha de bronce anunciaba el nombre de Hipólito López. Estaba entornada. Presionó la hoja e ingresó a la vivienda. Vagó a tientas hasta encontrar un interruptor y prendió la luz.

Se hallaba al comienzo de un pasadizo que desembocaba en una pequeña cocina de baldosas verdes. Avanzó en puntillas, arrimado a una pared. A un costado se arrumbaban cajas de cartón con efectos electrodomésticos.

—¿Hay alguien? —preguntó arrastrando los pies hasta situarse frente a una puerta.

Hizo girar el pomo y abrió. La luz del pasillo cayó oblicua sobre el piso de la habitación. Encendió la luz y, junto a las patas de una mesa, descubrió el cuerpo de un hombre que yacía de bruces en un gran charco de sangre.

—¡Por lo que tú más quieras, Yemayá! —exclamó Cayetano Brulé, conmocionado y se arrodilló.

Tenía dos impactos de bala en el homóplato izquierdo.

Volteó el cuerpo y al examinar el rostro del muerto descubrió que se trataba del mensajero que meses atrás le había entregado la carta enviada por Plácido del Rosal.

11

—¡Está más muerto que una piedra pómez! —musitó Cayetano tras ponerse de pie.

Con el dorso de la mano el detective rozó las tazas, aún tibias, y hurgó en los bolsillos del cadáver. Halló nada más que una billetera sin documentos y con cinco flamantes billetes de diez mil pesos.

—A éste también le dieron agua con un silenciador —comentó mientras husmeaba por las habitaciones contiguas.

Estaba tenso y al borde de la desesperación. La mafia había secuestrado al cantante y seguramente lo conducía al escondrijo del dinero. Si Plácido del Rosal lo revelaba, estaba condenado a muerte.

En el dormitorio de la casa, estrecho y maloliente, detectó indicios de un registro: la puerta del clóset, llena de maletas y diarios viejos, permanecía abierta. Intruseó en las maletas, estaban repletas de diarios amarillentos y azumagados.

—Vaciaron una valija de periódicos para llevársela —concluyó con calma.

Volvió al pasillo y se encaminó a la cocina. Allí las huellas de barro eran más claras. Encontró una mampara que conducía a un patio apenas iluminado por un farol callejero.

Salió a un estrecho patio fangoso, encerrado por latas de zinc, en cuyo fondo se levantaba un gallinero.

Avanzó hacia él entre los charcos y traspuso su puerta a la luz de un fósforo. Estaba deshabitado. A un costado halló una excavación de regular tamaño y dos palas.

—¡Lo que desenterraron, se lo acaban de llevar en la valija! —masculló volviendo a la cocina.

Una vez fuera de la vivienda, entornó la puerta tras de sí y contempló la calle Simpson. Escudriñó los alrededores, convencido de que los asesinos andaban aún cerca. De pronto escuchó ruido de pasos. Provenían de lo alto. Miró hacia la torre del ascensor. No vio a nadie. Picado por la curiosidad, se decidió a subir hasta el puente metálico que conduce desde la ladera del cerro a la torre. Abajo la ciudad era sólo un rumor luminoso.

Mientras caminaba por el puente, atento a los ruidos de la noche, escuchó que el carro del ascensor llegaba al nivel del puente, su estación más elevada. Escuchó con claridad que alguien abría su puerta y volvía a cerrarla para emprender el descenso.

—¡Por tu madre! —exclamó eufórico—. ¡Son ellos! ¡Acaban de entrar al ascensor!

Echó a correr en dirección al cerro, con los patios secos y los techos despeinados bajo sus pies. Tenía que alcanzar el segundo nivel del ascensor antes que el carro. Dejó el puente y voló crispado sobre peldaños y adoquines, y llegó jadeando al nivel intermedio de la torre, la que a partir de allí se hunde en las entrañas del cerro.

—¡Maldición, acaba de pasar! —exclamó Cayetano.

A través de los intersticios de la pared pudo ver el resplandor del vagón sumergiéndose con ruido de goznes y chirridos en las tenebrosas y gorgoteantes entrañas del cerro. Ya carecía de sentido perseguir al carro, jamás le daría alcance.

Pulsó el botón de llamada insistentemente. Su única alternativa consistía en lograr que el carro subiera y volviese a bajar de inmediato con él. Así tendría al menos la posibilidad de perseguir a los asesinos antes de que abandonaran el túnel. Percibió un rechinar de fierros, era el ascensor que subía.

Un hombrecillo de chaqueta gruesa y gorrito de lana con dos estrellas doradas emergió abriendo la portezuela.

—Tranquilo, que esto no tiene acelerador como los autos —advirtió—. Trabajo desde hace veinte años aquí y lo único que he aprendido es a tener paciencia.

Comenzaron a descender por el frío húmedo. A través de los vidrios, Cayetano contempló los resplandores de la roca desnuda por la que fluían vertientes.

—Caballero —dijo el detective mientras el carro traqueteaba—, ¿sus anteriores pasajeros no llevaban maleta?

—Acabo de bajar a uno que llevaba maleta —aclaró con aire de importancia—. ¿Lo conoce?

En cuanto el hombrecito desliza la puerta, Cayetano se aleja corriendo por el estrecho y largo túnel, iluminado tenuemente por ampolletas que cuelgan en hilera. A unos cien metros de distancia distingue una silueta inclinada sobre un bulto, por lo que apura el tranco, y el eco devuelve sus pisadas. Y mientras devora el trecho sin aliento, sus ojos distinguen a un hombre de sombrero y abrigo, que registra un cuerpo tendido.

12

Las piernas empiezan a agarrotársele en medio del túnel a Cayetano Brulé. Aunque percibe que sus pulmones inhalan a duras penas el aire húmedo, sigue corriendo con denuedo, envuelto en el eco ensordecedor de sus propios pasos, bañado en sudor frío, alentado por la presencia de aquel hombre de sombrero e impermeable.

Y de pronto tropieza con tal infortunio contra una piedra, que da por los suelos con su voluminosa y poco atlética humanidad. Es el instante en que el otro se yergue alerta y calibra la situación.

—¡Entrégate! —retumba quejumbrosa la voz del detective mientras intenta levantarse y descubre que no es un cuerpo humano, sino una maleta, lo que yace junto al hombre del impermeable—. ¡Detente, coño, o disparo!

Haciendo caso omiso de la orden, el extraño cierra con prontitud la valija y pone los pies en polvorosa, buscando la boca del túnel, donde resplandece tenue la ampolleta de la caseta del boletero. Cayetano tarda unos instantes en ponerse de pie y reanudar la persecución.

Y mientras corren desesperados, el fugitivo se voltea de pronto apuntándole con un revólver, ante lo cual el investigador no tiene otra que zambullirse sobre el adoquinado en el momento preciso en que un proyectil pasa silbando sobre su calva y hace añicos una ampolleta. Ahora ya no le cabe duda, es el asesino, porta el arma con silenciador.

—¡Corta la luz, Suzukito, corta la luz, coño! —brama desesperado el detective sin dejar de rodar por el suelo—. ¡Rápido, coño, que este comemierda me mata!

Exasperado por su yerro, el fugitivo prosigue la carrera con la maleta, ocasión que el detective aprovecha para ponerse de pie y volver a perseguirlo, bufando, maldiciendo a los delincuentes que días atrás le han arrebatado su Tanfoglio. El hombre dispara, obligando al detective a arrojarse una vez más al pavimento, donde pierde sus anteojos, que se deslizan por el piso húmedo hasta trabarse en una canaleta. Pero los recoge a la rápida y se los calza justo para constatar con impotencia que el otro ya está por llegar a la boca de aquel socavón.

Y cuando el fugitivo se dispone a brincar por sobre el molinete de la boletería, último obstáculo para su fuga definitiva, Cayetano pierde completamente la visión y queda sumergido en la más pasmosa oscuridad.

—¡Me dieron, coño, me dieron! —solloza lamentando su muerte y siente que ingresa al reino de los justos.

Y sólo tiene la embriagadora certeza de que aún no abandona este mundo al escuchar a través de las tinieblas una imprecación lejana, el pesado desplome de un cuerpo y el sonido de una pieza metálica que resbala sobre los adoquines. Extiende, entonces, sus brazos como alas y, palpando ambas paredes con las yemas, sigue corriendo.

—¡Tengo que caerle encima antes de que coja el hierro! —se dice, y mientras saca fuerzas de flaqueza y alarga las zancadas, tropieza violentamente con un bulto que sólo puede ser la maleta—. ¡Oh, Yemayá! —exclama mientras vuela en medio de la oscuridad.

Aterriza sobre un cuerpo frágil y lo abraza rabiosamente para evitar que escape y recupere el revólver. Mas no le resulta difícil inmovilizarlo con su peso de marmota sandunguera, y como si esto no fuese suficiente, con su calva comienza a propinarle frentazos tan feroces, que resuenan como tambores batá.

—¡Conecta, Suzukito, conecta! —pide ahora el detective con el vozarrón estentóreo de los guapos de Guanabacoa, y cuando su grito truena ensordecedor a lo largo del túnel, vuelve la luz.

Sus ojos miopes tardan mucho en dar crédito a lo que ven: el piso del socavón se halla tapizado con cientos de miles de dólares y bajo su cuerpo respira enardecido Plácido del Rosal.

13

—¡Entra a la caseta del boletero y sin hacer gracias —ordenó Cayetano Brulé al cantante romántico blandiendo el revólver. Cogió sus espejuelos del suelo y examinó el Target Bulldog calibre 7.65 con silenciador incorporado—. Y usted, señor, cierre y llame a Investigaciones.

Con las huellas del susto aún en el rostro, el cobrador puso candado a la reja del túnel. Luego, esquivando con sus pies de jubilado los miles de billetes, se dirigió en silencio al ascensor. Lo escucharon emprender la marcha.

—Dejémonos de tonterías, cubano —dijo el cantante mientras sacudía las solapas de su impermeable enaguachado sin percatarse de que de su frente manaba sangre—. Repartámonos el dinero y hagámonos humo, todavía hay tiempo.

Cayetano le entregó el revólver a Suzuki y extrajo de su gabardina un paquetito húmedo, achafado.

—Te estoy hablando en serio, cubano, aún hay tiempo —insistió Plácido del Rosal. Su cabello teñido de canas refulgió. Recién en ese momento reparó en su herida. Sin concederle mayor importancia, la untó con la manga del impermeable—. Imagínate, tú y este chino de mierda...

—¡Chileno-nipón, mi amigo, chileno-nipón! —interrumpió Suzuki alterado, sus ojitos oblicuos echando chispas—. ¡Que aunque hasta hoy ignore las trazas de mi progenitor, me sigue mereciendo respeto, escaso, es cierto, pero respeto al fin y al cabo!

—¡Disculpa, pero para mí los chinos son todos iguales! —repuso el cantante, y se dirigió a Cayetano—. Ahora mismo podrías escapar con este chinonipón forrado en plata y refugiarte para siempre en alguna isla antillana, lejos del frío que va a terminar despachándote de una pulmonía.

—Gracias —repuso el detective mientras destorcía tres cigarrillos sobre la mesita del boletero. Le ardían la cara y sus manos magulladas, y las piernas le dolían como si hubiese corrido maratón—. Pero este dinero, aunque mal no me vendría, no es tuyo.

—Tú te lo pierdes —repuso Plácido y se encogió de hombros, fisgoneando los billetes que cubrían el suelo con ojos tristes—. Tú sabes que no hay nada como el mar de las antillanas.

—¿Pensabas refugiarte allá? —preguntó Cayetano.

—¿Por qué no?

—Nunca habrías podido salir —pronosticó el detective sacudiendo la cabeza—. Tu baraja de identidades se habría agotado hoy. Ibas a dejar el país bajo el nombre de un cadáver. Pero yo mismo me habría encargado de alertar a Inmigración. ¿Dónde tienes el carnet de Hipólito?

Terminó de rehacer los cigarrillos y le brindó uno al cantante, que lo aceptó embelesado. Suzuki deslizó una caja de fósforos sobre la mesita de la caseta.

—Por más que me esfuerzo, no te entiendo, cubano —rezongó el cantante prendiendo el Lucky Strike—. Nada cambió desde que conversamos en La Habana. Aquí está el dinero que el destino puso en mis manos y no lejos de este lugar yacen los criminales encargados de despojarme y liquidarme. Yo maté en defensa propia. Nada cambió. ¿O me detienes porque te vendiste a la mafia?

Cayetano encendió otros dos cigarrillos y dio uno a Suzuki. Posó sus sentaderas sobre un aspa del molinete y, ceñido por una nubecilla de humo, dijo:

—Me mentiste, Del Rosal, me mentiste. No fue la casualidad la que te colocó el medio millón de dólares en la valija.

—¿Ah, no? —protestó mofándose—. ¿Quién fue entonces?

—Tú mismo —aseveró Cayetano con sobriedad—. Tú solicitaste la habitación del Waldorf Towers. Y lo hiciste precisamente el día en que debía hospedarse allí Cintio Mancini. Así te colaste en la cadena de pagos de los narcotraficantes.

—¡Estás loco de remate, cubano! —gritó Plácido desafiante y asestó un puñetazo contra la mesita. El eco del golpe resonó hasta el fondo del socavón.

—Vamos, vamos —repuso el investigador intentando aplacarlo. Bajó del molinete—. Hasta hace poco te desempeñaste como correo del narcotráfico, lo que explica tus frecuentes viajes a Centroamérica, vía Miami, que jamás habrías podido financiar sólo con actuaciones en escenarios picantes.

—¿Ah, sí?

—Sí, y por alguna razón que aún no acierto a explicar derrochaste la confianza de tus jefes y con ello tu función como correo. Fue así como gente de Michea asumió las operaciones de exportación de la droga y su cobro. Entre ellos estaba Mancini.

—Veo que además de detective ahora también eres brujo.

—Todo está muy claro —puntualizó Cayetano acercándose a la caseta—. Estabas fuera del juego, pero conocías sus reglas.

—¡Eres sólo un sabueso tropical! —vociferó Plácido, gesticulando con el cigarrillo algo alabeado—. ¡Deberías marcharte ahora mismo a ritmo de conga al país de donde te fletaron! Por algo habrá sido, a nadie expulsan de su patria por bolitas de dulce.

—No me cambies el tema —continuó impertérrito el investigador—. Alguien con ansias de destruir a Cástor Michea te dateó un día. Así llegaste al Waldorf Towers.

Plácido meneó repetidas veces la cabeza, desconcertado. Sus vivaces ojos negros sondearon las piedras de las paredes por donde fluían las vertientes.

—¡Cómo yo solo iba a ser capaz de una proeza así! —balbuceó tras darle una larga chupada.

—Muy simple. Matando a Cintio Mancini poco antes de que saliera de Chile.

—¿Matándolo? —alegó—. ¡Si yo estaba en Miami, acababa de llegar de Ciudad de Guatemala!

—No tú, sino tu cómplice, Hipólito López. Él se encargó de tenderle la trampa en la posada. Lo hizo con ayuda de una mujer, que ya ubicaremos.

—¿Ah, sí? ¿Y qué más?

—Y hoy liquidaste a Hipólito, por la sencilla razón de que no estaba dispuesto a compartir el dinero. ¡Por eso lo mataste! Además, pensabas abandonar el país con su documentación.

Plácido meneó una vez más la cabeza contemplando el piso de la boletería y luego dirigió su mirada hacia la boca del túnel. Un perro levantó la pata, orinó la reja y se esfumó.

—Me estaba robando —murmuró sin dejar de mirar hacia la calle—. ¿No viste su casa llena de equipos electrónicos? Mientras yo huía de estos criminales, él estaba por comprarse hasta casa en Viña del Mar. ¡Él jodió la cosa!

—Hay algo que por cierto no entiendo. Del Rosal —dijo Cayetano pensativo, soltando el humo por la nariz. El agua de las vertientes gorgoteaba con resonancias metálicas—. No me explico por qué me citaste al hotel.

—Entonces distas mucho de ser el buen sabueso que imaginé.

—Puede ser, pero aquí te tengo.

Plácido del Rosal se refugió en un mutismo prolongado. Al rato agregó:

—Creí que si descubrías el cuerpo del rubio de ojos azules que me perseguía, lograrías que la policía iniciara una batida acuciosa, capaz de arrojar a la mafia a la cárcel.

—Mientras tú ganabas tiempo para salir de Chile con el dinero, ¿no? —preguntó Cayetano dibujando círculos con la lumbre—. Era un plan excelente. Yo debía encarcelar a los narcotraficantes y desbrozarte el camino para que desaparecieras.

—Eres injusto —alegó Plácido y dejó escapar un resoplido. Se sentía viejo. Bajó la vista y buscó apoyo en el borde de la mesita, donde yacían monedas de a cien pesos. Se paseó una mano trémula por su barbilla—. Me condenas a muerte por liquidar a peones del narcotráfico. ¿Y por qué no detienes a los grandes?

—¿A quiénes?

El cantante dejó caer la ceniza y acomodó el cigarrillo en un borde de la mesita. Se palpó la herida sobre la ceja y contempló largo rato sus dedos manchados de sangre. Dijo:

—Tú sabes que quien roba a un ladrón, tiene cien años de perdón.

Se produjo un silencio en el que sólo se escuchó el gorgotear del agua. Cayetano tuvo la sensación de estar envuelto en una toalla mojada. Estornudó y buscó infructuosamente el pañuelo en el pantalón. Sólo halló un trozo de papel toilette. Recordó a tiempo que allí conservaba su diente provisional. Debía pasar lo antes posible por un Santa Isabel a comprar el pegamento, de lo contrario, extraviaría la pieza.

—Una cuestión me intriga —dijo de pronto Plácido del Rosal, emergiendo de sus reflexiones—. ¿Cómo diste con la casa de Hipólito?

Cayetano arrojó la colilla y la aplastó con el pie.

—Fue una casualidad —admitió introduciéndose las manos en la gabardina—. Tiempo atrás, mientras espiaba más arriba una antigua propiedad de Mancini, vi a Hipólito entrando a su casa.

—¿Pero por qué llegaste hoy hasta allí?

—Valpo-ce-ele me llevó —explicó el detective.

Plácido del Rosal frunció el ceño y preguntó:

—¿Quién?

—Todo pasaje aéreo tiene impreso el lugar de emisión en su esquina superior derecha —explicó Cayetano con una sonrisa amplia—. El que me enviaste para volar a Cuba dice que fue emitido en Valpo-ce-ele, vale decir, en Valparaíso, Chile, cosa imposible si lo hubieses enviado desde La Habana. Ahí colegí que mi pasaje había sido comprado aquí y que mantenías una relación secreta con el mensajero.

—¿Lo descubriste hace mucho?

—Hace pocos días, pero no me inquietó. Me parecía comprensible que compartieras con alguien de confianza el secreto.

Los delgados labios del cantante esbozaron una mueca.

—Sigue, cubano, sigue —balbuceó—. ¿Entonces llegaste a la casa para salvarme?

—Cuando encontré el cadáver del rubio en el hotel, pensé que no tenía forma de ubicarte —repuso el detective—. Y seguía convencido de que te habían secuestrado y de que te arrastraban al escondrijo y, por ende, a la muerte. Me dije que el dinero sólo podía estar escondido en la casa de un hombre de tu confianza, en la del falso mensajero.

—¿Por eso llegaste allá? —preguntó Plácido con un deje de incredulidad y melancolía—. ¿Para salvarme la vida?

—Para eso.

Permanecieron en silencio largo rato, cada uno atrincherado en sus propias reflexiones.

—¡Déjame escapar, Cayetano! —suplicó el cantante contemplando sus manos manchadas de sangre—. Déjame escapar y conserva lo que quieras. Nunca sabrán cuánto era. ¡Déjame escapar que me van a liquidar!

—Me extraña, Del Rosal —repuso el investigador acomodándose con parsimonia el marco de sus gruesos ante-ojos—. Me extraña que con tu oído de magnífico bolerista no hayas caído en la cuenta de que ya bailamos el último compás. ¿No escuchas?

Y tras afilarse las puntas del bigotazo, Cayetano Brulé hurgó entre sus ropas empapadas en busca de un nuevo cigarrito. A los lejos aullaba casi imperceptible la sirena.

Epílogo

Plácido del Rosal fue detenido, lo que a muchos hizo abrigar la esperanza de que el caso se esclarecería hasta las últimas consecuencias. Sin embargo, la investigación quedó trunca, pues el cantante fue asesinado un mes después de su detención, en una sangrienta reyerta en la cárcel de Valparaíso.

Bobby Michea obtuvo la libertad incondicional al poco tiempo. Nunca pudo comprobarse que mantuviera vínculos con el narcotráfico. Todo parece indicar, más bien, que él y su padre fueron víctimas de un grupo inescrupuloso que había aprovechado la pujante exportación de juguetes de la empresa para realizar contrabando.

El diputado Cástor Michea superó la campaña y las injustificadas aprensiones en su contra, logró lavar su honor y el de su familia, y anunció que continuaría fiel a su vocación de servicio público, por el bien de la patria.

Debido al exitoso golpe asestado a los narcotraficantes, el inspector Zamorano obtuvo varios reconocimientos en Investigaciones, aunque no ascensos, lo que atribuyó a las críticas que despertaba su controvertido papel bajo el régimen militar.

El poeta Virgilio Castilla y su esposa pintora pudieron abandonar Cuba años después, gracias a una gestión directa y de alto nivel del gobierno de Madrid.

Ibrahim Regueiro fue dado de baja en la Seguridad del Estado por integrar un grupo de oficiales que supuestamente mantenía contactos con el cartel de Medellín, mientras Sinecio Candonga maneja hasta hoy un enorme taxi amarillo por las calles de Manhattan.

Paloma Matamoros y su pequeño Sasha lograron embarcarse finalmente en una balsa atestada con vecinos de la cuartería, la que volcó en el estrecho de la Florida y una mañana de sol radiante encalló vacía en las arenas de Key West.

Cayetano Brulé y Bernardo Suzuki retornaron a su oficina más pobres que antes. No hallaron a nadie que pudiera sufragarles los numerosos gastos en que incurrieron para cumplir con la delicada misión que les había encomendado Plácido del Rosal, el hombre que cantó inolvidables boleros en La Habana.

Gran Caimán, octubre de 1994